杨熙绩集

杨琼华 杨祚强 辑
李吉奎 整理

·广州·

版权所有　翻印必究

图书在版编目（CIP）数据

杨熙绩集/杨琼华，杨祚强辑；李吉奎整理．—广州：中山大学出版社，2018.1

ISBN 978-7-306-06225-3

Ⅰ.①杨…　Ⅱ.①杨…②杨…③李…　Ⅲ.①中国文学—现代文学—作品综合集　Ⅳ.①I216.2

中国版本图书馆 CIP 数据核字（2017）第 278188 号

出 版 人：	徐　劲
策划编辑：	李海东
责任编辑：	李海东
封面设计：	林绵华
责任校对：	何　凡
责任技编：	何雅涛
出版发行：	中山大学出版社
电　　话：	编辑部 020-84110283，84113349，84111997，84110779
	发行部 020-84111998，84111981，84111160
地　　址：	广州市新港西路 135 号
邮　　编：	510275　　传　真：020-84036565
网　　址：	http://www.zsup.com.cn　　E-mail：zdcbs@mail.sysu.edu.cn
印 刷 者：	广州家联印刷有限公司
规　　格：	787mm×1092mm　1/16　15.75 印张　250 千字
版次印次：	2018 年 1 月第 1 版　2018 年 1 月第 1 次印刷
定　　价：	80.00 元

如发现本书因印装质量影响阅读，请与出版社发行部联系调换

杨熙绩先生（1887—1946）

编　　序

杨琼华

先祖父杨公熙绩，字少炯，湖南常德人，生于清光绪丁亥年（1887）3月5日。先祖父自幼即富民族思想，尤对清廷之暗弱，愤懑不已，亟思有以革之。光绪甲辰年（1904），黄克强先生谋举义于长沙，宋教仁负责经营湘西，先祖父即与刘复基、胡有华两烈士从之，9月事败，出亡于外。光绪丙午年（1906），先祖父与刘复基、胡有华赴常德，以祇园寺为湘西革命同志之交通机关，复为清吏廖世英侦知，大捕党人，故先祖父又出亡。自是即居无定所，席不暇暖，常为流离异乡之人矣。当先祖父奔走革命之际，贫病交侵，炎凉多态，有拒而相交者，有望而却步者，尤有吝毫末而不助一餐者，艰难险阻为无不备尝。武昌起义时，先祖父亦拟参加，然因病未果，否则彭楚藩、刘复基、胡有华三烈士之外，又多一烈士矣！

民国二年（1913），讨袁失败，先祖父乃避走各地，间关东下，后出亡日本，并加入中华革命党，由是得终侍总理十有二年，竭股肱之力，以襄助焉。民国五年（1916），袁氏病逝，先祖父归国，任常德烈士祠祠董，并奉总理命，主持正谊社于湘。

民国九年（1920）11月，先祖父奉总理命，为中国国民党湖南主盟人，昔总理迭以湖南支部长任之，均力辞，惟愿不居名位而服务于党耳。后从总理南行。民国十年（1921）5月，任总统府秘书。民国十一年（1922）6月，总理蒙难于广州，秘书长胡汉民由韶回师平乱，先祖父代行秘书长之职，运筹坐镇于仓皇危难之际。叛军入韶，先祖父于调度撤退之后，护国玺以出，扁舟一叶，两岸弹发如雨，同行者多惴栗，惟先祖父镇定如常，且抚慰各同志令无惧。随又奔护总理于白鹅潭军舰上，与决策焉。

民国十四年（1925）春，总理逝世，大本营改组为国民政府，先祖父任秘书。时党务纷纭，国事蜩螗，令先祖父悲愤不已，乃终日以酒自遣，每饮必醉，醉则痛批时政，痛骂主政者，其肝肺病根即潜伏于此矣！

民国廿年（1931）秋，先祖父又辞国府代理文官长，与林直勉先生等赴粤，西南诸公如萧佛成、邓泽如诸先生留先祖父在粤，并担任粤省审计处长。民国二十五年（1936），先祖父被选为监察委员，同年5月胡汉民先生逝世于羊城，其遗嘱签证人中，先祖父亦署之。其后西南局势改观，乃举家迁返南京。自此先祖父即退居林泉，不问世事矣。

民国廿六年（1937）抗战全面爆发，吾家因避战火而数度播迁，由常德、桃源而桂林、平乐，最后避居于昭平之利扶乡。是时中央接济已断，几至三餐不继，无以为炊。幸赖昭平县长按月资助米粮及少数金钱，方得勉强糊口。而先祖父病根已深，乡下复缺医药，是以病情日趋严重。然先祖父犹强支病体，课吾姊弟叔侄以四书五经及古文诗词，俾吾侪稚子虽无校可读，亦不致全然辍学也。

民国三十四年（1945）抗战胜利，吾家迁回桂林。而先祖父已病入膏肓，医药罔效，痛于翌年12月27日逝世，呜呼哀哉！先祖父一生耿介清廉，忠党爱国，虽历居高位，而家无恒产，清苦自若。退隐后，日惟以诗酒自遣，作品甚多，惟大部分亡于战火，今仅存余一小部分。先祖父诗文中，字字句句皆为忧时愤世之词，自感遭时不遇，有志未伸之无奈。读其诗文，亦令人唏嘘感叹，一代高洁之士，国士之才，竟被弃置不用，抱憾以终，人事乖违，是天道亦不可凭也。

际兹人欲横流，世道沉沦之时，放眼宇内，竟无一振衰起敝，匡时救世之人，如先祖父之人格风骨者亦不得见矣。

先祖父之诗词杂文，无论就词藻之优美，及旨趣之严谨论之，皆为珠玑瑰宝之作，诚可谓掷地有金石之声也。兹特将其遗作集汇成册，传之子孙，且盼公诸社会，庶可收"闻伯夷之风者，顽夫廉，懦夫有立志"之效，亦可为人间留一分正义，为天地留一分正气也。是为序。

2005年仲秋 谨述于台北

青史凭谁载姓名
——《杨熙绩集》整理说明

李吉奎

2014年,我得曾庆榴教授(原广东省委党校副校长)介绍,认识他早年在广州中山大学历史系就读时的同班同学杨祚强先生。据悉,杨先生的祖父杨熙绩(少炯),与其二弟熙烈(幼炯)、四弟熙时(次炯),号称湖南常德"杨门三杰",有名当世,且与中山大学渊源甚深。熙绩与中大校长邹鲁为知交,曾参与中大若干校务,幼炯、次炯均曾任中大教授。祚强先生与其堂姐杨琼华女士(现居台湾),持有杨熙绩部分诗词、信札、日记等资料。在2004年中山大学建校80周年纪念之际,祚强先生将家藏的孙中山为杨熙绩题写的"博爱"条幅,以及上述诗词等件,赠送给母校中山大学校友会,并希望能将诗词等文字加以整理出版。

中山大学校友会接受了杨熙绩的相关资料后,转交给学校图书馆。经馆长程焕文教授与祚强先生等研究,委托本人承接资料整理,于是便有我与祚强先生结识之事。我之所以愿意接受这项工作,是因为这项工作若得以完成,对文史界来说是有价值的,值得去做;而且,此前我整理过几部旧书或书稿,如林百举《林一厂日记》、姚锡光《东方兵事纪略》、黄濬《花随人圣庵摭忆》、《许崇灏回忆录》等,还参与主编《广东文史资料精编》,有一些编辑整理的经验,并非贸然从事。不过,这部书稿与上述书稿整理不同,它尚未成型,除了诗词,其他部分比较杂乱,要重新条理化,不仅是改繁体为简体,还要做勘误、处理错简、标点、拟题等类工作。因为尚有别的事要办,所以《杨熙绩集》的整理到现在才告蒇事。

有关《杨熙绩集》的整理,有几点需要说明。(一)全书分四卷

（即诗词、集句、挽联；杂文；书信；日记），另加附录。诗词、书信与日记，往往有互补关系，或文字重复处，均未加删削。因作者迁徙不定，所作文字多有遗失，出现断篇残编现象。书信以收信人束集，各函中间有涂抹文字者，凡可看清之文字，均加圆括号补上，或加按注。原稿可判定的错字，径改；存疑者则置于该字之后的括号内。（二）题目处理。原有题目，一般不予改动；原篇无题者，酌加，并注说明。"词选"部分，原稿极不一致，或词牌加题，或以词牌作题，均一仍其旧，不加改动。（三）注文。对原文一般不作注，原有注文与整理时所加按注，均置于页下。（四）附录部分，非杨熙绩本人文字，但有助于了解先生之家庭、身世、亲属、活动、评价等，选录附之。

杨熙绩是资深的国民党人，但官阶不显。他在1904年参加策划长沙华兴会起义，与宋教仁等在常熟、桃源一带活动，事败，亡走日本。他是同盟会的积极分子。民国建立不久，"宋案"发生。"二次革命"旋起旋蹶，杨熙绩复亡命东京。孙中山总结"二次革命"教训，组织中华革命党，要做真党魁，其举措不为黄兴等党内重要干部所接受，于是有东京"欧事研究会"、新加坡"中华水利社"之组织，与中华革命党分势。其时两湖重要党人之在东京拥孙者，惟湖北之居正、田桐，与湖南之覃振、杨熙绩。迨1919年改组中国国民党，孙拟任杨熙绩为湖南支部长，杨熙绩不愿就，改任湖南主盟人。嗣后，杨熙绩历任广州非常大总统府、陆海军大元帅府、广州国民政府秘书，南京国民政府文书局长、代理文官长。1928年秋北伐告成，他以国民政府代表身份赴北京接收清故宫及故都旧府院。1931年蒋介石拘禁胡汉民，发生"汤山事件"后，西南反蒋势力集结，拟另立中央与政府，于是有西南政务委员会之设。杨熙绩此前已辞文官处职，乃赴广州，任西南政务委员会委员兼审计处长。1936年夏西南政局改观，两广与南京政府统一。杨熙绩赴京，在国民党五届三中全会上当选候补监察委员。国民政府迁渝后，杨未赴重庆，故历届国民党中央全会，他均未列席。而任此职，名义上至1945年5月召开六全大会为止。杨之居官任职，可得而言者，仅此而已。抗战胜利后国民党欲召开"行宪国大",各省需选举省议会,有人劝他竞选湖南省议会议长,被拒;事实上他已身患重病,每下愈况,无力再出任公职。

　　杨熙绩自投身革命,坚贞自守,廉洁可风。他在人际关系上,是非清楚,善恶分明。他对汪精卫、蒋介石、谭延闿等人持负面的态度,于此文集中所记屡见。他与胡汉民等两广文武人物,则函牍往返,交际密切,贫病之际,也多受彼等关照,甚至他弃养桂林,亦由桂省当局黄旭初等为之善后。他以报国无门,屡拟屈平。其生平富正义感,即如1943年常德会战,第57师师长余程万坚守力敌,终于兵败,重庆最高军事当局不明实情,欲置之重罪;杨通过各种渠道为之辨白,使之得以无罪处理。杨离开南京时,曾获一密码本,可与重庆中央政府保持联系;但密码本在动乱转徙中丢失,故他在江湖山泽间漂泊,无法与重庆方面直接联系。内迁后杨熙绩的生活、交游,杨集中文字足以说明,不赘。

　　1938年秋,杨熙绩别京内迁,情非得已。虽在艰难困苦之中,他仍坚信中国抗倭终将必胜,其中原因,是他从无日或离的读经读史中参透的。然而,平实而言,他刚己太甚,通权达变不足,甚至有些偏颇。合流不一定同污,这里面有个大局观问题。抗战军兴,湘人革命党老辈中能与杨熙绩比肩者,其为覃振。内迁之际,覃杨相约不入川,不事蒋孔一伙。但覃振被召赴渝,杨熙绩则坚执成议,失去政治活动平台。其后彼此状况,便不可同日而语了。

　　一个历史人物的文集,总是离不开记叙著者的家世、经历、交游、思想和抱负,为研究者提供爬梳的素材,《杨熙绩集》亦然。他本人十分重视自己参加华兴会以来,尤其是民元以后追随孙中山革命的历史,也希望子孙和世人了解这一点。1946年12月2日,即去世前25天,他写了一首绝笔诗:"意气从来轻死生,所悲报国卒无成。悠悠四十三年事,青史凭谁载姓名?"古往今来,谁不爱名?唯姓名之能垂久远者,有清浊善恶之别耳。覃振卒后几六十年,坊间有《覃振传》之流传;又后若干年而有《杨熙绩集》之刊世。传之与集,体裁不同,内容有异,然人物活动痕迹之得存世,则其借载体而得以实现,效果正相同也。

  《杨熙绩集》编毕,爰记其将事原委于卷端,以代序言、编例。编事若有不妥善之处,希望读者赐正。

二〇一六年十二月卅一日
于中山大学步云轩

目 录

卷一 诗选、词选、集句、挽词

诗选 ·· (3)
 送子邕回国倒袁 ··· (3)
 蠹园 ··· (3)
 望瀛台 ·· (3)
 和友人诗（一）·· (4)
 和友人诗（二）·· (4)
 冯君啸溟六十初度，依其自寿诗原韵，寄江宁寿之 ········· (5)
 游漱珠岗纯阳观，登观中朝斗台，四顾苍茫，感而赋此 ······ (6)
 悼伍朝枢先生 ·· (6)
 寿九少纫先生七十晋三诞辰 ···································· (6)
 祝萧佛成先生七十晋三寿辰 ···································· (7)
 读史汇感 ·· (7)
 贺刘君新婚 ··· (7)
 回南京 ·· (8)
 和黄君黼馨玄武湖洄韵 ··· (8)
 和虞君淮伯原韵 ··· (9)
 龙教授以胡展堂先生唱和遗诗之册属题，勉成五律一首，
  斯人既去，万事皆隳，援笔时不觉泪下 ··················· (9)
 过忠义寺 ·· (9)
 桃源道中 ··· (10)
 七律三首 ··· (10)
 山居杂诗 ··· (11)
 于友人处见十二年在国府所摄影片 ·························· (12)
 和陈嘉任先生东湖诗原韵 ····································· (12)

倒叠前韵 …………………………………………………（12）
再叠前韵 …………………………………………………（12）
挽桃源吴劭先先生 ………………………………………（13）
和梁均默闲韵 ……………………………………………（13）
和陈真如瞑韵 ……………………………………………（13）
和蘖园老人黄均 …………………………………………（14）
闻鲁南报捷·怀李德邻将军 ……………………………（14）
偶成 ………………………………………………………（14）
读晋史 ……………………………………………………（15）
读史（其一）……………………………………………（15）
阅报载汪兆铭香港艳电 …………………………………（17）
禽言六则 …………………………………………………（17）
哭萧佛成先生 ……………………………………………（18）
茅茨（其一）……………………………………………（19）
怀友 ………………………………………………………（19）
读史（其二）……………………………………………（20）
忆麟燕 ……………………………………………………（21）
夏日 ………………………………………………………（21）
东山 ………………………………………………………（21）
立秋 ………………………………………………………（22）
和龙教授见寄原韵 ………………………………………（22）
和龙教授边悠韵 …………………………………………（22）
憎虿 ………………………………………………………（23）
里胥 ………………………………………………………（23）
张海六先生以其和陈梅谷先生忆京之作寄示，依原韵赋之，
　并呈梅谷 ………………………………………………（24）
元夕 ………………………………………………………（24）
罗先生寄示乞假归省奉寄张向华、李伯豪两将军及别母南征
　二诗，依原韵答之 ……………………………………（25）
悼张殿春同志 ……………………………………………（25）
茅茨（其二）……………………………………………（26）

寄题南轩读书堂 …………………………………………… (26)
桃李 ………………………………………………………… (26)
和邓孟硕先生诗原韵并呈诸老友 ………………………… (27)
和邓孟硕先生诗原韵 ……………………………………… (27)
和胡君立吴五十自寿诗原韵 ……………………………… (27)
夜吟 ………………………………………………………… (28)
菊 …………………………………………………………… (28)
和友人杨君植筠七夕梦中诗原韵 ………………………… (29)
邓孟硕先生由成都以近作七律四首见示，因和其自汉适渝
　　咏怀诗辞字韵 ………………………………………… (29)
罗翼群先生寄示五十述怀诗十首，和第六首侵字韵 …… (29)
得周仲良先生重庆书，感而赋此 ………………………… (30)
溪上 ………………………………………………………… (30)
和虞淮伯辛津韵 …………………………………………… (30)
倒叠辛津韵 ………………………………………………… (31)
山居四首 …………………………………………………… (31)
改正前忠义寺诗 …………………………………………… (32)
三十四年中秋日，由昭平上平乐，晚泊蓬冲，月下感赋
　　（十六韵） …………………………………………… (32)
口占一绝 …………………………………………………… (33)
邹公泉 ……………………………………………………… (33)
祝居觉生先生七十寿诗 …………………………………… (33)
酬淮伯 ……………………………………………………… (34)
六十初度 …………………………………………………… (34)
七律一首 …………………………………………………… (34)
三十五年九月十九日午夜，雷雨，梦游风洞山，与展堂先生
　　赋诗，醒呼四弟记之 ………………………………… (35)
老树诗 ……………………………………………………… (35)
扶病留诗 …………………………………………………… (35)
午晴 ………………………………………………………… (36)
北山 ………………………………………………………… (36)

词选 (37)

- 四十三岁生日　调寄满江红 (37)
- 古湘芹先生逝世三周年感赋　调寄金缕曲 (37)
- 祝谢慧生先生及夫人六十双寿　调寄百字令 (37)
- 国立中山大学新校舍落成，赋呈邹校长海滨先生　调寄西湖 (38)
- 哭展公先生　调寄买陂塘 (38)
- 又稿　调寄摸鱼儿 (39)
- 浣溪沙·为胡展堂先生逝世两周年纪念日感赋 (39)
- 和友人　调寄满江红 (39)
- 又和友人　调寄满江红 (40)
- 和友人　调寄玉阑干 (40)
- 六州歌头 (40)
- 婆罗门引词 (41)
- 永遇乐·闻长沙大火 (41)
- 忆旧时 (41)
- 一寸金 (42)
- 金缕曲（其一） (42)
- 水龙吟 (42)
- 青玉案 (43)
- 瑞鹤仙·燕 (43)
- 早梅芳近·燕巢 (43)
- 酷相思·七夕 (44)
- 醉桃源 (44)
- 祝英台近·和龙教授 (44)
- 点绛唇·和龙教授 (45)
- 沁园春 (45)
- 踏莎美人 (45)
- 沁园春·雪 (46)
- 蝶恋花·棋 (46)

瑞龙吟·雪夜 …………………………………… (46)
惜红衣 ………………………………………… (47)
征招 …………………………………………… (47)
金缕曲（其二）………………………………… (47)
踏莎行·十月九日夜追怀刘尧澂先生 ………… (48)
遍地锦·答重庆友人 …………………………… (48)
满江红·和杨植筠 ……………………………… (48)

集句 …………………………………………… (49)

廿年秋敬谒黄花岗　集唐 …………………… (49)
秋夜　集唐 …………………………………… (49)
忆人集句 ……………………………………… (49)
黄花节集句 …………………………………… (50)
梦胡展堂先生 ………………………………… (50)
夜吟 …………………………………………… (51)
集杜 …………………………………………… (51)
归来 …………………………………………… (51)
猎猎 …………………………………………… (52)
五月十二日追怀胡展堂先生（集句十首）…… (52)
河沭赠谭肖崖 ………………………………… (55)
送肖崖 ………………………………………… (55)
我师 …………………………………………… (56)
病中示二弟 …………………………………… (56)
由河沭返璩家溶途中 ………………………… (56)
集杜句二首 …………………………………… (57)
三巴 …………………………………………… (57)
与客说桃源洞 ………………………………… (57)
酬谢心淮先生 ………………………………… (58)
浮云 …………………………………………… (58)
寄李晓生先生 ………………………………… (59)
沅湘 …………………………………………… (59)

月夜寄四弟次炯桂林 …………………………………… (59)
　　瓦盆 ……………………………………………………… (60)
　　夜坐 ……………………………………………………… (60)
　　集句一 …………………………………………………… (60)
　　集句二 …………………………………………………… (61)
　　集句三 …………………………………………………… (61)

挽词 ………………………………………………………… (62)
　　廿二年古湘芹先生逝世两周年纪念 …………………… (62)
　　挽林直勉先生 …………………………………………… (62)
　　挽邓泽如先生 …………………………………………… (62)
　　挽徐母王太夫人 ………………………………………… (62)
　　挽陈少白先生 …………………………………………… (63)
　　挽友人之父 ……………………………………………… (63)
　　代挽又一联 ……………………………………………… (63)

卷二　杂　文

先考行述（哀启）……………………………………………… (67)
在南京"五四运动纪念会"上的讲话 ………………………… (70)
高裕生姨丈七十寿文 ………………………………………… (73)
徐母王太夫人九十寿言 ……………………………………… (75)
展堂堂扁跋 …………………………………………………… (77)
黄兰甫族谱序 ………………………………………………… (78)
国庆日之回忆 ………………………………………………… (79)

卷三　书　信

致易培基函 …………………………………………………… (83)
致邹鲁书（八通）……………………………………………… (84)
致谢心准书（九通）…………………………………………… (93)

致罗翼群、谢心准书 …………………………………………（97）
复罗翼群书 ……………………………………………………（99）
致李扬敬书 ……………………………………………………（102）
致胡立吴书（十一通）…………………………………………（104）
致龙近仁书（二通）……………………………………………（113）
致友人曹君书 …………………………………………………（115）
致某君书 ………………………………………………………（116）
致友人书（十一通）……………………………………………（118）
致杨幼炯书（三通）……………………………………………（128）
致杨熙时书（三十通）…………………………………………（131）
致杨朝俊书（九通）……………………………………………（144）
示鹄侄书 ………………………………………………………（149）
致陈美贞书（五通）……………………………………………（150）

卷四　日　记

民国二十七年（二则）…………………………………………（157）
民国二十八年（十则）…………………………………………（159）
民国三十年（二则）……………………………………………（166）
民国三十一年（一则）…………………………………………（167）
民国三十二年（六则）…………………………………………（168）
民国三十三年（二十七则）……………………………………（174）
民国三十四年（十六则）………………………………………（187）
民国三十五年（二十二则）……………………………………（194）

附　录

附录一　家史谨记 ………………………………杨祚永（205）
附录二　杨熙绩兄弟资料（三则）……………………………（219）
附录三　杨熙绩为夏重民烈士纪念题词 ……………………（227）
附录四　于右任赠杨熙绩对联 ………………………………（228）

附录五　杨熙绩为广东省立第一职业学校新校舍落成题词
　　　　（影印件） …………………………………………（229）
附录六　2000多件珍贵文物回到中山大学 ……………………（230）
附录七　校友杨祚强珍藏孙中山手书将在校庆前展出 ………（231）
附录八　杨熙绩家人及近亲属一览 ……………………………（232）

后　记 ……………………………………………………………（233）

卷一　诗选、词选、集句、挽词

诗　选

送子邕回国倒袁

民国三年亡命在日本

手提匕首入秦关，此会何如易水间；
新室又颁周爵禄，神州未改汉河山。
固知大盗终称帝，独烛先几早辨奸；
宾客衣冠都似雪，英雄原不望生还。

蠡　园①

民国十七年于南京

可与共患难，不可共安乐。文种亦智士，而为勾践斵。
何如范大夫，敝屣视珪爵。飞鸿游冥冥，焉得援弓缴。
我志本纵横，我心终澹泊。长歌归去来，故山有猿鹤。

①寄某某两先生。

望瀛台

接收清故宫及北平旧府院　民国十七年秋

大风吹落木，初日照荒台。帝子今何在，王孙亦可哀。
宫花随水逝，篱菊傲霜开。莫怨英雄老，黄龙酒一杯。

和友人诗（一）

民国二十年十二月十九日于广州

展卷能开客里颜，阳春难和兴成悭。
讫无乐土来南海，尽有移文拟北山。
尺地独怜飞将在，诸公都为好官还。
除凶雪耻平生志，浩气何人塞两间。

久抱孤忠记抗颜，此身敢说远行悭。
花前酌酒邀明月，枕畔抛书作乱山。
龙战正酣谁念难，鸟飞未倦自忘还。
寄踪岭表今犹昔，臣住廉泉让水间。

和友人诗①（二）

民国二十年十二月二十日于广州

瓣香低首拜红颜，许傍瑶台福不悭。
皓魄圆时来旧雨，翠眉颦处蹙青山。
我悲天宝宫人老，卿见贞元朝士还。
好梦初回留枕去，洛妃原在有无间。

①顷重合前韵，亦不过澧兰沅芷，藉以寄兴云尔，初不必有其事也。

冯君啸溟六十初度，依其自寿诗原韵，寄江宁寿之

民国二十一年三月七日于广州

文采风流副盛名，暮年犹是庾兰成；
固知王气终今日，久悔儒冠误此生。
笛里关山偏易老，眼前鸡鹜总相争；
六朝形胜空惆怅，虎踞龙蟠事已更。
嗟余如睹靖康年，朝市何人不要钱；
志在伊周三代远，盟同金石寸心坚。
衔杯驴背诗千首，拔剑鸿门戗一肩；
司马家儿非暗弱，苻秦未必敢投鞭！
蟪蛄自亦有春秋，人世何如海上沤；
壮士功名悲老骥，浮生踪迹似轻鸥。
兴亡漫信关天定，去就应能与道谋；
遥奏南飞君记取①，鹤飞肯到岭南不？
解识金陵不可羁，松筠果有岁寒枝；
九边惨黩哀诸将，孤节艰贞共一时。
举目江河周顗泪，许身稷卨杜陵诗；
勋劳倘使垂青史，此寿宁惟及耄期②。

①东坡先生生日为腊月十九日，君与之同。
②一作"北堂有母南陔养，北望莱衣祝耄期"。

游漱珠岗纯阳观，登观中朝斗台，四顾苍茫，感而赋此

民国二十三年一月七日于广州

我欲挽狂澜，登台抚剑叹。一池春水皱，五岭夕阳残。
湖海令人老，松筠共岁寒。臣佗王南越，同是沐猴冠。

悼伍朝枢先生

民国二十三年于广州，二首之一

欲启山林事更佳，何人忍使罢珠崖①；
光风霁月空相忆，白雪阳春岂易侪。
骨已成灰君未远②，身如作茧我偏乖；
平生不作穷途哭，一醉无妨死便埋。

①二十一年梯云受命主粤府，就职之先，欲减定广东海陆空军费，而陈伯南不之许，遂亦不就粤省主席职。西南政务委员会以总理有开发琼崖之遗教，又命梯云为琼崖特别区行政专员，伯南又令琼崖人拒之，使不得赴任。
②梯云先生之尊人秩庸先生，遗命火葬，故梯云亦火葬。

寿尢少纨先生七十晋三诞辰

民国二十三年四月二十四日于广州

收拾河山一剑归，早从皇汉振天威；
归来扶杖高阳市，五十年前旧布衣。
抱残守阙更何人，不必焚书已是秦；
我羡先生偏好学，独鸣古道寿斯民。

祝萧佛成先生七十晋三寿辰

民国二十四年二月于广州

岁寒岂畏北风欺,松柏坚贞志不移;
此老壮心犹未已,平生大节更多奇。
放歌我拔王郎剑,破贼公耽谢傅棋;
待使八方开寿域,江山如画照须眉。

读史汇感①

称臣称侄已堪羞,又割燕云十六州;
岂料佳人偏作贼,若为外戚尽封侯。
一生不敢逢君恶,九死难忘复国仇;
痛哭钟山弓箭在,金陵王气未应收。

①按:原诗未记日期,应是民国二十四年七月,《何梅协定》签订后。

贺刘君新婚

民国二十五年四月二十六日于南京

虎踞龙蟠迹已陈,莺花犹似六朝春;
画眉莫使英雄老,好挽河山铸美人。

回南京①

民国二十五年五月十二日于南京

国耻终能雪，民喦孰敢撄；衣冠皆狗盗，风雨有鸡鸣。
誓涤腥膻污，宁辞鼎镬烹；故人悲宿草，回忆渡河声。

①按：原诗无题，整理者代拟。因作者结束在广州西南党务、政务重返南京有感而作，故代拟此题。

和黄君黼馨玄武湖泂韵

民国二十五年七月二十一日于南京

欲寻黑水自溯洄，总为顽云拨不开①；
汉业应随诸葛尽，禹功空障百川回。
六朝形胜终如梦②，三径荒芜半是苔；
我笑芥舟容与处，眼前只识坳堂杯③。

秋水歌中独溯洄④，平生怀抱几时开；
沧桑犹记曾三变，烽燧偏交再一回。
异地更堪为异客，同岑何必是同苔；
援琴学奏龟山操，北顾苍茫酒一杯⑤。

①或作"苦恨顽云拨不开"。
②或作"六朝歌舞都如梦"。
③"坳"字是集韵於教切，音拗。全句或作"料应祇识坳堂杯"。
④或作"秋水清泠独溯洄"。
⑤或作"挥弦学奏龟山操，北顾苍茫覆酒杯"。

和虞君淮伯原韵[①]

岂是长安远,浮云总不开;三年空抱璞,万里独登台。
岭外梅花老,山中芋火灰;齐王方好货,去住此徘徊。

[①] 按:原诗未记日期,应是写于离广州前后。

龙教授以胡展堂先生唱和遗诗之册属题,勉成五律一首,斯人既去,万事皆隳,援笔时不觉泪下

民国二十六年一月二十日于南京

斯人不可作,挥泪读遗诗;凄绝山阳笛,巍然岘首碑。
平生同出处,今日忍磷缁;独厉冰霜操,此心金石期。

过忠义寺

民国二十六年十二月

癸巳,年余才七岁,受业胡鼎丞夫子之门,
在寺读书凡十有一年

钟声塔影尚依稀,萧寺楼台燕雀飞;
四十六年回首处,程门风雪已全非。
称名只有老翁知,犹说童蒙记诵时;
报国无成才易尽,此生终恐负吾师。

布衣于役布衣归，重过程门万事非；
惟有故侯遗像在，青灯书味尚依稀。
濯鳞飞翼又何时，五十功名看鬓丝；
报国无成才易尽，此生终恐负吾师。①

①余受业胡鼎丞夫子之门，癸巳启蒙，迄于癸卯，皆读书忠义寺。甲辰，克强先生谋在长沙起义，而钝初先生驻常德，经营湘西，余与幻盦、尧澂两烈士与焉，九月事败，遁逃以免。乙巳，吾父仍令余师事胡鼎丞夫子，读书于净心阁一年，是岁麟儿生。丙午三月，余加入中国同盟会，自是奔走革命。至丁丑，感于国事无可为，归欲久居，以待时也。偶过此寺，惟汉寿亭侯塑像一尊尚存，其余则断壁颓垣而已。四十余年，沧桑几变，抚今追昔，低回久之，不能去云。

桃源道中

民国二十七年十一月十一日

自怜湖海士，此日入山深；地与三苗接，风挠万木吟。
黄花留晚节，红叶染疏林；我更沿溪去，秦人倘可寻。

七律三首

民国二十七年十二月十七日于桃源璩家溶

山川寂寂夜沉沉，痛哭中原万马瘖；
敢怨黄冠催白发，待教青史证丹心。
楼头明月何人笛，江上秋风几处砧；
天为啸歌留胜迹，褐来采药鹿门深。

事如纵博博军符，博到而今注亦孤；
我信斯文终不丧，谁令此局竟全输！
龚生岂惜天年夭，越吏犹耽帝号娱；
猿鹤虫沙长已矣，更挥残泪诵瞻乌。

侏儒尽饱朔偏饥,足傲邯郸黍一炊;
饮水自能知冷暖,鼓琴徒使有成亏。
七年征缮虚投笔,五代君臣似弈棋;
同是美人迟暮恨,寒泉秋菊吊湘累。

山居杂诗

民国二十七年十二月二十二日于桃源碧云乡璩家溶

朔风吹雪入疏棂,昼掩柴扉读六经;
已是众芳芜秽尽,岁寒松柏独青青。
展书次第课儿孙,环堵春生笑语温;
识得庸言庸行义,子臣弟友德之门。
我思仲氏望巴渝,风雨兴怀似大苏;
季也性情甘寂寞,菀枯长与伯兄俱。
平安郑重付双鱼,远慰亲心报起居;
最是老妻怜少子,关心日问往来书。
太平谁致乱为谁,栋折榱崩亦自悲;
尧舜君民犹未远,百工非复有皋夔。
静中鱼鸟总多情,物我忘机两不惊;
翻笑泉声徒自苦,出山何似在山清。
小楼西畔曲池东,雨笠烟簑理钓筒;
园有晚菘林有笋,瓦盆盛酒约邻翁。
竹篱茅舍此栖迟,藻荇参差水一涯;
夜夜读书过夜半,纸窗灯火似儿时。
一杯在手月当头,数到寒更第几筹?
醉影婆娑鸡又唱,独揩泪眼望神州。
倚遍梅花睡鹤醒,一泓清浅自梳翎;
偶临晓镜伤心处,白发新添四五星。

于友人处见十二年在国府所摄影片

民国二十七年秋，作于常德

又报金陵王气收，旧容犹在镜中留；
灵和不是当年柳，张绪风流更白头。

和陈嘉任先生东湖诗原韵

民国二十七年于常德

一辞岭表便优游，泛泛长为不系舟；
尚有古人惭汲黯，穷经今日老何休。
衡阳归雁仍如寄，丙穴嘉鱼未易求；
除是竹林皆荷锸，世无嵇阮我无俦。

倒叠前韵

新丰美酒忆同俦，零落丹青何处求；
抚剑固应呼负负，筑亭忍亦署休休。
高堂明镜双蓬鬓，万里长风一叶舟；
汉业未成韩未报，此身迟与赤松游。

再叠前韵

廊庙江湖多旧游，更无人是济川舟；
关山征调何时已，妾妇功名几辈休。
士不婴城惟退避，民皆剜肉尚诛求；
匹夫可念兴亡责，携手同为卫霍俦。

挽桃源吴劭先先生

民国二十七年

一掬新亭泪，归来又哭公；暮年共贞固，浊世几英雄。
忧乐关天下，兴亡在眼中；放翁应有语，未见九州同。

和梁均默闲韵

民国二十七年

湖上骑驴老更闲，惊心半壁旧江山；
固知骥足终应展，纵是龙鳞总不攀。
我慭子胥忧越寇，谁诛禄父诰殷顽？
棘门旗鼓如儿戏，胡虏长驱入汉关。

和陈真如瞋韵

民国二十七年

高堂明镜白头新，我亦怀归似在陈；
秋晚纫兰心独苦；酒酣击筑气相振。
不知汉魏安知晋，只忏贪痴未忏瞋；
试听鼓鼙思将帅，即今颇牧岂无人？

和蘡园老人黄均

民国二十七年

乾坤此何日，龙战血玄黄；素节安朝隐，秋风哭国殇。
漫看云出岫，长顾海为觞；醉抚横磨剑，心丹鬓已苍。

闻鲁南报捷·怀李德邻将军

民国二十七年

彭城驰报捷书新，始信英雄自有真；
大将旌旗原整肃，故人肝胆况轮囷。
昆阳一战能兴汉，淝水诸军果破秦；
我亦杜陵忧国泪，闻收蓟北尚沾巾。

偶　成

民国二十七年

十万横磨剑，何人斩克汗？汉宫飞燕舞，楚地沐猴冠。
独行师和靖，平生负懒残；军无韩范在，四望一长叹。

读晋史

民国二十七年

伐蜀吞吴擅八区,威稜偏不制匈奴;
徒令石勒嗤狐媚,已见王敦握虎符。
此座固知终可惜,斯民未必尽能愚;
平阳夜半何人语,司马家儿是闇夫。

读史(其一)

民国二十八年三月九日

年年壁上只旁观,叹息蚍蜉力已殚;
安得中兴贤将帅,撼山犹易撼军难。
大明天子在西南,土木形骸也自甘;
我往若还容寇往,料应缅甸又停骖。
堪笑朱三作帝王,依然芒砀匹夫狂;
世非虞夏商周盛,揖让征诛总不祥。
五侯七贵尽龙豢,生女当如大小姨;
却怪孔光车下拜,经师折节果何为?
诏书罪己忆兴元,士卒同仇有泪痕;
今日圣神文武号,但闻幕府责人繁。
药笼能贮几多才,马勃牛溲亦复佳;
白昼杀人谁敢问,一时门下重椎埋。
莫将臧否问公私,好恶都如武三思;
小白景升吾有憾,今人况不辨雄雌。
灭秦独将五诸侯,义帝江南一楚囚;

卿子冠军今尚健，美人醇酒最风流。
郑五徒工歇后诗，宣麻犹叩九阍辞；
权奄定策居中禁，国已无人事可知。
纤儿撞坏好家居，收拾河山此愿虚；
豺虎在朝龙在野，可怜陆纳恨何如？
西蜀扬雄老更愚，美新曾是感恩无？
不知投阁缘何事，纲目宜书莽大夫。
放翁奇气故凌云，老大终无封禅文；
若使未逢韩侂胄，白圭不玷孰如君？
直笔他年传贰臣，董狐执简可逡巡；
天南有客何堪读，姓氏分明几故人。
王侯第宅斗豪华，许史金张一一夸；
骠骑将军难再得，匈奴未灭不为家。
有人应悔卖卢龙，转眼甘为孺子琮；
刻鹄已难偏画虎，槛车何处许从容？
那知都尉竟生降，废立张刘虏更忙；
几辈得如王景略，终身不肯犯宗邦。
心惊披发祭伊川，辛有当时已黯然；
记得洛阳栖隐处，天津桥上听啼鹃。
久惭柳惠愧孙登，养气如何老未能；
组向既歌皇父圣，岸宜为谷谷为陵。
归来岂是为莼羹，谁识羲之痛冶城；
一去会稽曾誓墓，东山不作晋将倾。
一枝可借似鹪鹩，检点诗囊与酒瓢；
漱石枕流从我好，不臣不友布衣骄。

阅报载汪兆铭香港艳电

民国二十八年三月九日

少年挟策气纵横,谈笑能令四座倾;
卿本佳人偏作贼,谁非竖子独成名!
惯争鸡肋怜今日,甘为娥眉误此生;
朝露未晞功罪定,博浪父老最心惊。
曾慨张陈果不终,忽闻廉蔺更相穷;
幼安只合辽东老,伯乐难忘冀北空。
抵死如何思作茧,事仇犹是说和戎;
龟山从古浮云蔽,两观萧条吊鲁宫。

禽言六则

民国二十八年五月廿七日作于桃源碧云乡

不如归去,不如归去。又是江南春色暮。
客子行行犹不归,天涯芳草无归路(借用辛稼轩句)。
闻道蚕丛开国四万八千年,也有英雄曾割据。
卧龙跃马几兴亡,况复山川形胜已非故。

行不得也哥哥,行不得也哥哥,莫奈猛虎长蛇当道何。
济川无舟楫,驱车多辙轲,我慕邵尧夫,此是安乐窝。
匹夫气节亦功烈,巢由禹稷岂殊科。
东山一去作霖雨,壮心莫自空消磨。

姑恶,姑恶,旧盟虽在书难托。

喑哑叱咤千人废，钱谷兵刑万机握。
谁劫吾民仗积威，自铸此身成大错。
一朝鼙鼓动地来，东南西北君安著？
词臣不是陆宣公，漫讶六军无李郭。

秦吉了，出南中，或云滨于东海东。
鼋鼍鱼鳖鼍龟耳，惟尔为能顾盼雄。
自从学得人言语，主人为尔丰毛羽。
巢林昔日傍鹪鹩，渐随鹳鸰朝鹦鹉。
如何才借一枝栖，便欲僭为百鸟主。
岐山自有凤凰鸣，凤凰一鸣尔当烹。

布谷，布谷，晓风残月啼乔木。
丁男子妇半流亡，几家燕雀巢空屋。
徒闻割麦插禾声，春雨一犁谁叱犊？
独立苍茫感废兴，宗周黍稷中原菽。

提壶，提壶，杏花深处酒可沽。
世人皆浊我独清，众人皆智我独愚。
有酒不饮胡为乎，君不见佯狂一醉六十日，龙骧虎视亦虮虱。
先生不改晋衣冠，彭泽归来惟种秫。
又不见高阳酒徒谈笑中，布衣长揖隆准公。
少壮重意气，垂老将毋同。

哭萧佛成先生

民国二十八年六月十一日

俯仰悲今古，先生亦逸民[①]；暮年犹去鲁，遗恨未亡秦。
不改苍梧慕[②]，终完赤子心；弹章如昨日，直道在斯人。

检书搜旧箧，总为去留商③；重诵罗浮句④，诸公日月光。
岭南同进退，江表易兴亡；知己凋零尽，关山泣数行。

①先生虽为中央委员、国府委员，然海外栖迟，亦遗逸也。
②十八年先生自暹京归国，参加总理奉安典礼，而尽忠主义，始终不渝。
③二十年十一月，余以吊古湘芹先生之丧于广州，先生及邓泽如先生留余在粤，一二年后，余因忧愤欲去广州屡矣，而先生与胡展堂、邹海滨诸先生力止之。先生每寓书极长，皆有"去则同去耳，盍少待也"语。
④先生号铁桥，而罗山浮山间，亦有峰曰铁桥者，志称此峰系两山而可渡者也。二十五年四月，余与林云陔、李晓生先生从胡展公游罗浮，居三日，展公成七律五首，其咏铁桥有"吾何及"语。

茅茨（其一）

民国二十八年九月二日

茅茨聊借两三间，十亩桑麻四面山；
骏马宝刀犹似旧，也随抱瓮灌园闲。
晓风催放稻花香，梅子流酸半已黄；
刚日读经柔日史，此生才识北窗凉。
枝头好鸟劝提壶，词客哀时涕泪孤；
学酿东坡真一酒①，朗州犹是惠州殊。
嘉陵江畔好楼台，付与胡僧认劫灰；
辜负桃林花烂漫，年年空待放牛来。

①东坡先生在惠州时，其《真一酒诗》自注云，米麦水三一而已，此东坡真一酒也。今惠州沦陷，将及一年矣！

怀　友

民国二十八年九月三日

藏得床头酒，携来岭上云；无人歌易水，有鬼哭秋坟。
泽畔徒忧国，天涯独忆君；干戈犹未定，鸿雁不堪闻。

读 史（其二）

民国二十八年九月三日

裈中群虱何纷纷，焦邑灭都皆不闻；
而我登山独长啸，长林丰草吐奇芬。
浊酒一杯琴一曲，眼前万事如浮云；
尧舜可非况汤武，螟蛉蜾蠃大将军。
何人弑故主，又杀湘阴公。
太原讨贼告天下，其气能吞郭侍中。
穹庐稽首何为者，契丹之力亦已穷；
昔倾巢穴犯上国，帝豜一归虏无功。
矧复汉家方报怨，反颜事仇谁与同？
昨日沙陀擅狐媚，久徙贰室窥神器。
手掷燕云十六州，德光册立儿皇帝。
转眼还看负义侯，母子饥啼封禅寺。
木叶山头怨薛超，青衣更向和龙逝；
痴顽老子老不死，安富尊荣具备矣。
五朝八姓十三君，帝座如棋公奕耳；
谓公曰俭谓公廉，我独惜公太无耻。
垂拱俨然南面王，随人俯仰为低昂；
闭门日日诵功德，复仇戡乱非所望。
长乐老，犹自叙；史臣传写示千古；
范贤称为屹若山，后人视之一腐鼠。
庐陵涑水诛奸谀，一字之严过齐斧。
新都侯，复周礼；
王家世受汉皇恩，如何龙种膏刀匕？
四十八万七千人，争献符命侯负扆。
孺子忽为殿下臣，太皇太后犹投玺。
呜呼刘歆作国师，今之元老亦如此！

忆麟燕①

民国二十八年十一月二十九日

西狩当年恸获麟，南飞今日悲飞燕。

① 是日为麟儿生忌，余念麟儿，又念燕侄，成诗两句。

夏　日

民国二十八年

山深晴雨总相宜，图画山山待郭熙；
见说桂林山更好，几峰恰似夏云奇。
著书原不为穷愁，廊庙江湖一样忧；
但使三军如挟纩，何须五月尚披裘。
绿树阴浓绕屋遮，鸡鸣狗吠野人家；
邻畦乞得三弓地，笑看儿童学种瓜。
永嘉故老靖康民，已伴渔樵托此身；
怪底天威神武颂，诸公咫尺即胡尘。

东　山

民国二十八年

故人谁足系安危，一哭东山一自悲；
照眼榴花红似火，可堪冰雪上须眉。
双双蝉翼别枝鸣，纵曳残声梦不惊；

待到秋来吊遗蜕，昔年曾使万钧轻。
醉中草檄醒何如，徒摘芭蕉抵学书；
巴蜀若逢贤太守，料应遥念茂陵居。
雨后流泉石上听，杖藜行尽短长亭；
何当父老衣冠古，司马端明讲孝经。

立 秋

民国二十八年

桐阴寂寂思悠悠，一叶西风乍报秋；
陛下宜尊韩侂胄，江南不杀宋齐邱。
我怜百姓皆刍狗，谁信元戎亦沐猴；
高帝故人零落尽，更无平勃可安刘。

和龙教授见寄原韵

民国二十八年

荷动知鱼戏，槐安笑蚁酣；龙蛇今尚蛰，藜蕨凤能甘。
相忆如元白，徒悲采绿蓝；名山读书处，风雨一茅庵。

和龙教授边悠韵

民国二十八年

此心早悟蜜中边，都付行吟与醉眠；
漫道狂夫狂更甚，刓方未必可为圆。
浮云白日思悠悠，满地干戈满目秋；
最是江山摇落处，但闻燕雀语啁啾。

憎 蝨

民国二十八年

负山无力自成雷,总恨黄昏扫不开;
有客旧曾挥扇处,几回扑去几回来。
犹记髯苏已屡憎,最多豹脚是吴兴;
怜君暮夜门如市,早有焦冥睫上乘。
泰山猛虎永州蛇,怨毒惟闻一路哗;
此物噬肤天下瘦,杀人处处更如麻。
若为鳌足犹能断,便似龙鳞亦敢批;
今日应焚蚊母树,么髍无地可相携。

里 胥

民国二十八年

里胥夜半持军帖,道是将军大点兵;
一听耶娘妻子哭,杜陵野客亦吞声。
江山何处限华夷,秋壑欺人更自欺;
凄绝芦沟桥上月,几时未照汉旌旗。

张海六先生以其和陈梅谷先生忆京之作寄示，依原韵赋之，并呈梅谷

民国二十九年一月

汉皇神武汉家灵，汉相威仪汉贼腥；
霸业恐随铜柱尽，新亭忍见玉肌屏。
何人今日眉犹赤，有客平生眼未青；
南渡衣冠儿戏耳，虾蟆蟋蟀又飘零。
白马银鞍事可哀，蒋山空待蒋侯回；
功名富贵皆秋草，城郭人民几劫灰。
漫道黄莺惊汝梦，不知赤凤为谁来？
伤心玉树歌残处，江总风流酒一杯。

元 夕

民国二十九年二月

国破城孤草木腥，料无灯火照南宁；
昆仑关外三更月，千古江山一狄青。

罗先生寄示乞假归省奉寄张向华、李伯豪两将军及别母南征二诗,依原韵答之

民国二十九年三月

钟鼎山林两不期,期酬马革又何之?
渔樵亦有兴亡责,日月非无弦望时。
一树寒枝犹自媚,十年谏草只君知;
浣纱女伴倾人国,遥指西东总姓施。
藻荇参差水一涯,白云青霭竹楼斜;
平生慷慨输肝胆,祈父频繁恤爪牙。
尚忆谢公棋可赌,不逢武负酒难赊;
春风吹到三巴绿,愁对孤蓬问种麻。

悼张殿春同志

民国二十九年

大本营僚友之在国府者,今已无多,又弱一个矣。

夏口临分日,相看总黯然;岂知终古别,已在二年前。
举目江河异,同心金石坚;九京应有恨,兼为故人怜①。

① 一作"九京如有恨,应为故人怜"。

茅茨（其二）

民国三十年三月十九日

茅茨日当午，倚杖伴樵渔；最爱春风里，儿孙尽读书。
邻翁闲种树，绕屋放桃花；不是玄都观，刘郎漫怨嗟。

寄题南轩读书堂[①]

民国三十年十二月十八日于桃源

南轩犹有读书堂，古木寒鸦几夕阳[②]。
我比先生更忧愤，复仇偏是贾平章。

[①]堂在广东连县，燕喜学校内。（按：燕喜学校即今连州一中。）
[②]借用文丞相过张许庙沁园春词句。

桃 李

民国三十年

桃李浓如许，繁华能几时？贞心终不改，涧底一松奇。
旧巢双燕子，不厌主人贫；寂寞谁相问，呢喃独与亲。

和邓孟硕先生诗原韵并呈诸老友

民国三十年

楚人沐猴冠，此语一何虐。山中烂斧柯，一客失先着。
身不系安危，志未忘忧乐。帝也而臣佗，长安应大噱。
坐使不祥金，独如干莫跃。吾道肯磷缁，恐负半生约。
愚公自不愚，何必惭嘲谑。岭表老虞翻，著书吾岂若。

和邓孟硕先生诗原韵

民国三十年

得失亦鸡虫，狂疠忽重驶；云雨翻覆间，神州陆沉矣。
奋笔诛奸谀，我非今日始；悲歌斗以南，乐饥水之涘。
东山久寂寥，终古一知己；醉过西州门，老作於陵士。
丹心诉九疑，青眼望诸子：隐忍就功名，妾妇斯为耻。

和胡君[①]立吴五十自寿诗原韵

民国三十一年十月二十八日于陬市

息机已久更忘机，钟鼎山林果是非；
青眼看山霜在鬓，苍梧叫舜泪沾衣。
同为贫病知谁健，纵处艰虞忍自违。
五十功名弹指耳，问君东望几时归？
鸡黍当年孰主宾，危疑愈见性情真[②]。
一樽酩酊酬佳日，半榻频繁卧故人[③]。
晚节不惭三径菊，庞尘犹压五湖纯。

长沮桀溺堪相羡,好作田间两逸民。

①胡君常德人,为亡友王雨荷先生之门弟子。十六年,展公任中央政治会议主席,胡君亦任中央政治会议秘书。二十六年,中央政治会议职权改属国防最高委员会,胡君亦即改任该会秘书,奉职迄今。

②辛亥三月二十九日,吾党同志在广州失败,湘党人遂于四月十日鼓动学生争路,及各校皆停课,又进为罢市抗租运动。清大吏杨文鼎以出奏之说,缓和民气。五月,虏廷以乱民论,于是各校又罢课。杨文鼎饬其提学使吴士鉴严令各校提前放暑期假,并欲捕人。乡人劝君绝余,君弗听。

③辛亥春,余驻长沙,乡人于余,去之若浼,君独遇我厚。端午日,其外戚倪氏召君饮,君一酬酢即归,而沽酒相对大醉。又不喜与人共榻,而余之衾枕,胥无一有,盖以之质钱矣,君往往分榻之半,俾余卧。

夜 吟

民国三十一年十一月十五日

今日日南至①,山溪遥夜幽;敢辞龙在野,喜见月当头。
万籁斗春意,孤忠愤国忧。含情问童子,知耐岁寒不?

①是日为夏历长至节。

菊

民国三十一年十一月二十日

江山易摇落,鸿雁久彷徉;晚艳酬佳节,孤花殿众芳。
影衔三径月,骨傲九秋霜;真意此中得①,西风何必障。

①或作"真意亦已得"。

和友人杨君植筠七夕梦中诗原韵

民国三十一年

只忏贪嗔不忏痴,故人遥寄梦中诗;
君如老凤垂双翼,我笑残蝉占一枝①。
乞巧有文偏抱拙,养生无术况匡时;
孤踪更在红尘外,秋雨秋风总不知。

①黄山《谷登南禅寺,怀裴仲谋》诗有"残蝉犹占一枝鸣"句。

邓孟硕先生由成都以近作七律四首见示,因和其自汉适渝咏怀诗辞字韵

民国三十一年

杜陵怀抱放翁辞,又读先生剑外诗;
谁独殉权夸不改,我惟补过退能思。
同朝牛李何恩怨,从古张陈易合离;
伏枥难忘千里志,白头怅望中兴时。

罗翼群先生寄示五十述怀诗十首,和第六首侵字韵

民国三十一年

与君惆怅二毛侵,长剑归来寂不吟;
等是一身无着处,曾濒十死有同心。

狂斟醽醁谙清浊，懒对波澜问浅深；
我亦阮生孤愤在，夜中不寐坐弹琴。

得周仲良先生重庆书，感而赋此

民国三十一年

汉皇昔作巴渝舞，犹似周南咏兔罝。
见说新亭名士酒，争闻商女后庭花。
谁家有李皆钻核，是处无田可种瓜。
况复相君夸蟋蟀，故应帝子问蛤蟆。
二豪遮莫笑刘伶，我与三闾一样醒；
烈士功名坚晚节，故人踪迹慨晨星。
鸡鸣狗盗何胜数，猿啸鹃啼未忍听。
安得淮阴建旗鼓，井陉重睹汉威灵。

溪　上①

溪上一茅屋，夜中闻杜鹃。他乡春九十，故国路三千。
木直必先伐，膏明徒自煎。湘漓尽鱼鳖，此是在山泉。

①按：日期不明，姑按原稿顺序置此。后同。

和虞淮伯辛津韵

民国三十四年三月十三日作于桂林昭平利扶乡

姜桂由来老更辛，伐轮况复置河湄；
山中鸡黍堪忘世，客里莺花不算春。
独课儿孙学诗礼，自甘妾妇贱仪秦；
投荒亦种先生柳，何必桃源始问津。

倒叠辛津韵

漫劳沮溺笑知津,我独西行不到秦。
香草故应空谷老,好花偏是别枝春①。
晴烘山气浮天外,风送溪声渡水湄。
满目兴亡一回首,楚人久已负庄辛。

①此联又作"老骥未忘千里志,流莺徒报别枝春"。

山居四首

民国三十四年四月九日作于昭平

万山朝霁影参差,拄杖看山有所思;
遥忆桂林风景异,几峰犹似昔时奇。

空庭寂寞午鸡啼,谁识鸡栖凤亦栖?
莫向桃花问渔父,此中不是武陵溪。

流水孤村日又斜,偶逢邻叟话桑麻;
晚来风起云如墨,灯火依稀四五家。

月明乌鹊悔南飞,此树婆娑未可依;
杜宇料应知此意,声声苦唤不如归。

改正前忠义寺诗

民国三十四年五月二十日

布衣于役布衣归,重过程门万事非;
五十功名懒回顾,儿时书味尚依稀。
故山猿鹤怨来迟,壮不如人老可知;
报国无成才易尽,此生终恐负吾师。

三十四年中秋日,由昭平上平乐,晚泊蓬冲,月下感赋(十六韵)

民国三十四年九月二十三日

尽室若蓬飘,桂岭犹为客。一棹万山中,月浮波影碧。
忆我侍元后,帷幄永朝夕。侍从溯漓江,俯仰已今昔。
去年越洞庭,一岁四荆棘。三问此江津,咫尺薄锋镝。
名城尽焦土,庙谟徒自贼。天险尚泥沙,苍生岂所惜。
偷存瘴疠乡,沉痼复相厄。其时命如丝,其身心匪石。
忽闻驰露布,自它而后获。利器殪鲸鲵,我亦受降国。
老凤虽鸡栖,徘徊顾羽翼。方今济巨川,与有舟楫责。
独虑众人醉,吾道况孤特。何如皓魄盈,八荒同洁白。

口占一绝

民国三十四年秋夜坐,唤诸稚伴我,
与之说国家废兴存亡之故

烈士寸心苦,空山孤月明。白头话兴废,俯仰无限情。
有志事竟成,见危命可授。子孙其识之,清白循吾旧。

邹公泉

民国三十五年元月二十二日于平乐

余居平乐北郊,距仙宫岭数百武,岭下有井。碑载:宋哲宗时,邹忠介公浩谪昭州,结茅山麓。而江水不可饮,饮之瘴发,故汲水必在数里外。一日,有泉涌出,人异之,后有即其地以凿井者,名之曰"感应泉"云。

江河多浊流,山深泉更洁;此山终不移,斯人终不殁。
寂寞在山泉,万古一清白;我亦古之愚,况慕先生节。

祝居觉生先生七十寿诗

民国三十五年二月二十日于平乐

龙髯今更远,公尚寿而康。三矢授已久,群儿欢未央。
素书见忧乐,黄发系兴亡。应有养生论,何如嵇阮狂。

酬淮伯

民国三十五年三月五日于平乐

直道事人者,焉往不三黜。纵为惠之和,而亦人所疾。
吾道有隆污,百折毋一屈。蜾蠃与螟蛉,二豪果何物?

六十初度

民国三十五年四月六日于平乐

我生才一岁,北堂谖草萎;悠悠五十年,父怜无母儿。
鸡豚未逮存,椎牛空尔为;六十怀二人,蓼莪悲更悲。
邓生一布衣,弱冠从光武;昔余遘中兴,画阁皆故侣。
中年忧患多,老大遛渔父;所嗟无斧柯,龟山犹蔽鲁。
纤儿毁家室,邻女斗机杼;邈矣苍梧帝,禹稷在何所。
广州哭大儿,昭州丧少子;诸侄与诸孙,尚堪娱暮齿。
予季独扶持,多难同行止;贫贱士之常,相期无枉己。
惟怀仲氏劳,驱驰殊未已;天下自滔滔,河清若可俟。
节士利艰贞,志不忘沟壑;疾苦任年年,气骨今如昨。
移山未必非,愚公心有托;出处寿斯民,黾勉修天爵。

七律一首

民国三十五年七月七日于平乐

十年厌闻长安事,且喜蛮夷尚可逃。
老始读书嗟已晚,病犹忧国悔徒劳。
山中有客烹双鲤,海上无人断六鳌。

暮齿又衔赢博戚，伤麟泣凤泪沾袍①。

①余有两子，民国二十二年夏，麟儿殁于广州，今年春，凤儿殒于平乐，其生之年，皆二十有九。

三十五年九月十九日午夜，雷雨，梦游风洞山，与展堂先生赋诗，醒呼四弟记之

民国三十五年九月十九日

丈夫志万年，期为远大谋。无令麋鹿游，无令松竹羞。

老树诗

民国三十五年十一月九日于桂林

空山老树饱经霜，孤直安能伍众芳。
草木一时零落尽，岁寒风雨独苍苍。

扶病留诗

民国三十五年十二月二日于桂林

意气从来轻死生，所悲报国卒无成。
悠悠四十三年事①，青史凭谁载姓名？

①甲辰，黄克强先生谋在长沙举义，余从宋钝初先生及胡有父、刘复基两烈士经营湘西，此为余致身革命之始，迄今四十有三年矣！

午　晴

民国三十五年

日日南窗读汉书，山川如画午晴初。
此心随处皆箕颍，谁谓蛮夷不可居。

北　山

民国三十五年

清晨陟北山，山在白云里。
托身一已高，纤尘不得浼。
白衣苍狗无时无，山色青青长如此。

词　　选

四十三岁生日

调寄满江红，民国十八年作于南京

四十三年，空自许，文章功烈。辜负了，美人红泪，故人碧血。垂暮不忘沟壑志，经霜未改松筠节。趁江南，好山好水多，留狂客。

生耻与，扬雄列；死愿葬，要离侧。是一身如玉，寸心似铁。忍歔糟醨随众醉，惯从馈粥全吾拙。欲此情，都付子孙知，惟清白。

古湘芹先生逝世三周年感赋

调寄金缕曲，民国二十三年十月于穗

俯仰成今古，念灵修，斯人既去，高邱无女。客欲帝秦宁蹈海，尚赖鲁连一怒；但岭外，三年羁羽，只似新亭徒对泣。问折冲，万里谁堪与，都不识，此情苦。　　归来辽鹤应凝伫，空惊心，锦城丝管，玉楼歌舞。霸上棘门儿戏耳，安得将军好武。谩怨我，鼓声激楚。拔剑更撞双玉斗，料他时，吾属皆为虏。忧国泪，独如雨。

祝谢慧生先生及夫人六十双寿

调寄百字令，民国二十四年一月于穗

鼎湖龙去，但山川满目，凄然兴废。最是国仇犹未复，霸上棘门儿戏。我梦江南，公怜岭表，一样栖牛骥。鸡鸣狗盗，有人偏独狐媚。　　此气曾折桓温，冶城携手，不改东山志。卅载关河催白发，成败能令快意。功在旂常，寿同金石，春色晖孤帨。信陵醇酒，更应今日遥醉。

国立中山大学新校舍落成，赋呈邹校长海滨先生

调寄西湖[①]，二十四年于穗

今之士，贱丈夫焉而已。汉儿偏欲学胡儿，岂其心死。人将相食，我安归，滔滔天下皆是。　　喜此地，山林启，笑向春风桃李。中行狂狷尽弦歌，英才盛矣。定知天未丧斯文，八代之衰可起。十年事，兴废张弛，独先生鼎湖挥泪，有志竟成如此。遇盘根错节频繁，器似莫耶铦，何曾餒。

①按：原文如此。或作西河。

哭展公先生

调寄买陂塘，民国二十五年五月于穗

忽惊心，九天雷雨[①]，公骑箕尾归去。我生及见唐虞盛，公作股肱心膂。谁御侮，忍使斯人不出苍生苦。兴亡细数。似五丈秋风，卧龙跃马，此日尽黄土。　　今何世，偏坏擎天一柱，凄凉坛坫无主。卅年风义兼师友，而我死生相许。闻杜宇，又岂料，罗浮斗韵成今古。攘除庆父，便万里平戎，八荒会葬，钟阜舞干羽。

①公易箦时，雷雨交作。

又 稿

调寄摸鱼儿

忽惊心，九天雷雨，公骑箕尾归去。我生及见唐虞盛，公作股肱心膂。闻杜宇，痛一代文章功烈，埋黄土。英雄用武，问此地东山①，白云千载，有墅更谁赌。　　伤心甚，偏折擎天一柱，凄凉坛坫无主。卅年风义兼师友，而我死生相许。盈笑语，才几日罗浮斗韵成今古②。平章出处，只流水孤村，夕阳芳草，能寄此情苦。

①民国二十五年一月，公自欧洲归国，居广州东山之隅园，园近白云山麓。
②二十五年四月十八日，余与林云陔、李晓生诸同志从公游罗浮，廿日返广州，而公于五月十二日，以风疾卒。

浣溪沙·为胡展堂先生逝世两周年纪念日感赋

民国二十七年五月十二日

往事凄凉未忍论，年年今日一招魂，黄垆孤负旧琴樽。异代安知王氏腊，几人尚忆谢公墩，欲寻春梦总无痕。

和 友 人

调寄满江红，依文文山和王昭仪韵，民国二十七年

芳草天涯，依旧是王孙颜色。只惆怅，桥山陵庙，汉家城阙。纵笔待收青史外，种瓜悔傍董台侧。听南朝，玉树后庭花，歌音歇。　　莲作寸，丝难灭。离别恨，殷勤说。似霜禽铩羽，杜鹃啼血。乱世功名皆敝屣，孤标皎洁如明月。岂金刚，百炼到而今，干将缺。

又和友人

调寄满江红，依东坡原韵

昨夜东风，吹皱了一池新绿。休更道，玄都观里，种桃成簇。陇畔安知鸿鹄远，枝头却羡鹓鶵足。问阿谁，磨涅不磷缁，人如玉。

听唱彻，思归曲。春梦散，何须续。但泥土轩冕，此身难辱。漫出深山为小草，徒悲故国余乔木。约渔翁，载酒洞庭西，烟波宿。

和 友 人

调寄玉阑干，依杜安世原韵

蝶翻金粉摧残景，早是樱桃开尽。南朝天子纵无愁，春光好，落花成径。　一时毁誉难传信，铸汉京，人物何定？名山风雨独艰贞，垂丹青，皓首堪趁。

六州歌头

依张安国体，民国二十七年

浔阳江上，日夜怒涛声。今又见，一杯酒，劝长星，泪如倾。未报辽天愤，攘岭表，捐河朔，五侯盛，三仁尽，八王争。东寇飞来，齐鲁弦歌辍，吴越膻腥。望九边何处，空复梦幽并，淮水奔，鲸西行。　糜六①州铁，铸成错，伤心甚，坏长城。犹虎视，曰予圣，莫能撄。笑公卿赵孟，偏高下，多妩媚，孰廉贞。浑不耻，儿皇帝，小朝廷。恸哭龙髯早去，我惟奉，弓剑威灵，但钧天广乐，帝醉几时醒？宇宙销兵。

① "六"字入作平。

婆罗门引词

民国二十八年元旦作于桃源

年年今日，万方玉帛尽讴歌。今年今日如何？早是山河还我。谁复弃山河？怅龙髯益远，有泪滂沱。　　良时易过。廿七载，总蹉跎。一堕名城六百，空说麾戈。苌弘碧血，忍回首，我负旧人多，干莫在，独自摩挲。

永遇乐·闻长沙大火

民国二十八年元月八日

闻道长沙，劫灰飞到，城市焦土。纵似烧书，祖龙按剑，也止儒生苦。咸阳三月，扬州十日，异代又逢熛怒。凭谁问，焦头烂额，只今几门户。　　那堪孺子，才争梨枣，儿戏还添一炬。鹤唳猿啼，僬侥拊手，畏寇偏如虎。中兴已矣，狡童烽火，足使宗周禾黍。更何处，黄冠野服，与渔钓侣。

忆旧时

依张叔夏体

记臣之壮也，尚不如人，老矣何为？久负林泉约，况唐虞世远，我又安归？武昌纵然鱼美，争及庾廖炊。正江水烟波，鸡豚赛社，鸥鹭忘机。　　歔欷便归去，更满目山川，有泪沾衣。颇牧今安在？痛中原父老，犹望旌旗。可知旧时王谢，双燕傍谁飞。听玉笛吹残，楼头黄鹤悲夕晖。

一寸金

时广州、武昌先后沦陷,而倭军正犯洞庭
民国二十八年元月九日

如此山川,又是秋风更摇落。念入周问鼎,天王守府,临江酾酒,相君横槊。桴鼓黄天荡,还添个玉颜绰约。争图画,上将威仪,宛勒燕然气磅礴。　底事经年,关山征调,名城尽销铄。况越华台榭,异方歌舞,庾楼风月,他人帷幄。湖上徒增灶,只分得,洞庭一勺。从头数,跋扈将军,古来皆寂寞。

金缕曲(其一)

民国二十八年二月二十五日

生怕元规污,障西风,纤尘不染,酒酣箕踞。抗节欲为陈仲子,犹未於陵织屦。只赢得,兰成词赋,最是湘妃祠畔竹。又依然,扬子津头树。兴废事,向谁诉。　我怜乌鹊寒枝住,听歌声,无人解唱,大江东去。处处落花啼鸟恨,把剑沧茫四顾。但儿抚英雄如故,力足拔山骓不逝,问重瞳,可载虞姬渡。棋一局,百年误。

水龙吟

民国二十八年三月五日

可怜寸寸山河,可怜寸寸伤心地。不堪回首,少年杖策,中年缆辔。吾道非耶,我辰安在?天之方蹶。怅桃花源里,秦人鸡黍,争问讯,今何世?　为道嘉陵尽处,又依稀,金陵佳丽,新亭试望,渡江名士,阿谁涕泪?唐代行宫,翠华重驻,春风堪醉。怕他时寥落,白头宫女,说玄宗事。

青玉案

生日补作,依张方叔体

民国二十八年五月三日

扫除天下如相待,犹是会稽围未解。自顾桑弧蓬矢在,国仇能复,春光欲老,只惜朱颜改。　　河山化作侯门贿,独诉沅湘揽兰茝。九死如何终不悔,眼前荣悴,传中功罪,谁是雌丁亥。

瑞鹤仙·燕

依辛稼轩南涧双溪楼体

民国二十八年五月十一日

呢喃双燕语,道万里无家,定巢何处?长江又飞渡。听暮雨潇潇,吴娘如诉。芜城一赋,总轻负,龙蟠虎踞。怅乌衣巷口斜阳,故国几时归去。　　回顾,似曾相识,我亦飘零,关山失路。春心更苦,庄姜泪,杜陵句,况蛾眉犹嫉。赵家姊妹,颦笑将移汉祚,为穿花,掠水沾巾,劝君此住。

早梅芳近·燕巢①

竹林中,茅屋里,小住为佳耳。旧巢安在,国破城春亦如此。奋飞酬故主,决胜乘高垒。问期门宿将,旗鼓可能似?　　九世仇,百②年耻,计日还三矢。独夫骄固,顿使神州陆沉矣。匈奴犹未灭,志士毋宁死。听哀歌,酒酣声变徵。

①余所居,有燕巢四五,忽为伧父持燕子不居旧巢之说毁之,及其归来,逾浃旬而新巢成矣,乃赋早梅芳近一阕。

②"百"字入作平。

酷相思·七夕

民国二十八年九月二日

万古难蠲天帝怒,巧何在,堪分取。笑今夕针楼穿彩缕,赚尽了,痴儿女,负尽了,痴儿女。 云雨荒唐巫峡路,只惯说,荒唐语。恐桥上不容君再住,鹊驾了,来何处,鹊散了,归何处?

醉桃源

民国二十八年九月三日

门前松桂已胜攀,白鸥相伴闲。竹楼遥矗翠微间,更看云外山。虫唧唧,鸟关关,画帘双燕还。疏林新月一钩弯,酒痕衣上斑。

祝英台近·和龙教授[①]

民国二十八年九月十九日作

芑萝村,杨柳渡,今日亦秋浦。翠袖天寒,何处蔽风雨。古来绝代佳人,倾城倾国,总难觅,蓬门堪住。 更遥觑,况是青冢黄昏,胡笳又重数。莫赎蛾眉,莫听曲中语。但怜春女如花,姑苏台上,道麋鹿,几时才去。

①榆君以其友人吕君避寇入蜀,取稼轩词意,作"落花美人"以寄,因和原韵,并以寄余。余最爱其"落花美人"四字,仍依原韵和之,惟已及秋,固不止落花时节而已。

点绛唇词·和龙教授

民国二十八年九月

等是飘零,故乡孤负湖山好①。白苹红蓼,天末凉风早。报到平安,劝我开怀抱,闻啼鸟,落叶从头扫。

①我亦赣人。

沁 园 春

民国二十八年

一叶扁舟,濯足沧浪,自理钓纶。正养花天气,淡云微雨,禁烟时节,紫陌红尘。枝上莺啼,梁间燕语,桃李芳菲杨柳新。韶光好,奈骤添白发,又负青春。 斯民,尽欲亡秦,悔作渔郎来问津。念豺狼横道,那如今日,龙蛇起陆,终属何人?赤地堪惊,苍天未死,有志当为温太真。茅庐在,待楼兰已斩,猿鸟相亲。

踏莎美人

满目山川,泪痕盈把,永和三日何为者。茂林修竹况凋零,惟放新亭?醉眼望兰亭。 虢国门前,李家天下,水滨春梦疑真假。遥知夜半雨淋铃,都是秣陵,飞絮蜀江萍。

沁园春·雪

民国二十九年一月

万玉琮琤,仿佛湘灵,散花洞庭。怅裂缯方急,何从挟纩,撒盐虽似,也用和羹。便兆丰年,可怜焦土,况复弘羊殊未烹。宜高卧,但冰心独抱,霜鬓初惊。　　吾生,不改廉贞。更夜夜龙吟鸡乍鸣,叹嵇康非懒,原思非病,陶潜非醉,屈子非醒。举目江河,许身稷契,亦有东山移我情。商量处,是亭前放鹤,海上骑鲸。

蝶恋花·棋

弈遍长安空自炫,忽遇猧儿,便已楸枰乱。折屐人遥谁足扞,江流果被投鞭断。　　一任山前柯欲烂,两客雌雄,我独旁观惯。待把太原公子唤,定闻此局全输叹。

瑞龙吟·雪夜

依用美成曲中感念词体
民国二十九年二月

彤云暮,疑是三月扬州,陌头飞絮。茅茨三五人家,夜来化作琼楼玉宇。杖藜处,非为剡溪乘兴,灞桥裁句。惟应顾陆丹青,放翁胜赏梅花树树。　　闻道行宫,残月,断猿啼恨,依然歌舞。谁更拂衣归来,头白如许。茶铛影里,闲把孤灯煮。还惆怅,寒江簑笠,梁园词赋,一样因人误。楚骚读罢,苍茫四顾,徒送流澌去。吾老矣,山川英灵今古。履霜已警,抱冰堪慕。

惜红衣

依姜白石体。徐州沦陷，怀德邻、健生两将军

笛里关山，兵前草木，镜中陵阙。虏骑啾啾，黄河水呜咽。孤城落日，偏报道，长淮南北。蹉跌。西楚坟都，吊兴亡陈迹。　伏弢呕血，犹更援枹，不①令鼓音绝。将军苦矣，白发傲冰雪。只恐又逢臣构，甘把汴州抛掷。问此行何似，叩马书生曾说。

① "不"字入作平。

征 招

依姜白石体　民国廿九年六月作，其时倭寇犯我安庆

苍生果被清谈误，神州陆沉如此。仗策欲何之，奈滔滔皆是。羽林貔虎士，可能殪长蛇封豕？铁锁横江，莫教烧断，舳舻西指。淝水故依然，数人才，桓伊谢玄亡音无矣。泪眼看河山，问英雄有几？狂来仍抚髀，好收拾，纍鞿鞭弭。道今日，不学秦人，住武陵原里。

金缕曲（其二）

元旦试笔。民国三十年

难解肠千结，好家居，纤儿撞坏，到今蹉跌。霸上棘门儿戏耳，莫怪匈奴未灭，早是同舟胡越。我本玉皇香案吏，怅苍梧，缥渺歌呜咽。松柏性，耐冰雪。　夷门肝胆常常舌，更无人，董狐直笔，屈平孤节。五十四年驹过隙，万事惟催白发。又献岁春王正月。烈士壮心终不已，待何时，可补金瓯缺。犹未也，守吾拙。

踏莎行·十月九日夜追怀刘尧澂先生[①]

故国青山，故人碧血，余生又见金瓯缺。寒泉岁岁荐黄花，自嫌今日犹偷活。　　一点秋灯，一弯秋月，一尊秋影空皮骨。酒徒去尽，我归来，此身如玉心如铁。

①辛亥武昌首义之前夕，尧澂在小庙街被捕，翌晨与彭烈士楚藩、杨烈士宏胜同遇难。夜九时，熊秉坤、蒋翊武等遂发难矣。

遍地锦·答重庆友人

依毛滂咏牡丹词体

漫为诸公怨羁旅，有金汤，总无张许。问新亭涕泪年年，可染得中原寸土。　　况尊前，夜半长星，醉春灯，美人歌舞。料卧龙，跃马英灵，只付与，渔樵笑语。

满江红·和杨植筠

满目山川，空惆怅，兴亡陈迹。搔白首，儒冠负我，一钱不值。将帅无人容剧孟，公卿有党排苏轼。任江湖廊庙总多忧，谁能识。

从征战，君相忆；甘贫贱，君相惜，更呼儿烹鲤，素书赢〔盈?〕尺。安肯降心随俯仰，渐因止酒佳眠食。但与君，重话佛龛灯，旗亭壁。

集　句

廿年秋敬谒黄花岗　集唐

甘心赴国仇（郑锡），兹事已千秋（刘长卿）。
古木鸣寒鸟（魏徵），苍山夹乱流（马戴）。
烟尘一长望（杜甫），风雨昔同忧（韩愈）。
借问此何时（李白）？几人新白头（于邺）。

秋　夜　集唐

民国廿一年秋

水气侵阶冷（祖咏），船灯照岛幽（司空图）。
月从平楚转（李商隐），江入大荒流（李白）[①]。
独坐悲双鬓（王维），终年忆旧游（顾况）。
匈奴犹未灭（陈子昂），此意正悠悠（皇甫冉）。

①一作"星临万户动（杜甫），月涌大江流（杜甫）。"

忆人集句

岁月相催逼（陶潜），山川自屈蟠（苏轼）。
故人何寂寞（王昌龄），吾道属艰难（杜甫）。
矧复值秋宴（谢惠连），应能保岁寒（白居易）。
一朝携剑起（李商隐），直为斩楼兰（李白）。

黄花节集句

依罗翼群先生海隅晚望诗原韵
民国廿八年三月廿九日

近水松篁锁翠微（陆游），丹青空见画灵旗（杜牧），
数丛沙草群鸥散（温庭筠），万里云罗一雁飞（李商隐）。
新鬼烦冤旧鬼哭（杜甫），南人销瘦北人肥（石达开），
风霜欲放黄花节（宋刘克庄后村别调词句），垂柳阴阴昼掩扉（苏轼）。

梦胡展堂先生

民国廿八年十二月廿七日

文采风流众所归（黄庭坚），残宵犹得梦依稀（李商隐），
泰山北斗千年在（元好问），深谷高陵万事非（元好问《送杜子》）。
报国故应甘九死（李德裕），刺天不复计群飞（陆游），
林间白塔如孤鹤（苏轼），云是辽东丁令威（李白）①。

①末二句又作"神农虞夏吾谁适（文天祥），白首还乡餍蕨薇（放翁《寓叹》）。"

笳鼓喧喧汉将营（唐人诗，忘其名），青袍今已误儒生（刘长卿），
石苞本不容孙楚（元好问），贾谊何须吊屈平（王维）。
千古是非存史笔（黄庭坚），中年忧患博虚名（陆游）①，
英雄一去豪华尽（唐人诗）②，月傍关山几处明（杜甫）。

①前两句亦作"谁恻寒泉独自清（苏轼），流芳遗臭尽书生（陆游诗。放翁《过广安吊张谏议》）。"
②英雄一句亦作"南来猿鹤悲清夜（王夫之）。"

夜 吟

民国廿八年

满把金尊细细倾（晏殊），旧愁新恨若为情（向子諲）。
未成报国惭书剑（苏轼），莫惜题诗记姓名（元好问）。
万籁参差写明月（黄庭坚），九歌哀怨有遗声（陆游）。
无聊独剪西窗烛（赵师侠），遮莫邻鸡下五更（杜甫）。

集 杜

民国廿九年十一月

重见衣冠走（《将适吴越留别章使君》），
京华旧国移（《元日寄韦氏妹》）。
是非何处定（《戏作俳谐诗遣闷》），
得失寸心知（上句"文章千古事"）。
他日嘉陵泪（《闻葬故房相公》），
清秋宋玉悲（《垂白》）。
亲朋满天地（《中宵》），
但取不磷缁（《别崔潩因寄薛据孟云卿》）。

归 来

归来翳桑柘（陆厥），抗节追古人（张九龄）。
白雪难同调（李白），他山自有春（杜甫）。
乾坤几反覆（杜甫）①，肝胆还轮囷（韩愈）。
被褐怀珠玉（阮籍），聊为陇亩民（陶潜）。

①他山句出自杜甫《送李武二判官赴成都》，乾坤句出自杜甫《苏大侍御访江浦赋八咏纪异》。

猎　猎

猎猎晚风遒（鲍照），泠泠涧水流（刘琨）。
征夫怀往路（苏武），大盗割鸿沟（李白）。
松菊荒三径（王维），乡园老一邱（孟浩然）。
眼前今古意（杜甫），慷慨忆绸缪（陶潜）。
苍山容偃蹇（李白），白日忽蹉跎（阮籍）。
想属任公钓（谢灵运），门容尚子过（王维）。
呼儿具梨枣（杜甫），搔背牧鸡鹅（李白）[1]。
彭薛裁知耻（谢灵运）[2]，世人将谓何（窦庠）。

[1]苍苍句出自李白《留别王司马嵩》，搔背句出自李白《赠蔡雄》。
[2]想属句出自谢灵运《七里濑》，彭薛句出自谢灵运《初去郡》。

五月十二日追怀胡展堂先生（集句十首）

哲人日已远（文天祥），游子暮何之（李陵）？
共秉延州信（江淹），多惭鲍叔知（杜甫）。
桓灵今板荡（谢灵运），羽翼正差池（阮籍）。
恻怆山阳赋（颜延之），此愁当告谁（王粲）？

结欢三十载（任昉），南国有儒生（鲍照）。
皎皎寒潭絜（谢灵运）[1]，昭昭素月明（古辞）[2]。
江山如有待（杜甫），天地终无情（杜甫）[3]。
万事俱零落（谢灵运），斯人尚典型（杜甫）。

[1]皎皎出自谢灵运《九日从宋公戏马台集送孔令》。
[2]昭昭句出自古辞《乐府伤歌行》。
[3]江山句出自杜甫《后游修觉寺》，天地句出自杜甫《新安吏》。

魂断苍梧帝（杜甫），谁能叫帝阍（杜甫）①。
日归功未建（陆机），迹屈道弥敦（李白）。
永念平生意（鲍照），深怀国士恩（魏徵）。
废兴虽万变（李白），犹有谢安墩（李白）②。

①魂断句出自杜甫《送李邕》，谁能句出自杜甫《塞芦子》。
②迹屈句出自李白《赠宣城赵太守悦》，废兴句出自李白《古风五十九首》，犹有句出自李白《登冶城西北望谢安墩》。

拊剑西南望（曹植），滔滔任夕波（孟浩然）。
娥眉积谗妒（李白），蚁壤漏山河（鲍照）。
此日足可惜（韩愈），余生幸已多（谢灵运）。
国仇未销铄（韩愈）①，吾道竟如何（杜甫）。

①此日句出自韩愈《赠张籍》，国仇句出自韩愈《会联句》。

表里穷形胜（徐悱），雄图怅若兹（谢朓）。
宾筵尽狐赵（韩愈），海水铄龙龟（李白）①。
骨肉还相薄（左思），悲欢不自持（任昉）。
俱怀鸿鹄志（孟浩然），深负鹡鸰诗（杜甫）②。

①海水句出自李白《感时赠从兄弟》。
②末两句又作"徒言树桃李（张九龄），处处总能移（杜甫）。"

丹青照台阁（杜甫），翻覆若波澜（陆机）。
但见新人笑（杜甫）①，焉知斯路难（欧阳建）。
浊河秽清济（谢朓），雄发指危冠（陶潜）。
故国多乔木（颜延之），应能保岁寒（白居易）。

①丹青句出自杜甫《过郭代公故宅》，但见句出自杜甫《佳人》。

寥落悲前事（戴叔伦），同袍与我违（古诗）。
处危非所恤（江淹），视死忽如归（曹植）。

未息豺狼斗（杜甫），宁知鸿雁飞（谢朓）。
吾谋适不用（王维），豫让斩空衣（李白）。

惆怅盈怀抱（孙楚），佯狂真可哀（杜甫）①。
据鞍空矍铄（李白），戢翼正徘徊（应璩）。
芳草久已茂（陆机），佳人殊未来（江俺）。
愿同西王母（李白）②，汉武非仙才（郭璞）。

①佯狂句出自杜甫《不见》。
②据鞍句出自李白《赠宇文太守》，愿同句出自李白《赠嵩山焦炼师》。

地远虞翻老（李白），应门五尺童（王维）。
心超诗境外（陶潜），春尽雨声中（李昌符）。
勋业频看镜（杜甫），飘零似转蓬（杜甫）①。
二年吟泽畔（李白），郁作万夫雄（李白）②。

①勋业句出自杜甫《江上》，飘零句出自杜甫《客亭》。
②地远句出自李白《赠易秀才》，三年句出自李白《赠郑判官》，郁作句出自李白《送梁公昌从信安北征》。

何日平胡虏（李白），乾坤一战收（杜甫）。
明珠归合浦（王维），灵景耀神州（左思）。
我爱陶家趣（孟浩然），谁知壮士忧（曹植）。
除凶报千古（李世民），此意正悠悠（皇甫冉）。

河汄赠谭肖崖

偶此成宾主（柳宗元），长城恨不穷（刘方平）。
清谈同日夕（刘桢），羸马倦西东（李昌符）。
回首叫虞舜（杜甫），临风怀谢公（李白）；
相逢方一笑（王维），总作白头翁（杜甫）①。

桓谭不读谶（韩愈），刘伶善闭关（颜延之）。
素秋驰白日（江淹），玄醴染朱颜（潘岳）。
忽忆金兰友（李咸用），何当献凯还（孟浩然）。
美人愆岁月（谢混），落叶满空山（韦应物）。

①回首句出自杜甫《同诸公登慈恩寺塔》，总作句出自杜甫《寄贺兰铦》。

送肖崖

客里难为别（张泌），登临意悁然（杜甫）。
秋河曙耿耿（谢朓），远树暖阡阡（谢朓）①。
信宿酬清话（陶潜），相将济巨川（孟浩然）。
何时一杯酒（李白），新数中兴年（杜甫）。

君言不得意（王维），况乃曲池平（沈约）。
汉房互胜负（杜甫），乾坤空峥嵘（杜甫）②。
宁为袁粲死（无名氏）③，便与魏齐行（李白）。
倪寄相思字（钱起），依依在耦耕（陶潜）。

①秋河句出自谢朓《赠西府同僚》，远树句出自谢朓《游东田》。
②登临句出自杜甫《陪四州使君登惠义寺》，新数句出自杜甫《绕达行在所》，汉房句出自杜甫《遣兴》，乾坤句出自杜甫《画鹘行》。
③宁为句之下句为"莫作褚渊生"。

我 师[1]

我师嵇叔夜（杜甫），龙性谁能驯（颜延之）？
应尽便须尽（陶潜），求仁自得仁（阮籍）。
董园倚谈笑（谢朓），赵璧无缁磷（李白）。
早岁同袍者（王维），栖栖徒问津（孟浩然）。

[1] 按：据原稿，本首以下集句五律十五首为民国三十年六月十七日作。

病中示二弟

余婴沉痼疾（刘桢），虽在命如丝（杜甫）；
意气深自负（袁淑），功名不可为（曹植）。
昔时人已没（骆宾王），今日尔应知（白居易）。
愿雪会稽耻（李白），茫茫何处期（孟浩然）？
外物徒龙蠖（谢灵运），三年望汝归（杜甫）。
差池不相见（丘为），相见语依依（王维）。
老骥倦骧首（杜甫），长歌怀采薇（王绩）。
宁知风雨夜（韦应物），遥仰鹡鸰飞（孟浩然）。

由河洑返璩家溶途中

路出武陵溪（张谓），遥知路不迷（郎士元）。
竹花何莫莫（范云），蕙草正萋萋（谢朓）。
流水如有意（王维），寒鸡空在栖（韩愈）。
一声肠一绝（孟郊），清夜子规啼（沈佺期）。

集杜句二首

万国皆戎马（云安九日），渔樵寄此生（村夜）。
羽毛知独立（花鸭），心迹喜双清（屏迹）。
地接长沙近（南山）①，书从稚子擎（归溪上）。
茂陵多病后（琴台），长啸一含情（公安怀古）。

忍待江山丽（戏寄崔评事苏五韦大），其如俦侣稀（归燕）。
水流心不竞（江亭），林茂鸟知归（秋野）。
天地空搔首（楼上），关城未解围（西山）。
鼎湖龙去远（骊山），忍泪已沾衣（九日）。

①按：此句似出自孟浩然《晓入南山》。

三　巴

迢递三巴路（崔涂），登高望所思（阮籍）。
孰能量近远（韩愈），岂独虑安危（李白）。
万里不足步（曹植），寸心宁共知（谢朓）。
曲蓬何以直（潘岳），戚戚抱遥悲（谢惠连）。

与客说桃源洞①

谁觉花源远（钱起），思君共入林（王维）。
尚能甘半菽（温庭筠）②，何处结同心（苏小小歌）。
俯仰运天地（阮籍），往来成古今（孟浩然）。
儿童相识尽（杜甫），身老白云深（皇甫曾）。

①民国元年冬，宋渔父先生游此，日英逐上焉。（按：原文如此。）江山犹是，而昔人已非，然老病之身，初志固未尝稍懈也。
②甲辰，黄克强谋先生在长沙起义，渔父驻常德经营湘西，余与刘烈士尧澂（复基）、胡烈士幻盦（有华），少年时皆嗜饮，顾贫甚，往往得酒以蚕豆下之。

何当铸剑戟（李正封），谈笑安黎元（李白）。
不遇钟期听（孟浩然），难招楚客魂（杜甫）。
倾枝俟鸾鹭（司马彪），倚杖牧鸡豚（鲍照）。
尝读膺滂传（缪昌期），无令孤愿言（谢灵运）。

酬谢心准先生

爱酒陶元亮（苏轼），樽中酒不空（孔融）。
我寻高士传（李白），人有上皇风（孟浩然）。
猛志故常在（陶潜），高怀莫与同（谢灵运）。
不堪玄鬓影（骆宾王），总作白头翁（杜甫）。
愿闻哀痛诏（杜甫），恢复旧神州（岳飞）。
时物信佳节（温庭筠），江山多胜游（韩愈《祖席》）。
相思不相见（李白），同病亦同忧（孟浩然）。
吾属竟为虏（文天祥），国恩并未酬（韩愈《泷吏》）。

浮 云

浮云蔽白日（古诗十九首），回首望长安（王粲）；
鸡犬互鸣吠（陶潜），江山犹郁盘（李白）。
故人盈契阔（谢朓），吾道属艰难（杜甫）；
天地英雄气（刘禹锡），萧萧风景寒（韩愈）。
骑虎不敢下（李白），仓空战卒饥（韩愈）。
久游巴子国（杜甫），别有江南枝（谢朓）。
恶木人皆息（温庭筠），芳心空自持（李白）；
巩存周已晚（方凤），摇落不胜悲（严武）。

寄李晓生先生

渡江如昨日（李白），分手易前期（沈约）。
渺渺孤舟逝（陶潜），星星白发垂（谢灵运）。
山川隔旧赏（谢朓），丝路有恒悲（谢瞻）。
君亮执高节（古诗），我心终不移（储光羲）。

沅 湘

沅湘流不尽（戴叔伦），瓶屦一身闲（温庭筠）。
烈烈悲风起（刘琨），纷纷飞鸟还（陶潜）。
美人愆岁月（谢混），老马怯关山（杜甫）。
去国魂已远（柳宗元），蹉跎凋朱颜（李白）。

月夜寄四弟次炯桂林

民国三十一年六月作

烟波江上使人愁（崔颢），憔悴南冠一楚囚①（元好问）。
顾我老非题柱客（杜甫），期君早作济川舟（黄庭坚）。
可怜故国三千里（杜牧），懒卧元龙百尺楼（苏轼）。
美酒一杯声一曲（李颀）②，碧天如镜月如钩（温庭筠）。

①原句为"棠棣飘零叹鄂不"，因第四句亦山谷句，故改集元好问句。
②李颀《听安万善吹觱篥歌》。

瓦　盆

萧条门巷似荒村（元好问），箕踞狂歌老瓦盆（苏轼）；
不肯低头拾卿相（黄庭坚），自从盛酒长儿孙（杜甫）。
故乡今夜思千里（高适），上帝深宫闭九阍（李商隐）。
回首觚棱渺何处（陆游），鼎湖龙去哭轩辕（白居易）。

夜　坐

何处高楼雁一声（晏殊），白头还对短灯檠（苏轼）。
远闻佳士辄心许（古诗），老见异书犹眼明（陆游）。
心铁已从干镆利（李商隐），劫灰飞尽古今平（李贺）。
绿章夜奏通明殿（陆游），争遣蚩尤作五兵（元好问）。
门前不改旧山河（赵嘏），顾影无如白发何（刘长卿）。
到此诗情应更远（张籍），当时朝士已无多（刘禹锡）。
十年去国付杯酒（杜常），两客争棋烂斧柯（黄庭坚）。
但使故乡三户在（李商隐），蔚空荆棘出铜驼（陆游）。

集句一

民国三十四年四月十日于桂林

何日复何日（孙觌），他乡胜故乡（杜甫）。
万卷古今消永昼（陆游），满城风雨近重阳（潘大临）。

集句二

民国三十四年六月一日于桂林

饥鸟啼旧垒（沈佺期《被试出塞》，《唐诗别裁》），
归马识残旗（见《唐诗注疏》）。
清猿不可听（皇甫冉《巫山高》），
落叶岂堪闻（郎世远《送钱大》）。

集句三

民国三十四年六月十一日于桂林

鲸鲵未翦灭（李白），宇宙尚腥羶（杜甫）。

挽　词

廿二年古湘芹先生逝世两周年纪念

风雨又重阳，百粤偏令为客久；
汉贼不两立，九原应憾出师迟。

挽林直勉先生

痛哭叩天阍，曷不夺贼之生，易君而死；
腐心忧国命，最是故人此逝，吾道益孤。

挽邓泽如先生

自由民族自由魂，独惜三十年奋斗牺牲，
公已升天，临去尚难酬素志；
如此河山如此恨，谁与八千里纵横扫荡，
我无死所，偷安长使负前修。

挽徐母王太夫人

唯令德享大年（寿九十有一），拜母携儿，顾我媳为元伯友。
有贤郎作廉吏，养生送死，问谁能识叠山贫。

挽陈少白先生

燕市逍遥,马背何如驴背稳。
汉家勋旧,云台争及钓台高。

挽友人之父

以通经学古者为高,以救时行道者为贤,廊庙江湖,此志更堪龙战日。
有法家拂士而不容,有敌国外患而不御,人民城郭,他时定负鹤归心。

代挽又一联

瑶岛惊秋,青鸟忽迎王母去。
麻衣呕血,素交更喻阮生哀。

… 卷二 杂 文

先考行述（哀启）

民国二十五年一月九日①

哀启者：有明之季，吾先人由闽迁湘，由湘迁赣，迄今逾三百年，而世世耕桑，从无一人与于清代之科举。不孝熙绩，尝闻诸祖母曰："吾先人诏子孙，于其没时，务以明衣冠殓，累叶如此，若相传授然，殆必有所自也。"十七世为吾祖曰华公，出习药业于湘之常德。其时，在太平军克常德之前。戊辰，先考生。吾祖语祖母曰："吾族久无读书者，我之产固不丰，然必令吾子读书。"七龄，延熊梦泉先生于家，授先考读。自启蒙后，初未易师，而其尊师之心，事师之礼，始终无或不敬也。丁丑，先考方十岁，吾祖曰华公卒。祖母仍使先考读如故。肆务则祖母主之。盖先人所遗之田，不过数亩，既不躬稼，自必赖肆之所获，母子之用始足。先考年十五，不忍见祖母久于劳瘁，乃泣请曰："愿治父业，不复读书。"乙酉，先母丁来归。丁亥，生不孝熙绩。先考喜曰："吾曩者不获已而辍学，今既生子，他日必成儿之学，庶几竟吾父志也。"戊子，慈母见背。祖母即躬亲鞠育。稍长，先考教之识字，授至《论语》。癸巳，出就外傅，先考负之入塾，待其读书习字毕，又负之归。如是者四年。丁酉，先母唐来归。辛丑，生不孝熙烈。壬寅，祖母弃养，先考尽哀尽礼，有非今之所号为儒者所可及。若先考之事亲也，愉声怡色，先意承志，年逾三十，而出告返面，一如少时。祖母教督严，率由之，无敢越厥命。若逢祖母怒，则奉夏楚而跪，弗命之起，弗起也。甲辰，黄克强先生谋举义于长沙。宋遯初先生负经营湘西之责。不孝熙绩与刘烈士复

---

① 此系著者之父杨安堃先生去世日期，整理者补。

基、胡烈士有华从之。九月,事败,出亡于外。先考爱不孝熙绩者无所不至,独于此役,业师胡鼎丞先生深危之,乃先考反夷然曰:"吾历代祖宗之没也,皆以明衣冠殓,诚有深意寓焉者,吾子殆已喻此义也。"丙午,覃振同志与刘复基、胡有华、梅景鸿诸先烈,设中外各报代派所于长沙五堆子口,实即所以运输《民报》,分布湖南各县者也。不孝熙绩襄其事,葬陈姚二烈士于岳麓山迄。不孝熙绩与刘复基、胡有华,赴常德,以祗园寺为湘西革命同志之交通机关。已而清吏廖世英侦知之,率健卒捕党人。不孝熙绩又出亡。自是以来,不孝熙绩长为流离辛苦之人,而吾家又复丁商业不兢之始。丁未,生不孝熙时。戊申,徙居距城六十里之大龙驿。洎辛亥凡四年。此四年中,家贫益甚,厨灶无烟。一日之间,一饘一粥,有时求一粥不可得。先母但以十二钱市市上之糕,以饱不孝熙烈、熙时,及不孝熙绩之长子朝杰。顾先考当举室啼饥之际,从无一语责不孝熙绩不能事畜也。

民国元年,不孝熙烈与弟侄入湖南公立第二师范学校之附属小学,先考恒谓:"尔祖父母而在,见尔辈皆读书,其喜不知何似。"故上学放学皆令先母携持之,风日霜雪,均无一日间也。二年,讨袁失败,不孝熙绩亡命走日本,由是得终侍总理十有二年。在日本时,吾家又陷于冻馁。每值沅水东下,城不浸者不盈丈,其以贱值所僦居之屋,卧榻半水中。买米尚无钱,焉能他徙。然先考酒酣耳热,辄慷慨谈天下事。人有毁总理重袁逆者,便攘臂骂座,语出而人惊。汤芗铭踞湘,残杀独多,惟正义必伸,先考绝不为汤贼屈也。总理因同志而知吾家之艰厄,先后令陈英士先生、谢慧生先生予吾家二百金,吾家槁饿之余,得从容以待不孝熙绩之归国者,赖有此耳。

不孝熙绩服膺总理,献身革命,专致力于党务者十余年。九年,从总理南来,随侍于大总统府、大本营,载笔戎行,始食国家之禄。惟俸给所入,率以分济同志。迨在国民政府服务,则不孝熙烈、熙时及不孝熙绩之长子朝杰皆已次第升入大学,而仲子妇宋运坤肄业上海美术专门学校,冢孙妇陈义猷肄业广州知用中学,以供学费,时有匮乏,是以及于家者,月只数十元。然而先考持家素崇俭约,家之管钥,悉所自司,用能箧有余财,瓮有余米。十六年迎养,抵南京后,尚出其所积蓄五百金。二十年秋,不孝熙绩栖迟南粤,度必久居。廿一年，不孝熙时奉先考来广州，己亦教授于国立中山大学，虽先考以不孝熙绩等痛心国难，事与愿违，犹训其隐忍图功，终可得一当以报党国，而孙曾绕膝，暮景堪娱。不孝熙绩之次子朝俊，方读书，便授以学、庸、语、孟，且示不孝等曰："幼而学者，明孝弟忠信之义，起而行者，即修齐治平之本。古圣人参天地，赞化育，要在其能尽子臣弟友之道，谨乎庸言庸行也。今之相夺取者，莫不囿于欧美功利之习，蕲达物质上无厌之欲望而已，率兽食人，人将相食也。吾深愿吾子孙能践总理之遗教，恢吾中华民族固有之道德智能。"是年秋，先考猝中风，既药有瘳。廿二年八月，不孝熙绩之长子朝杰以瘵卒，先考哭之恸。自此而后，血气日以衰。比及去年，不孝熙烈任国民政府立法院立法委员，屡请莅南京，而先考已艰于步武。十一月二十二日疾发，本年一月九日遂弃不孝等长逝。

不孝等一旦为无父之儿，慨《蓼莪》之诗，念罔极之德，昊天不吊，降此闵凶，或风树而兴衰，已鸡豚之莫逮，呜呼痛哉！先考性刚烈，人有过者，必责之改，义之所在，不受挫于人，而寂寞自甘，安于贫贱。视当世之富贵利达，蔑如也。其诈力相尚，贼人以利己者，嫉之如仇雠。至于接人，则又和易。人之老者幼者，视如己之老幼焉。少虽弃学，而平生爱读书。教子孙也，务使准乎礼义，严乎取与。天性之爱，严君之威，因其时而施焉。有事于烝尝，俨若祖宗之在其上，子孙与祭，罔敢不虔也。生长艰虞，爱惜物力。不孝等固亦有所养，而一丝一粟，虽细不捐，曰："此人民之脂血也。"好交游，喜宾客，颇嗜饮酒，惟不及于乱。登临山水佳处，辄徘徊不忍遽去。不孝等洁身自守，夙未媚人，死生患难之秋，不行不义以侥幸；偶处安乐，虑染习俗，循先民之礼教，从未尝鹜于新。斯皆先考所养成，不孝等亦惟辱先考之是惧也。

先考远矣，庭训在心，不孝等誓将终身焉，毋或敢坠父之道。述先考之嘉懿，就大雅而陈词，谨布哀忱，伏惟矜鉴！

在南京"五四运动纪念会"上的讲话①

一九三〇年五月五日

（讲话略谓）民国七八年间，中国政治腐败，外侮窘迫，民生凋弊，几达极点。当时正值欧战告终，巴黎和会开幕，欧美列强，预备移其力量，继续侵略我国。日本帝国主义，竟捷足先登，勾结曹、章、陆等，劫夺我国主权。段祺瑞又继袁世凯作二次默认亡国条件，继续进行巨额借款，冀得日本帝国主义之援助，以巩固其地位。斯时国家命脉，不绝如缕。一般富于血性勇气的青年学生，尤其是直接在军阀政府与帝国主义使馆宰制下的北京学生，于危急存亡之秋，悲愤交集，忍无可忍，毅然攘臂奋起，作民众先锋，于民国八年五月四日，举行盛大的反抗示威运动，痛殴卖国贼，围攻卖国贼之住宅，并攻讦军阀政府，反对帝国主义，一时震撼全国。各地学工商纷起响应，演成普遍伟大的救国运动。民气发扬，国贼敛迹，开我国近世民族自觉自救运动的创举。在文化运动方面，是思想革命的初次表现。在社会运动方面，是民众参与政治的的嚆矢。在外交方面是为趋于民众外交的第一步。在民族解放方面，是民族革命灿烂光辉的第一页。在青年学生的本身，是救国运动的新纪元，洵有永久纪念之价值。今年举行此项纪念，其重大意义：（一）此后思想行动，须三民主义化；（二）要陶育健全的革命心理；（三）要培养建设的学识与能力；（四）要在本党领导下致力革命；（五）协助中央铲除军阀余孽。尤

---

① 1930年5月5日，杨熙绩以中国国民党南京特别市党部常务委员身份，在大礼堂主持五四运动十一周年纪念会。到会者有府院部会各机关及民众团体代表等200余人。此讲话系据上海《申报》1930年5月6日报导。另据《中央日报》5月6日报导，文字略有异同。上海《民国日报》亦有简短报导，侧重在是日（5月5日）为孙中山就任非常大总统一事。后二件今一并作附件收录。

有进者，帝国主义侵略中国之方式，除政治经济外，文化侵略，最为严重，借不平等条件为护符，遍设基督教青年会，及其他教会学校，使青年脑海中，满布帝国主义种子，并深染封建思想。大好青年，久受麻醉，易变成帝国主义的奴隶，故必须收回教育权，反抗帝国主义文化上侵略，以完成五四运动未竟之功绩。云云。

附录一

（主席致辞）略谓：今天是"五四"的纪念日。回想从前北大的学生，奋起作这个热烈的运动，实在是值得我们纪念的。这个运动发生的原因，是由于辛亥革命以后，国人忽视了总理的主义和方略的缘故。由是北洋军阀乘机篡窃了政权，作卖国虐民的罪恶。到了民国八年，在国内，政治腐败，民生凋弊；在国际，正是各国开巴黎和会，我国的代表，为了青岛的问题，争执未定的时候，可恨亲日派的章宗祥、曹汝霖等，献媚于日本帝国主义者，鬼鬼祟祟地作卖国求荣的勾当。由是北大学生，义愤填膺，振臂一呼，遂作空前未有的"五四"运动。以后各地的学生、工人、商民，连续不断的起来罢课、罢工、罢市，以援助北大学生。尤其是旅外的华侨及学生们，奔走呼号，不许代表出席。各国新闻记者，不尽同情于我国提出和会的条件。结果代表退出和会，拒绝签字，唤起各国人士的注意，这是可以注意的一点。又我国自庚子以后，由排外的心理复作媚外的心理。一般基督教徒，在内地开设了教会，学校，用宗教化的教育，来麻醉我国青年的脑筋，使我青年们失却了民族性，不知不觉地沦于万劫不复的地位。但自"五四"运动以后，有收回教育权的主张，因此国人知所警惕，力图民族固有文化的复兴。以上兄弟所说的意义，很希望各位注意的啊！

（原载1930年5月6日南京《中央日报》）

附录二

（主席）略谓，总理生平常说两句话，革命者不能成功便当成仁。故其一生，随时未忘革命，随时未忘主义。民元时被推为临时大总统，以革命已一部分成功乃辞职，继见革命事业悉为北洋军阀所破坏，乃重行负起革命使命。民十就任非常总统，故总理之去就，完全以革命能否成功为标准，绝无地位虚荣等思想存于心。其就任誓词中，曾有内政重民生、外交重民意等语。可见总理重视民众利益、提倡民主政治之精神。吾人今日纪念应于此等处加以体会也。云云。

（原载1930年5月5日上海《民国日报》，题为《京各界纪念会　杨熙绩、刘芦隐演说说明五四纪念意义》）

高裕生姨丈七十寿文[1]

民国三十一年五月十四日

孔子曰，仁者寿。朱子训为静而有常，故寿。《洪范》五福，一曰寿，三曰康宁，四曰攸好德。夫苟好德，则知用其力于仁，而不使不仁者加乎其身，虽臻耄期，其神明不衰。

高姨夫裕生先生，寿而康者也，要皆好德以得之，好德近乎仁矣。先生生百有二日，丧其父，抚之畜之，长之育之，则母氏劳苦也。幼从外王父唐公习制革，公妻以女。丙申，姨母唐太夫人归先生，虽窭且贫，并怡然自得；尤复勤于事，俭于家，以弼先生，克自树立。先生遂继唐公营制革业。本取衣食裁足，乡里称善人。先生则合也，完也，美也，亦其善居室也。又明夫知足知止之戒，所以长守富也。世衰道微，人与人之争烈。先生性和易，无忤于世，而庸言之信，庸行之谨，数十年如一日。盖先生生而孤，少之时，未尝学问，顾其天性质美，凡所行事，固不背师古也。晚益行善，求有以济物利人者，罔不悉其力以赴之。力虽微，而志不懈也。大道之行，天下为公，故人不独亲其亲，不独子其子，使老有所终，壮有所用，幼有所长，矜寡孤独废疾者，皆有所养。后之人，反是私焉，变矣。好生之德，反在齐民，天下事可知也。且夫乱天下者，武人也，士大夫也。两间之正气，斯系于匹夫匹妇之身。乾纲坤维，得扶持之于不敝焉，赖有此尔。先生事神，老而弥笃，议者病其溺。吾以为犹无伤也。圣而不可知之谓神。程子释之云：圣不可知，人所不测，非圣人之上又有神也，四时行，百物生，天何言哉，夫子欲以此教弟子也。易谓圣

---

[1] 存稿中尚有《高府姨父泗贤先生寿言》，注明为"初稿"。检核此"初稿"，与抄正之"寿文"内容多重复，今略去。

人以神道设教而天下服者,即此义也。秦汉以还,圣人不作,无复有无言之教。于是以刑罚威天下;然刑罚所不及,遂有托鬼神而济其法律之穷者,亦昔人不得已耳。惟天堂地狱之说,吾儒所不道也。由是观之,先生盖志于仁义者也。志也者,心之所之也。或曰,仁未易言也。微子、箕子、比干,仁也。伯夷、叔齐,仁也。管仲尊周室,攘夷狄,亦仁也。德行如仲弓,孔子尚不以仁许之,况季路、冉有、公西华乎!又何论乎人人。然则仁果不易言也,曰,是不然。仁,人心也,我固有之,反求诸己而已矣。一曰克己复礼,天下归仁,此仁之大者。其言也切,又曷尝非仁耶。孟子曰,恻隐之心,仁之端也,有是端矣,扩而充之,则博施济众之尧舜也。使有菽粟如水火,民焉有不仁者乎。民足为仁,是尧舜与人同,人皆可以为尧舜也。彼不仁者,放其心而不知求者也。今先生之年,登七十,味朱子静而有常之训,则其主静而不改其度,得寿宜也。身其康强,子孙其逢吉,亦宜也。诗曰,乐只君子,邦家之基;乐只君子,万寿无期。请为先生三复之。

徐母王太夫人九十寿言

　　余识徐幼圃先生将一年。亲其人，恂恂也，盖读书稽古之士而吏隐者也。恒抵掌论天下事，惟相与忧愤而已。国家之变曰由一人。昔道君速国于亡，乃胡马南侵，尚知罪己，不仅下哀痛之诏，且复逊其帝位，是良知未尽泯也。彼大盗窃圣知，而久假而不归者，爵赏由心，刑戮在口。尚书记朝会，公卿充员品。又一曹操，为汉家之贼者十余年。他如国中之人，皆呼万岁，则宋王偃也。爇师蹙国，反自以功，则贾似道也。解之六三，负且乘，致寇至。象曰负且乘，亦可丑也，自我召戎，又谁咎也。不去庆父，鲁难未已。奈之何！国无人也。余不偶世，而踽踽凉凉。世之人亦莫不笑余拙。独先生知我，尤深契焉尔。先生从政久，又主桃源税务数年，兢兢自持，一廉吏也。夫有常职以食者，抱关击柝，为贫而仕也。孟子曰，仁义充塞，则率兽食人，人将相食。今不仁者久在高位，抑已人食人笑，非徒亡国也，亡天下也。顾炎武以为保国者，其君其臣任之。保天下者，虽匹夫之微，与有责焉。八表同昏，众人皆浊。先生出污泥而不染，亦犹此志也欤！余又闻先生事亲以孝，事兄以礼，抚子侄一以慈。传曰，孝者，所以事亲也。弟者，所以事长也。慈者，所以事众也。此君子不出家，而成教于国也。秦弃礼义，其民亦习于顽嚚。借父耰锄，虑有德色，毋取箕帚，立而谇语。故吕政既并六国，立十四年而亡。汉兴，扫除其迹而更理之。逮武帝从董仲舒言，表章六经，罢黜诸子百家之说，明其教化，成其习俗。于是统纪一，法广行，民知所从，讫可小康也。

　　自欧风东渐，吾国人亦相率而急功利，喜夸诈，较战国时为尤甚。游氏曰，三代之学皆所以明人伦也。今居中国去人伦，举不知父子有亲、长幼有序，其所厚者薄，而其薄者厚，未之有也。用夷变夏，所不胥中国而洪水猛兽者几希，国其不可为乎！虽然，障百川而束之，回狂澜于既倒，实赖乎躬行君子也。君子笃于亲，则民兴于仁，尧舜之道，孝弟而已矣。孝弟也者，为仁之本也。成王善君陈，其曰惟孝友于兄弟，先施有政，其为父子兄弟足法，而后民法之也。由此观之，先生能廉洁者，由能孝友也。顾其天质固美矣，余独谓为必有所受也。人人亲其亲、长其长，而天下平。绩尤望吾国人之如先生者多，思与之易天下也。

今年春，余应先生约，居桃源四日。登堂拜太夫人，则先生有所受之，信矣。太夫人年九十，而神明不衰。民生在勤，勤而不匮，国为家之积也。太夫人综家政，务使各修其业，斯敬姜之教也。然则，先生有贤师友者，太夫人如陶母之截发也。先生克为清白吏者，太夫人如陆母之还鲊也。古贤母淑其身，淑其子孙，以施及邦国。太夫人足与先后相辉映也。洪范之九有五福，一曰寿，三曰康宁，四曰攸好德。太夫人之寿、之康宁，要皆好德以得之。《诗》曰，嘉乐君子，宪宪令德。又曰，威仪孔时，君子有孝子。又曰，尔受命长矣，茀禄尔康矣，岂弟君子，俾尔弥尔性，纯嘏尔常矣。请为太夫人三复之。

展堂堂扁跋

民国三十一年十二月于陬市

　　此堂展展堂先生遗墨者也。先生师孙公，公则友之。弼公定天下者，先生也。凡决大疑，独先生之言称公意，又往往犯颜以谏，公卒纳焉。公薨，邪说暴行作，先生虽放万里外，然终克承吾党于危坠也。若夫祸变年年，微先生则三民主义虽未即于亡，要亦王莽之周礼云尔。沈阳初陷，先生先国人而主战，顾久久不可得，以忧愤卒。洎应战，弗及见矣。夫其轭际艰屯，不移不屈，信其信，守其守，盖之死而不贰者。故先生之生也功烈粲如，洙泗三千，惟颜子几于圣，孙公与中华民国永矣，亦惟先生足与孙公俱永也。熙绩侍孙公十余年，又从先生逾越险阻，亲见先生之志事，昭昭然揭日月以行。诎于一时，自必信于千载，然则，后死者以先生是式，可不贞固也哉！

　　三十一年一月，汉民图书馆落成，拟以一堂展展堂先生遗墨，名之曰展堂，属余书榜额并跋之，余遂作此，然汉民中学迄不敢用。

黄兰甫族谱序[①]

民国三十二年八月十九日

序曰：余年十八，与于革命之役，而旧时师友怵祸之及己也，莫不与余绝。其始终不之弃者，仅亡友王雨荷耳。余因雨荷得交黄兰甫先生，先生盖乡里称善人者也。越三十有三年，而倭寇陷南京，虚钟既西，余亦返乎故居，辄从先生游。先生已成老翁，齿益尊，望益重，令闻广誉，昭于时者久矣。

夫五十之年，余亦过二，虽曰多病，然一数废兴之迹，犹似昔与雨荷酒酣耳热，抚时感事之惋伤。既而逆沅水以移家，于今五稔，距先生之族，百里而遥。近得先生书，谓暂修其家乘并属余序之。余惟先生之宅心也仁厚，律身也廉贞，三代之民，乃竟见诸变世，洵足为其宗族法。苟天下果相忘于道德，则九族既睦，斯天下无所争，岂不懿欤？书又称，汉之魏郡太守香，忠侯琼，司隶校尉瑍，孝也，忠也，父子祖孙，世济其美，东都盛已。然则士君子奋夫百世之上者，而范夫百世之下，其泽长也。

[①] 原题作《黄兰甫序》。

国庆日之回忆

民国三十三年十月十日作于广西昭平

纪念国庆日者，扬前烈，励后人，使知开国之艰难，而永宝此日也。自倭虏入寇，我不克制敌而制于敌，亦既七年。频年无足倚之人，举国无可安之土，民之转乎沟壑者，方救死之不赡，相顾而哀，奚暇庆哉！熙绩不幸，而未早从诸先烈以死，鼎湖龙去，弓剑黯然，取义成仁，故人已远，而此身老矣，报国无从。颠沛之中，又逢国庆，则抚世感事，惟痛念我总理及诸先烈也。

昔我总理领导国民革命，以天下为公诏同志。惟其公也，是以一生行事，昭昭然如日月之经天；亦惟其诚，然后昭大信于天下，尝曰：我之友敌，一以三民主义为衡，彼响之背之，斯即我之友敌。然则假主义以求其大欲者，总理而在，必不与同中国也。遗大投艰，以匹夫任天下之重，若夫为大总统，为大元帅，亦即所以不敢弛其负担，非以此为尊荣也。惟诚惟公，感召同志，而同志亦皆以主义相结合，故诸先烈忠于主义，勇于牺牲，宣誓之时，身已非其所有，其愿牺牲一己之生命、自由、权利，附从孙先生而革命者，生命且不顾，安识所谓自由权利耶？于是死生契阔，无贰无虞，临难则争先，见利则若浼。

辛亥三月二十九日广州之役，明知其必无所成，不可为而为，务以一死，厉国人之气，谓非牺牲之勇乎？果也，百四十日，而武昌首义，中华民国由是创立矣，迄今三十有三年。奈之何其父析薪，其子弗克负荷，败于倭寇而丧师蹙地，势将举国土而尽弃焉。何也？顾或者谓，我不敌若者，武器耳。庸讵知总理当日，无土地，无甲兵，卒复国仇，肇造区夏，盖恃主义，初不赖夫物质也；今也何如，公私诚伪既殊，则勇怯兴亡亦异矣。由此言之，国其未能幸存乎？是又不然。曩者熙绩从亡海外时，尝以三民主义之成功之期之远近，以请于总理。总理曰："三民主义成功必也，惟在数十年或数百年，则不可知。然功不必自我成，三民主义之成功，即吾人之成功，而终于有成，在乎不懈。是故国民革命，不可有一日之间断也。"夫三民主义者，到大同之路，非仅求中国之独立自由平等而已，倭虏不过一时之患，不足平也。孔子曰：仁者先难而后获。任重道远，所望吾同志之弘毅焉耳！

卷三 书 信

致易培基函①

民国十年六月二十四日

寅村先生执事：

奉大总统发下执事皓电，敬悉一切。令弟白沙先生怀贾傅之才、抱鲁连之愤，足与杨、陈、姚诸烈士后先辉映矣。吾湘古素多忧国之人，自灵均沉汨罗，百世下恒为踵而效之者，可见怀沙□〔之〕赋，其□〔所〕感人者深也。惟今日虽奸人潜窃，军阀专横，然我大总统以拨乱反治之决心，肩福国利家之重任，凡磊落英俊之士，正宜各尽所能，而白沙先生竟抱悲自杀以了其身世，抑又何也。乃读白沙先生致溥泉兄之遗书，所谓欲为消极的牺牲，拟往北京杀贼，先生不许，白沙于学问上事业上均已绝望，俯仰天地，无生存之价值等语。是白沙先生之死，盖以促吾人努力救国命于将亡，与杨、陈、姚诸烈士之用心正同。此一死也，救世也，非厌世也。他日削平大难，重铸神州，图遗像于丹书，垂大名于简册，则后死者之责耳。至若生平著作，振导新潮，自能藏之名山，传之后世。人莫不有一死，而白沙先生之死为不朽矣，执事可以勉抑其悲乎？承询白沙先生死时情形，另剪广州晨报奉寄，该报记载详实，故不复赘。又白沙先生死之前一日，曾寄溥泉兄数语，具如上述。又有致胡汉民一稿，只书其半，仍置座间，现今张君郑重保存。此外并不他书，附闻。顺颂
道安

总统府秘书杨熙绩复
六月二十四日

---

① 刊长沙《大公报》1921年7月5日第7版。

致邹鲁书（八通）

一

民国二十八年四月二十七日

奉四月一日书，知公亦苦头眩，特恐忧国，一日未已，此病固非药石所能奏效也。夫斯文既丧，大本已摧，欲求中华民族之永存，自非先有以恢复吾先民固有之道德、智能不可。某在弱冠，虽略窥经史之门径，而自随诸公后为国驰驱，未尝宁处，其学殖荒落，曷敢为人师。然犹愿本此抱残守缺之心，与青年学子相切劘，冀挽国学之危于万一。特虑交通阻滞，到澄江不易耳。顷又得某兄月初书，谓某兄欲某任计政。公之知我甚于鲍叔，某兄其怜范叔之寒乎？今日集贪官污吏之大成，尚何审计之有？某安忍尸位素餐为。昔任西南政务委员会审计处长时，法有所穷，辄拂衣而去，即有先生及展堂、佛成、协之诸先生之命，某不过不离广州而已。以今视昔，所不愿言。况冯妇下车，千古所耻，贫贱本书生之素，何至易我兼易壮，穷且益坚之志哉。独是抱关击柝，委吏乘田，古之人，亦有为贫而仕者矣，顾此为辞尊居卑，辞富居贫者，非所论于今之所谓简任官也。明季士大夫耻为县令，诚以此辈皆勋戚之厮养，廉耻气节之士，羞与之伍，故某可使为梅福，不可使为华歆，山鸡犹知自爱其羽毛，可以人而不如物乎？

二

民国二十八年七月十八日

七月五日手教奉悉。别公一年，所以慰诲之者甚切，先生知我深矣，至又推爱及于四舍弟，尤所感激无既。协照编纂及参议湘事二者，初不知出自先生，惟先生不以绩为不才而言之，古之人举所知之义也，顾在绩之不肯负宿心、合污世，终不变焉者，亦行其心之所安。某某（按：原作"子超"，涂去，改为"某某"），某某（按：原作"觉生"，涂去，改为"某某"），果如尊论云云，则其心志与境遇良苦。传曰："不有居者，谁守社稷，不有行者，谁扞牧圉"，各是其是云尔。孟子曰："或远或近，或去或不去，归洁其身"而已矣！

吾人以正谊明道为归，斯国家民族所望于吾人者，实在乎此，特恐觉兄尚不悦也。廿一年春，绩与直勉兄饯健生兄于六榕寺，偶及觉兄出处，绩与梯云兄论议不同，绩迂而梯云兄宽，而其爱故人一也。嗣觉兄闻之，似谓绩为苛责，兹未审其阅前书如何，某某（按：原作"伯豪"，涂去，改作"某某"）兄在韶，彼此亦曾通问，盖自中大农学院一晤，得先生介，而皆莫逆于心，绩以其悃幅无华，所践履者笃实，今之将帅罕及之者。夫能以武穆不爱钱不怕死之心为心，则韩范戚俞未尝不可致也。

清恙痊愈否？至念。绩病已愈十之七八。前得友人教，以熟地、漂术、枸杞、云苓、广皮、枣皮之类，用米酒浸之，每日晚餐，约饮半斤许，历二三月，体气遂健，此或得力于药饵。然课读之暇，兼治经史，放怀于上下古今，一寻其治乱兴亡之迹，元精王而痼疾去矣。山居寂寂，尚祈常有以教之。

三
民国二十八年十二月十一日

阅重庆《新民报》载称，季陶等拟集国立中山大学新旧员生之在渝者，举行总理诞辰纪念，先生亦拟于是日扶病参加典礼（民国七年或八年总理在沪时，展堂、执信诸公于十二月十二日侍总理至日晡，而都益处之酒肴至，总理问以何事，展堂先生曰：今日侍先生饮耳。总理笑颔之。诸同志侍饮乐甚，亦无献寿语，然同志知其庆总理诞辰者，亦只此一次也）。足见先生清恙尚未痊愈，念甚。（中略。

按：原文如此。后同，不再标注。）追溯我总理尝诏吾湘同志，深惜克强先生轻弃汉阳、江宁之失策而曰，克强惟随我革命，始有勇气。其十万大山之鏖战，亦即我总理赞许克强先生革命之勇气之一者也。昔克强先生率十余同志力扼十万大山之险，以拒陆荣廷，而陆荣廷悉其全部精锐围之，历十余日。克强先生卒突围而出，同志无一损失。功虽不就，然实能示吾革命党人牺牲奋斗之精神。今之十万大山，固犹是昔之十万大山也，我军又岂止十余毛瑟耶！山灵应笑人矣。唐人有言，祖宗以一旅取天下，而子孙不能以天下取河北。我且唐季之不若？直一崖山之寄，缅甸〔越南？〕之依，昔何勇锐，今何愚！开国声灵，至今照人耳目，赫赫如前日事，愈念我总理之领导，克强先生之服从也。虽然，国之所以废兴存亡者，恒视乎人之材智何如焉尔。汉之姜维，亦一时之雄，继箴懿擒权之志，顾邓艾入寇，行阴平无人之境，七百里而至江油，故武侯之死生，系于汉业之成败。（中略）

顷汉民中学以纪念展公诞生六十一周年特刊见寄。卷首载其民族主义与自力更生遗著。读之泫然。犹忆民国廿四年三月七日祸首土肥原贤二谒展公于香港，以总理大亚细亚主义之说进。展公大怒，依据总理大亚细亚主义之遗教释之曰："我总理所昭示之大亚细亚主义，不能容汝曲解而援引！"遂痛斥日帝国主义者犯我之罪，并警以日本终蒙不利，且怒呼土肥原为祸首。约其要旨，则曰余为亚细亚主义者，同时亦为抗日之主张最力者。历两小时许。土肥原无置喙余地，悻悻而去。展公于土肥原入见即已忿极，言次激烈，血压骤高。洎土肥原既出门，而其怒犹久久未已。越两日旧疾作，由是日以剧，卒致不起。此皆先生所亲见者。其视汪逆曲解总理遗教，忠奸相去太远也。独是精卫亦赵孟所贵贱，当盘踞要津之日，鲜不与之同恶相济，甚至有操纵指示者，是非功罪，迄今日泯灭殆尽。国之危坠，岂偶然哉。然而信史不亡，不必百年，则是非功罪自定，孰为汪伯彦、黄潜善、秦桧，孰为李纲、宗泽、岳飞。斯民也，三代之所以亘道而行也，莽、卓、操、懿之权威安能易人心之大公乎。彼贪一身瞬息之荣，而种中国无穷之祸者，盍亦憬然悟也。

弟停酒已数日，无戒酒之自信力，只可说停酒。一因年年冬春之际，酒病必发，尚欲留此身在，得一当以报党国。虑发酒病，必有以预防之。一因酿酒十余斤,只可足十日饮,其米薪所费,须法币一元有半。为举家温饱计,务自节约,少一钱之滥用,葆一分之人格耳。凡所云云,如骨鲠咽中,亟思向故人一吐以为快。

（按：以下涂去"等语,致觉生书词意略同。"）

四
民国三十年十二月二十一日

十一月二十七日上一书,论陈寿《三国志》黜蜀帝魏之失,而以李令伯陈乞终养,所云少事伪朝者为其不得已,及读晋《孝友传》,始知密终亦改事司马氏,又复忿悁躁竞,后拜汉中太守,赐钱于东堂,奉诏赋诗,其末章有恚望语,晋主怒,免其官,是亡国之大夫,果不知有气节。曩尝援其语而原之,谬矣！乃知读书不多,诚不足以编史也。

顷奉先生十一月二十七日来教,属绩代撰慧生先生之墓表。尹师鲁之墓,惟欧阳永叔能志之,故慧生先生之墓,亦惟先生志之始称。然承命之余,颇有不能尽其所欲言者,西山会议、扩大会议是已。此盖慧生先生毕生之大节,以此二事为最,而亦先生与之共其事者,略而不书,则失其真；奋笔书之,断为今之时所不许。若枉是非之实,不徒长逝者魂魄私恨无穷,即作者亦未尝以君子之道自待矣。夫人之传不传,与文之传不传,固皆不可知,顾其在吾人者,究不得不作一或然之想,斯必慎之又慎者也！

韩退之谀墓,利其金也,顾宁人不肯志李中孚之母之墓,以其不关乎经世之文也。今先生于慧生先生,自非所以谀墓中人,抑亦党史史料所必采辑者,是以为先生计,绝不可苟作也[①]！况恩怨未泯,功罪尤淆,平淮西碑能保其不踣之,而改命段文昌耶。兹另将原附件寄还。谢氏之孤,似亦宜有所待,表泷冈之阡于他日,未为晚也。

（按：以下涂去一段文字："又复杨芝泉书,并题'南轩读书

[①] 邹鲁撰《谢持》,收在《中国国民党史稿》中,其记西山会议,立足于谢持力主清党,而于扩大会议,则仅记"被选为扩大会议委员会委员,及国民政府委员"。

堂'。堂在广东连县燕喜学校内，杨任校长重修之云。南轩犹有读书堂，枯木寒鸦几夕阳［借用文丞相过张许庙沁园春词句（按：原题为《题潮阳张许二公庙》）］；我比先生更忧愤，复仇偏是贾平章。")

五
民国三十一年二月九日

君子思不出其位，时止则止，止其所也。刘安世作《通鉴音义》，尝曰："吾欲为元祐全人，见司马光于地下。"区区之心，如是而已。故其友只一陈瓘。绩今日亦惟公可告语也。又谓："居已近市，凡所闻见，无一非亡国之象。夫君相不言命，以其能造命也。士大夫不言风俗，以其能转移风俗也。"绩以为厚风俗先宜正人心；欲正人心，必先息邪说，距诐行，放淫词，然果何人哉，而亦难乎为其人矣。

六
民国三十一年三月二十二日

去年得仲良兄书，谓先生之累亦重，兹拜先生赐，益内疾矣。独念闵仲叔不以口腹累安邑令，去而之沛。斯固君子之道。至其食无菜，而周党遗之，仲叔亦不受。夫党之恶莽，与龚胜同，光武中兴，征之至而亦去，三代下之巢许随光也。仲叔不受，岂以党亦贪甚，不忍分其半菽乎。乃绩独不然者，任彦升诸子陵夷，其平生交游莫肯收恤，于是刘孝标广朱公叔绝交之论以伤之，然犹曰任彦升逝矣，惟友道不弘，翟公规规焉，勒门以箴客。假令彦升尚在，一贵一贱，一贫一富，则平等握手出，肝胆相示者，必悠悠如路人。今之人固以势交也，贿交也，太行孟门未足喻其险也。为云为雨，在其翻覆耳。孰肯以升斗之粟济其旦夕之命，划于其子孙乎。绩非右宰縠臣，先生则贤于邴成子矣。回溯生死患难之交，零落殆尽，旧盟道义，仅先生在，故绩不敢却，却焉斯矫情也。为鲍叔能知管仲之贫，亦惟管仲独分鲍叔之金，求他时有以不贻先生羞，如是而已。

七
民国三十二年十月廿七日

奉读《二十九国游记》甫竟，即为徐名幼圃携去。兹仅就其所能忆者，约略言之。大地之游，公已五洲而四。今欧洲之战地，除苏联领土外，皆公所经。得失废兴，不难逆料，非弟按图以索者，所可置词也。凡所考查，以教育为最翔实。

教育为立国之本，公独见其大者、远者，他日大足借镜。若夫二十九国之成败，罔不于其国之政治、军事、风俗习惯得之。盖周因于殷，殷因于夏，所损所益，可知也已。倭寇，我之仇雠，公斥松井，义正词严，读之令人奋发，其痛数英、美、法，惟利是视，人面而兽心，尤近人不欲言，抑亦不敢言者。至公于世界大学会议之所建议，一本仁爱，以期其互信互助，洵探本之论也。自十九世纪之达尔文进化论、赫胥黎天演论出，世之人皆鹜于竞争，而马萨斯、尼采所倡言，则世界大战之祸首。仅一克鲁泡特金主互助，卒为宗马克思者所抑。吾国政治哲学，以忠信为质，礼乐为后，要皆体仁以长人，发明于三千年前，欧美人今尚不克见及之。世界大同终有待于吾国之领导。盖吾先民所谓治国平天下者，仁而已矣。仁者爱之理，心之德也。己所不欲，勿施于人，仁之方也。博施于民而能济众，仁之用也。孟子并言仁义，为战国时立说耳。仁，人也；义，宜也。仁以居之，义以行之；行之而宜，斯用力于仁，不使不仁者，加乎其身，原始要终，亦仁而已矣。故以德行仁者，王；以力服人者，霸。中国，王道也；欧美、日本，霸道也。王者以仁，霸者以力。况科学日臻于盛，可谓为物质文明。然其物质文明，初不过杀人之利器云耳。长此以往，争地以战，杀人盈野，争城以战，杀人盈城。率兽食人，人将相食。世界尚有人类耶！然则维乾坤于不敝者，舍仁人奚属也。欧美、日本，力征经营天下，务欲灭人之国，绝人之种，惟印度、缅甸、朝鲜、安南果终于亡乎。民，吾同胞也；物，吾与也。吾国不强人同化，人必同化于我。此其义可反观得之。大道之行，天下为公，为吾国所能致此。公之言虽未用，终必有获伸之一日。

又公历各国，愈信三民主义为到大同之路，固也。今三民主义已成告朔之饩羊，万事堕于冥漠中，莫可究诘，凡此亦日月之食也。拨乱世而反之正。仍赖乎吾党之努力者。抑又以为游也者，非徒娱耳目、快心志也。知己知彼，舍之取之，返治吾国，知所先务矣。他如观海于尼西，观瀑布于纳格拉，观巴拿马运河、苏伊士运河之工程，观阿尔卑斯山、日内瓦湖之景物，笔所到处，能使读之者如往游，又其余事也。

八

民国三十二年十一月七日

近得季弟书，知公复示时并使存问，遂听足慰饥渴也。适检书椟，再读公三峡诗，凡百有四韵，三峡之奇尽于是。夫惟三峡奇，而公之诗亦奇，亦惟公之诗奇，而三峡益奇。此诗可拟卢仝月蚀诗，仝有所讥，此则无。其险怪，其状物也，如韩愈南山诗，一吟哦焉，又非其诘屈聱牙，敢以公谓，此诗刻"山水天地泄"句还以赠公。民国二十七年春，公示此诗，复以禹庙诗并示，言禹涂山氏事，弟疑之，公复书不与辩，谦也。

兹考涂山有四，渝州也，濠州也，当涂、会稽也。当涂，今之县，汉置，说者谓禹娶涂山氏国，乃别无所证。《春秋左氏传》称，禹会诸侯于涂山，杜注，涂山在寿春东北。苏轼、苏辙涂山诗，皆指濠州，与杜注合。《书》曰：予娶涂山。孔安国曰，涂山国名。《纲鉴补》又载，禹娶涂山氏女，名曰憍。注谓涂山，会稽山阴县，《史记》禹会涂山，防风后至，诛之。《鲁语》：禹致群神于会稽之山，防风氏后至。则是禹诛防风氏之涂山，会稽也。然而曰娶涂山，辛壬癸甲治水时也，南巡会会稽，执玉帛者万国，受禅后也。《越绝书》禹更名茅山曰涂山，是又会稽先为茅山，非涂山国也。要之，凡言涂山，未尝及于渝。惟张仪未城蜀之前，蜀为《禹贡》之梁州，梁州亦禹迹所经。所谓涂山，纪禹功也。亦黄帝衣冠葬桥山之意乎。史阙文，学阙疑，疑以传疑者，亦存而不论可也。

曩读《二十九国游记》，略书己意，尚有未尽。公斥英法日图亡吾国，吾国人不之惧，亦不之耻，且以人所愚我者自詟。请申论之。英灭印度，又合缅甸、俾路支、亚丁，称印度帝国，总督驻印度，副总督驻缅甸，欲以仰光窥我西南，果也有片马、江心坡之役。安南，遂古为我郡县，自割于法，法以之为印度支那，其势力且及于广州湾。积六十年，缅甸、安南不复知其故国，英法诚狡矣！顾我亦自忘其曾为缅甸、安南之宗主，何哉？至于倭虏阴谋，曰满洲，曰华南、华北，斯亦英法之故智，既丧之地，欲其忘我，其地尚为我有，遂分裂之。人以愚我，我竟自愚，亦从而曰满洲，曰华南、华北。尔朱荣谓，非其匹者终为其牵鼻，我乃不待不敌，先以从之，东则东，西则西，凡所云为，罔不如命。（中略。）

总理尝以吾国文字，其优美为世界各国冠，故其所被也亦广，吾人愈当宝之。近世长教育者（按：原作"王世杰长教育"，涂去，改为"长教育者"）制为简字，弟恶之甚，固未一览。闻有礼为礼，聖为圣，體为体者。集韵：禮，古作礼，礼谓为禮，犹古文也。若夫圣音窟，说文：汝颍间致力于地曰圣。扬子《方言》：圣，致力无余功貌。体蒲本反，达音，盆上声，劣也，又麤貌，与笨同。明方以智撰《通雅》，谓辇车之夫曰体夫，见《通鉴》唐咸通十三年葬会昌公主事。是聖、圣，體、体，音义俱舛，其他类此，不可胜数。吴某（按：原作"敬恒"，涂去，改为"某"）主注音字母，更无字之义，即以音论，五方之民，其声之清浊高下，各象其川原、泉壤、浅深、广狭而生，则其音不同，既无字义以辨之，适于此者，不适于彼已。《周礼》保氏教国子，先以六书，而天子考文，列于三重，天下书同文之盛也。小篆兴而六书渐失其真，程邈作隶书，则六书亡。正草尤俗书，趁姿媚耳，然学者犹得就其末，而溯其本，一治小学，斯能识文字源流。今之人（按：原作"王、吴"，涂去，改为"人"）所为，谓求其简。与其谓简，盍不并点画而亦无之，返于结绳，不尤简乎？

弟昔奉命与泽如先生在中山大学监试，公语弟曰，学生皆用外国笔，二十年后，毛笔无用之者。感慨深矣。且夫亡人国者，必亡其国之文字，文字不亡，其国亦不亡。不恃人之不我亡，恃我不自亡。故（按：涂去"胡适为"三字）文妖（按：涂去"王吴为"三字）字妖，要皆倾人国者也。抑又闻之，文者载道之器也，文有能，有不能，道则无不在。天不变，道亦不变。人伦道之本，父子天性，人之大伦，孝为先务也。孟子曰：恻隐之心，仁也。仁，人也，亲亲为大，至亲，父母也。《书》曰：惟孝友于兄弟，克施有政，安人，安百姓，仁之至也。是以人人亲其亲而天下平。《孝经》十八章，孔子授之曾子，以孝治天下，亦即以孝平天下也。

公昔游美，见一老父有数子，公称之，而老父云云，是其俗尚，固不知父子之恩也。夫既曰人，岂终无继伦耶？不过以吾国之教化衡之，今之欧美人尚属半开化而已。彼宗基督，基督之教义曰博爱，亦吾国之墨翟也。孟子以墨氏兼爱为无父，而墨者夷之，犹谓爱无差等，施由亲始。苟一闻道，可进于儒者，东海西海，心同理同，安知欧美人不亦如是乎。

弟深望吾国人迷而复也，不然秦尚功利，父子异宫，故夫借父櫌锄，虑有德色，母取箕帚，立而谇语。吕政虽灭六国，再传而亡；汉兴百年，稍复于古，董仲舒正谊明道之力也。欧美人尚功利，又一嬴秦。吾国人尤而效之，弃其大伦，势所必至，其所厚者薄，而其所薄者厚，未之有也。中国所以灾害不止也。

致谢心准书（九通）

一
民国三十年三月七日

集放翁句极佳。昔放翁身在江湖，仍忧国不已。惜其时无一雄材大略者而志吞金虏，仅出于擅权自恣之韩侂胄。无怪乎役役无成功。南宋君臣负放翁矣。又云嵇康龙性难驯，非尧舜而薄汤武，然著养生论，其亦知事已无可奈何耶？弟近读书，粗有所悟，世人皆醉，予欲无言。

二
民国三十一年五月廿四日于陬市

兄念弟甚，此昔贤之风义，不图于今之世得之。闻汝为陷贼。随总理二十年者，当知临大节而不可以夺之义。弟深冀其不为贼所污。伯南脱险返防城，大可为西南国人留面目矣。弟贫甚，固自救且犹不瞻，乃一念民生凋敝，胥国人而陷饥溺中，斯又匹夫所不能已于忧者。沉疴年年，呻吟如昨。心气和平之际，其病若失，偶或感触，便疾作矣。学问所以变化气质，要皆不学以致此。兄酒兴何似？弟戒酒已逾两载。兄之年长于弟一岁，似当戒酒，以葆健康。暇时祈多惠教言。

三
民国三十一年七月廿四日

廖平子兄诗画均由季弟寄到，感甚。缓拟作书谢平子。季弟谓吾兄多奇石，为拾自河边者。米襄阳拜师石而尊之为兄。雅人深致，毕竟不同。吾兄得毋似之？斯亦贫居之一乐也。此心不动，有如木石，有道者能如此，而革命党人亦能如此，即物足知其性矣。黄花岗烈士，花县徐氏有十六人，盛矣。闻维扬兄在桂林，此公淡泊自甘，未知其近日体气何似，乞为致候。

四

民国三十一年七月卅一日

九日奉读吾兄六月廿五日书，长十九纸。惟老友知老友，亦惟老友爱老友也。拟即作答，适仲弟之书至，与弟论某事，劝弟勿骂人太甚。兄有诤弟，固以为喜，遂先复之。然纵笔时，又不克自制其愤怒。书成而宿疾发矣。昔杨万里病中呼纸书曰："韩侂冑危社稷，吾头颅如许而报国无路，惟自孤愤。"笔落而逝。弟学养不及诚斋先生，万一所见之元恶大憝，罪有过于韩侂冑，其僭师蠧国又不仅如宋之一败于金房，掷笔即病，尚未至死，亦云幸也。病作之际，较诸曩时为甚。心及手心、足心发热，不食不饮者凡五日。卧念吾人所争者是非耳，唯其无是非，所以成为今日之局；此非语言文字所能争者，徒忿焉而已，则不啻匹夫匹妇之自经于沟渎也。由此一念，病遂霍然去，兹已能饭，但执笔犹手颤耳。阙然久不报，幸勿为罪。春生兄已抵郁，闻之欢喜，乞为慰问。弟不复饮，闻兄能饮，深羡之。

五

民国三十一年十月廿八日

未奉来示又久矣。兴居何似？甚念之。弟之六侄女丽孙，生于广州，今年十一岁，廿四日因肠胃病夭逝，恸哉！此女为季弟次炯夫妇所最爱者。次炯在桂林，经已电告，其伤悲可以想见。第念生，寄也；死，归也。死者为归人，则是生者为行人也。修短随化，终期于尽。然则彭祖非寿，自不必视殇女为夭也。原始反终，初无二理。斯吾儒立命之议，用以自慰，并慰吾弟焉。秋深，惟顺时珍重。

六

民国三十一年十一月二十七日

　　大著之思子，盖诗人"卜筮偕止，会言近止，征夫迩止"之意也。他什皆澹远，足见吾兄之宁静，此亦关乎学养者。昔黄太冲以侯朝宗以伎侑酒，将规之，而曰：其尊人在狱中，何忍有此。或曰，朝宗赋性不甘寂寞。太冲曰：夫人而甘寂寞，则亦何所不至？弟尝举此语以示仲弟幼炯、季弟次炯及长男朝杰，今又勤勤然诫次男朝俊焉。老友中多晚节不终者，皆不甘寂寞者也。一至不甘寂寞，无所不至，可畏也哉。卒之太冲忠于明，而为一代大儒，朝宗则明之遗民，竟被迫诱而应胡清之试（远不及魏禧兄弟），虏亦以副榜辱之，其贤不肖，相去何如耶？弟与吾兄穷荒邂处，未尝非吾党元气之所在，敢自言之。古之人，有猷有为，尤必有守，三军可夺帅，匹夫不可夺志，所谓不遇盘根错节，不辨利器者，此耳。又旧作"不写英雄写美人"句，极佳极佳。阮嗣宗登广武而慨然，诚足睥睨千古矣。诗以言志，于此益信。

七

民国三十四年九月十二日于广西昭平

　　奉六月十九日手示，未及开封，便已欢喜。盖邮程之阻，已逾一年。忽得故人书，则欣然知其健也。贫贱患难时，交情乃见。西林兄之风义，只能于旧同志求之。弟去年一岁四迁，苟全性命，其所经历，艰苦万千，言之徒伤老友心。

八

民国三十五年五月八日于平乐

　　麟、凤两儿于十三年中兄弟殒折，弟当时固过悲，顾能以义断思，以理制痛，葆此身在，为长养两子之儿女计耳。乃以其时过悲之故，所伤实多，疾患月余，日就衰损。夫天地赋命，生必有死，渊明所谓"应尽便须尽，无复独多虑"者也。惟致身革命四十年，丁国家之颠危，未获有所拯救，负我初志，能不悲哉！

九
民国三十五年五月廿日

十八日上一书，深恐我兄贫且病也。顷奉八日手教，欣悉清恙已愈，慰甚。惟我兄先人之墓，为倭虏及盗匪毁灭，足知我兄，必大伤其心。倭虏固吾国人不可释之仇雠，乃盗匪亦为之，民德尚何言哉！辱承远唁，毋任感激。弟近已自安于命，而割难忍之爱也。

示云，初见次炯书，颇惊。追见弟书，兄心始慰。惟老友能爱老友，亦惟同盟会之老友，一生未变节者，始爱同盟会之老友。

弟近识万事有命，不可以人力强，乃屏除一切，潜心读书。家事由次炯夫妇理之。次炯薪给赡家，而于弟之饮食起居调护，无所不至，足使弟自忘其疾也。曩读《孔丛子》，得子思所谓以一人之身，忧世之不治而泣，是犹忧河水之浊，而欲以泪清之也。感悟大萌，实基于此。

致罗翼群、谢心准书

民国三十五年四月四日于广西平乐

翼群、心准我兄赐鉴：

翼群兄三月二十二日重庆书，心准兄三月七日、十四日、十九日广州各书，及其大著七律一首，均先后诵悉。

次男朝俊体气素健，惟心脏稍弱，而又每一二年一鼻衄。有奥人伯力士者，所到之处，一如携其鼠疫以往者，然三十年至常德，谓有鼠疫，特设防疫所，由其主办。重庆每次拨款动辄数十万元，款愈多则鼠疫更烈，于是重庆益益拨款。凡因病而死者，若伯力士指为鼠疫，即爇其屋火其尸。某某任专员（按：原文为"顾冠任第四区行政督察专员"，涂去，改为"某某任专员"），相助为虐，甚至凡死者皆强令火葬，几酿民变。三十一年，某某（按：原文为"张默君同志之弟元祜"，涂去，改为"某某"）继专员任，知改某某（按：原文为"顾冠"，涂去，改为"某某"）之暴，而不能不从伯力士之指挥。是年初，次子妇归宁，亡儿与之俱适。（按：此处涂去"元祜派其"四字）保安司令部之兵胁迫城内外居民一律注射防疫针，日有数人固不胜其药力而致毙者，伯力士与某某（按：原文为"元祜"，涂去，改为"某某"）绝不之顾。亡儿鼻衄正发，亦为所胁迫，注入不三四小时即喀血极多，此其致病之始因也。自是每年喀血一次。今年立春日又复喀血。三月初其病及于心脏。十七日突生剧烈变化，十九日下午二时十五分钟夭逝。天乎痛哉！殓以布衣冠，贫也。《礼记》曰，子游问丧具。夫子曰：称家之有无。今弟当贫贱时，盖亦行古之道也。墨子矫周末文胜之弊，故主薄葬。弟尝告季弟次炯曰："人苟无三不朽，则坟土未干而身名并灭，直与草木同腐耳。我之生也无益于人，百岁后虽不必如杨王孙之裸葬，然如范冉所谓'衣蔽于形，棺周于身'，足矣。"至弟犹有憾焉者，先世之殓皆古衣冠，乃僻处南荒，求能制者不易，乃殓以时服，惟冠儒巾而已。柳州有好棺，而平乐不然，费三万三千元即为棺之最佳者。将来运其柩归葬先者墓侧，道里辽远，此棺恐未必坚实也。弟之长子朝杰逝于广州，今次子又丧，其年皆二十有九。十三年中两哭吾子。昔西河之痛，子夏自以为无罪，而曾子责之，即知其过。然则，弟之获罪于天者必大，非然者，天之降殃，何至如是之酷耶！朝杰遗女一，今年二十，男三，长者十七，次十五，又次十三。朝俊遗一女，才二岁。次子妇方娠，若生男则朝俊有后。弟六十之年，惟有安于义命，抚两子之儿女，以长以教，慰我情也。　此颂
道安
　　　　　　　　　　　　　　　三十五年四月四日

复罗翼群书

民国三十二年十月廿九日

先后奉桂林、衡阳书，知吾兄返兴宁。其敬兄者，根诸天性也，而其尊师，则民生于三，事之如一也。并读大著，所造益深。七律似义山，七绝似放翁，遥吟俯唱间，其抚时感事之惋伤可想。弟蠋万虑，今年未作诗，然而寿菹龄夫人诗，弟必作之。兄致某（按：原作"蒋"，涂去，改作"某"）氏之书稿已读悉，是亦文中子太平十二策，言非其人。夫舜察迩言，禹拜昌言，尚已。《书》曰，尔有嘉谋嘉猷，则入告尔后于内，尔乃顺之于外。有守成之令主，然后君陈克弘。周公丕训也。《诗》曰，訏谟定命，远犹辰告。亦必其君有天下之虑，而不为一身之谋，一号令焉，审定不易者，其臣乃可时时以远犹告也。不然得君如汉文，贾生亦徒上治安之策，倘言于桀纣，则龙逄比干矣。惟善人能受尽言。孟子曰，不仁者可与言哉，安其危而利其菑，宋其所以亡者。不仁，而可与言，则何亡国败家之有。今其人何如也。善人乎，抑不仁者乎？其曰予圣，谁知乌之雌雄。与谗谄面谀之人居，久矣，夫恶忠言之逆耳也。兄所列论，体国经野，彼拒人于千里之外者，自用自专，必将訑訑，予既已知之矣，奈何不可与言而与之言哉。哲嗣似尚未即赴美，盍不令其熟读四子书使治身心性命之学。论语如菽粟水火，舍此无以活。至学而篇，所记多务本之意，乃入德之门，积德之基，学者之先务也。弟子一章，哲嗣尤宜身体而力行之。盖学文，末也，其大本在孝弟，曰谨曰信，行之次第也。家曰泛爱而仁必亲之，此为学之要，亦成德之始也。他如问孝问仁问政问君子，问一也，而答不同者，因其材高笃云尔。战国时，上下交征利，孟子主性善，独言仁义，以正人心。吾夫子罕言仁，然自大者言之，博施于民而能济众，仁也。目其小者言之，其言也讱亦仁也。仁之体无不在，仁之用无所穷。是以子文陈文子非仁，子路、冉有、公西华莫不知其仁，颜渊去圣人一间耳，亦惟三月不违仁也，其不迁怒，不贰过，守之也，非化之也，非礼而勿视勿听，勿言勿动，斯已止于至善，若得其寿，则进于圣人。顾乃于微子、箕子、比干许其仁，于伯夷叔齐许其仁，即管仲亦为仁，以其纠合诸侯不以兵车也，一匡天下，民不至被发左衽。故夫仁也者，爱之理，心之德也。得乎天理之正，而即乎人心之安者，斯即仁已。使有一毫人欲之私萌焉，不得谓之仁。孟子言仁，又及乎义，特为战国时人立说耳。虽然，仁，人也，义，宜也，仁以居之，义以行之，行之为宜，是用力于仁，不使不仁者，加乎其身，要亦仁而已矣。孔子教人以忠恕。忠恕违道不远，施诸己而不愿，亦勿施于人。能近取譬，仁之方也，仁远乎哉。我欲仁，斯仁至矣。放其心而不知求，则所以异于禽兽者几希。若乃学庸，为曾子述孔子之言，子思子授，孟子之学，《大学》言齐家治国平天下，在修其身，反身而诚，在毋自欺。《中庸》第二十章至第二十六章，反复推明诚者，诚之者之旨，孟子引而发之曰，至诚而不动者，未之有也，克己复礼，天下归仁，亦此义也。是故放之则弥六合，卷之则退藏于密，固不假夫声色化民也。诗曰，德輶如毛，民鲜克举之，然则毛犹有伦也。上天之载，无声无臭，至矣。

海滨先生前以《二十九国游记》见赠，弟深契夫推本仁爱，以期互动之说，遂更举吾国固有之道德于以淑人淑世者复之。兹所云云，与哲嗣言学也。初学者，诚知务此，必不为物质囿。既不囿于物质，必反求诸本而自得之。好学近乎知，力行近乎仁，知耻近乎勇，则知所以修身也。富贵不能淫，贫贱不能移，威武不能屈，则不枉己以从人也。达则兼济天下，穷则独善其身，明乎进退之道也。非其义也，服其道也，禄以天下弗顾，系马千驷弗视。如其道，则舜受尧之天下，不以为泰，辨夫取舍之分也。所欲有甚于生者，所恶有甚于死者，故杀身以成仁，舍身而取义。国有道不变，塞焉；国无道至死不变，故以身殉道，不以道殉身也。况四子六经之阶梯，匡衡曰，六经者，圣人所以统天地之心，明善恶之归，持人道之正，使不悖夫本性者也。荀卿曰,始于诵经,终于读礼,始于为世,终于为圣人。熟读四子书,其义即明,而后读六经,可融会贯通矣。桃源之约已两年,吾兄果肯寻避秦人乎?抑俟他时,弟就兄于中原,相与投戈讲艺也。

致李扬敬书

民国二十八年五月廿六日

某某（按：原作"钦甫"，涂去，改为"某某"。李扬敬，字钦甫，时主湘政。）同志先生执事：未闻教久矣，然贤劳固在念也。回忆曩者相与侍我总理，则俯仰有今昔之感焉。月前接常德友人黄君（按：原作"超鸿［任第四区行政督察专署主任秘书］"，涂去，改为"君"）邮转执事去年十月三十日大函，并附（按：涂去"某省府顾问"数字。）聘书，两月以前某某（按：原作"海滨"，涂去，改为"某某"）先生早以执事见厚之意示我矣。吾湘得执事主省政，必能举措罄宜、餍父老来苏之望，幸甚幸甚。

弟窃谓中国之民易治也，首在不扰而已。古之为政者，虽有弛张，而俱为不扰。董仲舒云，法出而奸生，令下而诈起。况斯世所谓法令，苍黄翻复，徒见其征召令聚，侵本非人，使农失其时，工弃其艺，商贾怨嗟于市。诗曰：讦谟定命。易曰，涣汗其大号。盖一命之出，审之又审，既出，不可变也。今则不然，徒足致乱。各省十数年之政治，如治丝而益棼。五子之歌，其曰：民可近，不可下。民为邦本，未有本不固而邦宁者。吾湘人疾苦已深，就弟在湘时所见闻，要皆庶政烦苛，民不堪命。（按：以下至"仅矣"原稿涂去）凡属中央之机关，无不置吾民于刀俎之上，磨牙吮血，祸更胜夫猛虎长蛇。地方机关效之，民命之未绝者，仅矣。今执事求治甚切，而在湘人之望治尤殷。因地制宜，以兴以革，深冀务求其实，悉力以赴之。夫国家之败，由官邪也，率兽食人，人将相食。亭林谓为亡天下。故夫古者，大兵之后，惟劳来匡直之为急。光武艰难转战，犹遣其在兵中者，次第归耕，及都洛阳，慎选良吏，凡作奸慝或不便于民者，二千石先坐。是以东汉之盛，既庶且富，然后可以施其教化也，宋高犇窜，其仅有之地，群盗满山，一经削平，即核吏治，如或贪墨，罪小必诛，卒致中兴，岂偶然哉。今以执事之勇达，弟固知其政治不难，抚民以仁，生聚而教训之。崇朴斯华，信赏必罚，则与民休息，民亦能自厚其生。虽然，知人安民，惟帝其难；矧在后贤，孰为睿知？不过尽吾力之所及，行吾心之所安，理得其平，吾湘人受佑大矣。

　　弟天性愚戆，甘老山林，徒因常德易为虏骑所侵，不得已徙家于桂，乃桂、柳、邕、梧相继陷，致令数月四迁。兹桂境肃清，移居平乐，老而多病，藉此疗养。且湘桂交通未复，不克言归，故闭户读书，澄心怡性，处蛮夷而亦乐也。平乐距长沙三千里，安能备执事咨询哉？然而诗有之曰，维桑与梓，必恭敬止。名义不必居，苟与吾湘人关休戚者，弟敢尽言，无所讳。识时务之俊杰，必谓此为迂阔之谈。惟善人可与言。执事又复勤求民隐以敷政焉。是则爱乡之士，乌能已于言者也。

弟杨熙绩拜启

致胡立吴书（十一通）

一

民国二十九年一月四日，于桃源山中

奉十二月廿三日手示，诵悉一一。兄自燕侄逝后，无日不悼念之，盖与四弟以养以教，颇不易易。而忽舍兄及四弟以去，故抚其遗文遗墨（燕侄颇富于图画兴趣），良痛于心。元遗山诗云，中年哀乐自难胜，兄今日之谓也。（此儿能饮酒，好莳花，所种之瓜，所栽之菜，皆成熟可食。而天性最厚，往往以己之饼饵用平弟侄之争。每受罚时，从不诿过。兄自其殒折，便废登临，盖平时皆由其扶持之。某水某山某花某树，在在示乃伯以兴趣。兄此生将思之不能置也。）吾棣亦遭种种不幸之事，其处境之苦，可以想见。惟晏平仲、范希文之卓立千古，要亦为人之所难，况大雄氏度己广众生，其愿力尤大也。

二

民国三十年一月四日

立吴老棣惠鉴：奉去年十二月十六日书，并读大著。其七绝二首，要为危苦之辞（蝎磨二字故人既有用之者，自亦可用），涕泪身遥，白头乱发，杜少陵所以念妻子、怀弟妹也。词极一往情深之致，而桃源忆故人一阕，又欧阳永叔之绮思，水晶枕畔，岂果梦耶？日记一则，魑魅魍魉之情状如画。然一诵酒德颂，此辈曾蜾蠃螟蛉之不若，付诸不见不闻可也。不然，尤有甚焉者，将谓之何？

同时，又奉二十一日书，慰诲殷勤，读之感激。棣不忘故旧，古道克敦。兄亦尝回数飘零，以告吾弟吾子。昔在庚戌，寄迹长沙，衾枕槃匜，皆典鬻殆尽。乡人之旅省求学者，倘与兄遇，必望望然去之，若将浼焉。棣不喜与人同榻，独容兄依棣以居；棣不容兄，兄露宿矣。辛亥三月廿九日广州之役，吾党摧败。四月十日、五月十一日，兄两从龙研老后，反抗虏廷铁道收归国有政策，为罢课罢市抗租之运动。伪诏切峻，以乱民之加之。杨文鼎摄湘抚，辄戮死囚以示威。同乡某某诸君，凡所以警惧棣者备至，棣迄不为所动。端午，倪恒顺召棣饮，棣一苵便返，饷兄以酒食，若慰劳然。及归武陵，兄婴大病，面目手足皆臃肿，腹且大于瓠，棣恒留兄宿斋中，夜必咳唾满室，而棣不恶也。凡此皆兄永久不能忘者。棣有东莱李氏之风，特愧己非张元节耳！棣道家常，兄有同感。月入只有此数，而物价高涨，实值几何。举家十八人（中有三人为相从于宁、粤之旧役，其一为佣工者）。食米月费百元以上。布缕之贵，逾于昔之锦绣纂组，夫岂寒儒所敢过问。即妇孺之衣，皆补缀兄衣，至不能受针。旧有之裘，早以尽敝。范叔虽寒甚，而无力改作。羔裘一袭，来自新疆，十九年新省府贡于阗玉于中枢，并以土宜分馈国民政府之执事者。此裘惟廿四年元旦在广州一御，今始御之。顾裘衣，则百结也。诗曰：衣锦尚絅，传曰：缁衣羔裘。兄有羔裘，而所尚安此，往往顾之而笑，谓其负此楚楚矣。病愈之后，日惟读书。天能容我之身，而不能穷我之心。至贵无轩冕而荣，能仁，不导引而寿。况有爱弟，贫苦与俱，不刋方以为员，亦藉山林养其拙，天伦之乐，兄有过于子瞻。虽无田庐，不足言耕桑，然抱瓮灌园，可以得菜。有鸡豚之畜，可以食肉，颜阖视我，当亦弗如。且其诵读声、纺织声，入耳足令怡悦。他日儿孙成立，必能知稼穑之艰难。物质文明，或非所骛矣。夫三军可夺帅，匹夫不可夺志，贫固我之素也。由丙午以至辛亥，由甲辰以至丙辰，家中常陷于饥寒，其时尚有父母在也。祭而丰，不如养之薄。兄迄今犹深痛之。但苟锲而不舍，斯金石亦可以镂。吾人不争一时之荣悴，而必争千载之是非。故淡泊自甘，毁誉自非所计矣。

雨荷讲授于佛圣堂之日和障（出《聊斋志异》金和尚，彼定老花者，固宜谥之曰障）与橐驼庙祝，可谓欺我。洎漱春讲授，而橐驼庙祝尤如厉焉。每送杨植筠出东门，枵腹而归，城头踯躅。常德风景，要以笔架城之晚照擅其胜，以趣即以是时得之。归则佛龛之侧，一榻萧然。夜半无灯，残烛亦被橐驼换去，惟明月伴我而已。此时此境，宁不寒心？卒能贯彻始终，有以亲见夫爱新觉罗氏及袁逆世凯之颠覆，有志者事竟成也。然则后之视今，亦必犹今之视昔也乎！

一生行事，尽其力之所及，行其心之所安，山巅水涯，遵养时晦，则又忍人所不能忍，为人所不能为。子曰，择善而固执之。孟子曰，守身为大。又曰，穷不失义。岁寒然后知松柏。贫贱威武，奚足以移我屈我哉！有怀欲白，不自觉其言之冗，任乞吾棣原之教之。前闻肖崖兄言，星舫兄在渝，尝与吾棣同寓，起居何似？深以为念，乞为致候是幸。此颂。

再者，金缕曲中七字四句，其下三字，毛平仲《樵隐词》前后皆用平平仄，高宾王《竹屋痴语》前后皆用平仄仄，而李元辉之《春闺》前之第四句为"知何处，凭栏久"，后之第七句为"春已远，银烛暗"。总之前半阕与后半阕一律，乃是定格。若东坡"乳燕飞华屋"，前之第四句为"手弄生绡白团扇"，后之第四句为"秾艳一枝细看取"，虽后三字前后一律，然用仄平仄，恐是长公是时哀怜此妓，率尔作之以解围也。故大江东去，必须关西大汉持铁绰板唱之。至前后两结三字二句，务用平仄仄、仄平仄，斯为定格，不可易者。又凡用入声韵，质、物、月、曷、黠、屑之韵通用，陌、锡、职三韵通用，解韵独用。盖缉为侵之入声，侵独用，缉亦宜独用也。邵子湘《韵略》，本于宋郑庠六部之分，则缉又可通合洽。其余彼此畛域确不可混。《诗韵集成》韵目所注不可从。读后汉傅毅舞赋（见《文选》），去段分用四韵，一为陌韵，一为月、曷、屑通用，一为缉韵，一为质韵，而一字不苟。古人选韵之严如此。凡所云云，自棣所悉也。

三
民国三十年二月二十日，灯下

立吾老棣左右：奉一月三十日手教，承以禫义下问。兄昔执先孝丧，二十有五月而禫，亦尝稽之于礼矣。夫禫也者，孝子之意淡然，哀思益哀也。三年问，孔子曰：子生三年，然后免于父母之怀。三年之丧，天下之达丧（《论语》达作通）也。顾又曰：三年之丧，二十五月而毕，若驷之过隙然，而遂之则是无穷也。故先王为之立中制节壹，使足以成文理，则释之矣。又曰：三年之丧，二十五月而毕，哀痛未毕，思慕未忘，然而服以是断之者，岂不送死有已，复生有节也哉。《檀弓》子思曰：先王之制礼也，过之者俯而就之，不至焉者跂而及之。故子夏既除丧而见，予之琴，和之而不和，弹之而不成声，作而曰，哀未忘也。先王制礼而弗敢过也。子张既除丧而见，予之琴，和之而和，弹之而成声，作而曰：先王制礼，不敢不至焉。疏谓，子夏过者，俯而就之；子张不至者，跂而及之。孟献子禫，悬而不乐，比御而不入。夫子曰：献子加于人一等矣。虽然《间传》曰：又期而大祥，素缟麻衣，中月而禫，禫而纤，无所不佩，可与《论语》去丧无所不佩相发明。王肃主二十五月，自有可据。郑康成乃释为大祥之后更间一月，而为禫祭，盖以中为间，遂定为二十七月，此拘于《丧服小记》，亡则中一以上而祔。《学记》中年考校所谓中之义也。

先儒司马君实、朱元晦，究不敢明明从王说，其亦亲丧宁厚也欤。要之，鲁人有朝祥而暮歌者，子路笑之，夫子曰：由，尔责于人终无已夫，三年之丧，亦已久矣夫。子路出，夫子曰：又多乎哉，逾月则其善也。斯即二十五月而禫之证也。礼曰，期而小祥，食菜果；又期而大祥，食醯酱；中月而禫，禫而饮醴酒。此言其饮食也。礼又曰：期而小祥，居垩室；又期而大祥，居复寝；中月而禫，禫而床。此言其居处也。孔子既祥五日，弹琴而不成声，十日而成笙歌。有子盖既祥而丝履组缨，有若似圣人，不当如此。故疏谓，盖者疑辞，恐记者得之于传闻，乃疑其辞也。由此观之，是禫在大祥之逾月，彰彰明甚。然则，吾棣应至二十五月禫服，未禫以前，其哀未尽，似仍可赴告，《丧礼》具详于《礼记》。兄言或未当，棣宜取《礼记》读之，自不至为士大夫讥矣。（书云，高宗谅阴，三年不言。此所谓三年，其详不可得而知，惟滕文公闻孟子言，定为三年之丧，孟子学于子思，子思学于曾子，《礼记》有曾子问，所问者要皆丧礼。滕文必大祥逾月而禫也。）

处约情形，兄甚于棣。素无一亩之田，一椽之室，幸家人能安贫，且相率操作，此可自慰者。去冬以来，固得力于国药，但读书以养性，烦忧偶至，随念扐去之，故百病皆愈。宁静胜于药饵，盖兄征信《大学》曰：知止而后有定，心有所止，自亦能定。定则静，静则安，虽不敢曰能虑能得，究必以之而得却病也。

大著缠绵悱恻，鄙意宜强自旷达，乐则生矣，生则恶可已也。

四

民国三十年四月六日

久未奉来教，未审入春来眠食何似？近阅《续资治通鉴》宋孝宗论汉宣帝之中兴，在吏称其职，民安其业。又曰，才，有君子之才，有小人之才，小人而有才，虎而翼者也。又读曾巩《抚州颜鲁公祠堂记》曰：历忤大奸，颠跌撼顿，至于七八，而始终不以死生祸福为秋毫顾虑。方孝孺《懋窝记》曰：国家可使数十年无才智之士，而不可一日无气节之臣。罗洪先《宝庆忠节祠记》（元兵犯宝庆，宋通判曾如骥死之。）曰：君子宁过于愚，无失之巧，宁正以败，无倖以成，宁决天命于万一不测之虞，无靦面目以取偿于岁月不可希冀之会。凡此皆足使人俯仰古今而感愤也。

兄上月又发肝病，酒湿亦同时并发，越四五日即愈，虽不似去年之甚，然体貌骤瘦，久久未易复一也，此实无可如何者，听之而已矣。孟子曰：殀寿不贰，修身以俟之，所以立命也。既曰有命，惟顺受其正焉。范仲淹曰：不以物喜，不以己悲。李翱曰：众嚣嚣而杂处兮，感叹老而嗟卑，视予心之不然兮，虑行道之犹非。苏辙曰：士生于世，使其中不自得，将何往而非病，使其中坦然，不以物伤性，将何适而非快。兄于此遂有所悟，以之修身也，可以之养生也，亦可诵考槃之诗蘉也，轴也（笺云，蘉，饥意，轴，病也。），亦欣欣也。近更贫，往往无一钱隔宿。贫者士之常。欧阳永叔曰：俭薄所以处忧患也。家人皆安之若素焉，兄颇以为喜。

十七年商务印书馆出售之中学历史教科书，谓尧舜无其人，禹是一虫，文姜为打破婚姻制度者，州吁为打破阶级者。悖乱之说，不一而足。经河南省府举发，遂提出国务会议。展公面斥蔡氏。兄曰，嗜欲足以杀身，货财足以杀子孙，政事足以杀人民，学术足以杀天下后世；今大学院如此，其祸甚于洪水猛兽也。此案交审查，当审查时，季陶主严惩商务印书馆，兄主严惩大学院。嗣只不许发行了事。此亦无纪纲之一者。天丧斯文，晦盲否塞矣。虽然，董仲舒曰：道之大原，出于天，天不变，道亦不变。吾人昭昭然，揭日月以行，安见抱残守缺之经师，非拔乱世而反之正者耶？

五
民国三十年十月十四日

币值贱于往代之泥钱，廿七年尝语子尧曰，火柴恐有一元一盒之日。子尧等嗤其妄。今一盒已不止一元矣。无恒产而有恒心者，惟士为能。环顾斯民，不寒而慄矣。大著一读一击节，诚可谓为诗史。佳句不少，兄一一摘示四弟，咸信为不刊之论。棣以命题之字下问，似可用《饥思》或《秋赋》。（赋为诗六义之一，朱子注诗，亦曰，赋者，敷陈其事而直言之也。）何如，仍乞裁之。

六
民国三十一年三月一日

夫安于贫贱云者，古今人之恒言，求能践之者实鲜。不仁者不可以久处约，惟穷然后见君子，不移其守，始足雪古今人之耻已。虽然未若贫而乐也。孔子饭蔬食饮水，曲肱而枕之，而乐在其中。颜子居陋巷，一箪食一瓢饮，而不改其乐。周茂树问孔颜之乐在何处，伊川亦以此诏其门弟子。朱子则令人自寻之。人知自寻，斯得其乐矣。兄以为仰不愧于天，俯不怍于人，乐也。仁义礼智，非内外铄我也，我固有之矣。故曰根于心，其生色也，睟然见于面、盎于背，强于心体，四体不言而喻，是以君子所性虽大，行不加焉，虽穷，居不损焉，分定故也。

子罕言命。子贡曰，夫子之言性与天道，不可得而闻也。盖尽其心者，知其性也。知其性则知天矣。存其心，养其性，所以事天也。殀寿不贰，修身以践之，所以立命也。要之，皆明明德也。天命之谓性，能明明德，凡事得乎天理之正，而即乎人心之安，焉往而不乐哉。门人述曾子之意，以《康诰》克明德、《太甲》顾諟天之明命、《帝典》克明峻德释之，无遗义也。朱注：训明德为虚灵不昧。兄微嫌其近于佛，明心见性，佛之教也。宋儒多由佛而归儒，朱子犹有其迹象也欤？是知贫而乐，非不易学也，不易得耳。兄今乃思所以先由蠋躁怒入手。发愤忘食，乐以忘忧，不知老之将至，夫惟圣人能之。然而，希圣者，儒者事也，困而学之，勉强而行之，其亦为学之道，及其成功，一也。

《大学》之要，在诚其意。诚其意者，毋自欺也。朱子谓此为诚身之本，故《中庸》专辟一诚字。孟子曰，至诚而不动者，未之有也，不诚未有能动者也。实与"诚者物之终始，不诚无物"相发明，其曰德润身、心康体胖大可作贫而乐之注脚。

七
民国三十一年四月廿一日

现任县长某君，粤之旧也。来陬视我，随以平价米之规定示镇长，请兄购之。兄以为亦一平民，安敢累故乡之父老。贫为我素，安之已久，纵槁死沟壑，而此心可安矣。天下之生，一治一乱，乱有所由致复，其见天地之心乎。夫道，万世之敝者也，敝则道之失也。管宁习俎豆，王通居河汾，匹夫虽微，亦自有所任焉尔。

八
民国三十一年七月三十一日

大著七绝，温雅有醖藉；五律则杜少陵怀灞上游之作也。月前大有宿疾欲发之势，九日果发，心及手心、足心昼夜发热，不食饮凡五日。七日之书至，尚病卧也。病中默念何自苦乃尔。由此一念，其病遂去。今因道味之腴，世味由之而益淡。柴门临水，而山川如画。北窗下，手一卷书，亦羲皇上人。此生愿以晋徵士终，未知他日有紫阳之笔否？

九

民国三十三年四月十五日，于桂林

先后奉读三月三十日、三十一日大示，敬悉一一。兄山居既久，视朝市如地狱。然卒来此者，为辟寇计，不得不从家耳。今濒湖又有事矣，深为吾湘父老虑也。老棣抱东山之感，所谓情之所钟，正在我辈，他日得请道经桂林，可图良晤，并揽山水之胜焉。

题周参事故山别母图，悱恻缠绵，是得力于韩退之、白乐天、杨铁崖、尤西堂之气韵者。兄在襁褓中失恃，读之尤感怆。答锦笙诗亦佳。余君虽负屈，然想不致为李广、为曲端，天壤间有真是非，余君亦可自得也。兄闭门课读，如居璩家溶、陬市，间亦与老友晤谈。惟廿三年前，此是旧游之地。日月易迈，山川不殊，昔之随侍总理来桂林者，兄之所知，今只理鸣、向华及陆耀文同志在此。日前与理鸣兄凭吊翊武兄纪念碑下（十年十二月湘同志建此碑于桂林丽泽门外，兄请总理亲书"开国元勋蒋翊武先生就义处"，镌于碑之正面，其另三面，则镌展公所撰书之文。今此碑巍然尚存，大可喜也。）既悼逝者，而相看又各自白头矣。所居在七星岩后，洞外百余武，与龙隐岩、月牙山近。暇辄往寻宋人遗迹，慕张南轩、吕东莱之风徽，摩挲平蛮碑及元祐党籍，慨武功不古若，而蔡擅国，致召女真之祸，今昔一辙耳。十一日为夏正三月十九日，明崇祯帝殉社稷五甲申而周。栖霞寺前有浑融和尚墓，寺桥之外有翟张二公纪念亭。我生不辰，又遘阳九，安得有翟张二公死义也。民德之不昌也久矣，更安得有如浑融、性因（明遗臣金堡与浑融经理翟稼轩、张别山两先生之丧葬）与虏将孔有德争是非、明大义于天下后世者。满目废兴，歔欷欲绝。归后取《临桂县志》读之，得陈宏谋、廖吕子节录（节录明儒吕新吾先生《呻吟语》），其曰：今之聪明才力，不用以自责，而用以责人；不用以集所长，而用以护所短。如见今之人言之力，知今之人有甚于此者哉。春暖，惟顺时珍卫。

十

民国三十四年八月十一日，于广西昭平山中

昨奉三月三十日手书，尚未开封，先是大欢喜矣。循诵之后，则情真者其语挚，又感激不已也。

兄受病在躁。总理薨逝已二十载，无往不躁心世务，徒自忧愤。今之沉痼，实原于此。欲变化其气质，因念曩日奔走革命，常人骇以为狂，燕雀安知鸿鹄志哉，我行我是而已。兹之所见，又常人笑其迂阔而莫为者，我但求如鲁两生，何必自苦乃尔。管幼安、陶元亮盍尝有一愤懑语也。由此一念，泰然。药石之功，反不及此。弟〔兄〕举家仍住利扶乡，有山有水，可以游钓。又有诸稚，出入扶持。惟肉味不易得。然数年来之所嗜，易为北人之食麸〔面？〕。孙女琼华，每日以鸡卵一枚和之制以为面，亦大可裹腹焉。心苟超乎境外，其境自不足以囿我，况家人聚处，有天伦之欢耶。大著学杜，益有进。兄与弟较，则寒螀吟耳。

十一

民国三十五年二月二十六日

兄之肝受病已久，抑亦深已。久未服药，计惟听之。自念一生，备尝艰厄。惟贫贱患难都无所惧，只有病足苦我。幸读书反可适其性。每日读《后汉书》一卷或二卷，为常课。诸稚皆已入校。清晨则教琼华读《春秋左氏传》（琼华今年二十，只在病中赖其奉养），一本经义以讲授，并考公、谷，不以人为治疾，而顺乎自然。特读书太迟，故闻道不早。既已致疾，遂不易去。

昨阅报载，协和先生亦病逝。旧时俦侣，零落殆尽。阅报后，不觉泣下，非止谢安石哀乐之感也。

致龙近仁书（二通）

一

民国三十年七月十六日

五日上一书，弟以未读佛书者，而亦说法，兄得毋笑其妄乎。韩愈辟佛，后世美之，至云孟子之功，不在禹下；愈之功，不在孟子下。弟独以愈惟厉声责王庭，奏一事，略似颜鲁公之于李希烈，他无足称已。三上宰相书，太无骨气，且以谏迎佛骨者，一至潮州，便风封禅，欲尊其君于秦皇汉武，其为人也如此，乌能卫道耶？苏长工虽见摈于程门弟子，然能不以死生祸福动乎心，履险如夷，在在足见其旷达，此或得之于佛。观其所作《大悲阁记》《十八大阿罗汉颂》知之。弟不为退之之偏，亦不效子瞻之嗜，窃以为天命之谓性，吾儒率性修教为道焉。佛之大旨，亦不外夫性。是则同。惟吾儒中庸，而佛则虚无；吾儒治平，而佛则寂灭，此其异也。若乃用力之处，四勿也，四毋也。曰心斋也，曰坐忘也，定也，静也，安也，虑也，得也。君子无终食之间，违仁也，其尽性至矣。宋儒多有明佛学者，终归于儒。游于佛之中而去之，然后知吾道之大。程子受学于周茂叔，每令寻孔颜乐处，所乐何事，朱子亦不敢为之说，其释明德，曰虚灵不昧。释学曰期善而复。其初，议者犹嫌其近于佛。然则放之则弥六合，卷之则退藏于密。彼教无上甚深微妙法，所谓纳须弥于芥子，坐微尘里转大法轮者，其能逾于斯耶。

老友周仲良兄，欲为狮子座之龙象者也，尝谓弟曰，儒者只到第六识，佛之境界则有第八识。第六识者，眼、耳、鼻、舌、声、意之意识也。第八识者，阿乃耶识也。不生不灭、不垢不净，不增不减也。弟曰，子罕言命。子贡曰，夫子之文章可得而闻也，夫子之言，性与天道，不可得而闻也。故季路问事鬼神，子曰，未能事人，焉能事鬼？敢问死，曰未知生，焉知死。道在子臣弟友，不欲使人驰骛于高远也。要而言之，君子之道，费而隐；夫妇之愚，可以与知焉。及其至也，虽圣人亦有所不知焉。夫妇之不肖，可以能行焉，不其至也，虽圣人亦有所不能焉。道不远人，人之为道而远人，何为也哉。黄帝远在佛之二千年以前，孔子删书，断自唐虞，而人心惟危，道心惟微，惟精，惟一，允执厥中，有谓其出于道书者，黄帝之言，其末流为老子。顾开物成务，制作神明，究何尝舍天下国家而成其为黄帝也。若佛之去人伦，乾坤不将息乎。成住坏空，大似邵康节十二年乃为一元之说。夫孰与天地相终始，以证其言之当否也。古今大聪明人，不得于时，即入于佛。弟窃谓有托，而逃则可，要不能溺耳。吾道譬诸菽粟布帛，而佛乃膏粱文绣也。民非菽粟布帛不生活，彼膏粱文绣，美则美矣，究不切于实用也。出入主奴之见，欧洲酿宗教之战争，吾国无之，吾道之广大也。弟与兄辨儒释，盖学术上之商榷，幸勿激于意气。

二

民国三十一年元月二十九日

孔子固亦为公养之仕，然去齐则接淅而行，其时不同，其行亦异。夫安于贫贱云者，古今人之空言，求能实践之者，鲜矣。弟幸而负贱而安之若素，庶几雪此耻乎。传曰，贫贱不能移，又曰，贫与贱，是人之所恶也，不以其道得之，不去也。弟之所自信者若是。又谓先民谓以财贻子孙，未必能享；以书贻子孙，未必能读；惟贻子孙以德耳。弟不敢谓足风天下，但期吾子孙效之。子孙而贤，愈不至丧其所守，纵或不肖，则他日欲为恶，而一念夫我，宜有所愧悔而不敢为。

致友人曹君书

民国三十五年六月一日，昭平利扶乡

　　诸稚饲鸡鸭，种瓜菜，而水保饲猪，有人损其瓜菜，击其鸡豚者，则必大怒，盖曾所用者，故爱之切也。弟举此事以函告右任、觉生、海滨、溥泉诸公曰：我辈与于创立民国，视鸡豚瓜菜何如？爱之既深，而护之无术，安得不病？病又安得不甚乎？（二十八、二十九两年中，每一作书，涉及此类语意，辄四五千言，短亦一二千言，把笔之时，左手之虎口大跃，甚或心痛，必登床卧数分钟，方能再写。三十年后，不复敢作此类书稿。）弟近年诗词之稿，钞于日记，前年为敌寇所毁，今只存六七本，而有二三本为不作诗以后之日记也。

致某君书

民国二十八年四月三十日

奉十一日手书，敬悉。某某先生拟以弟任计政，殷殷甚厚，惟吾国政治，早已集贪官污吏之大成。宋明垂亡时，尚不至此，而龙骧虎视，高下在心者，大抵为人而设官，从未以官而课责，甚或一心营职，反致获罪，久予贪官污吏以极有力之保障。十余年来如此，今益甚矣，尚何审计之有？假令弟执行某某先生之职务，恐凡贪污者皆当为阶下囚。既不能执法以绳，则委蛇委蛇，又弟一生所不屑也。夫报关击柝，委吏乘田，古之人亦有为贫而仕者，顾非论于今之所谓简任官也。明季士大夫，耻为县令，诚以当时县令，多出自勋戚之廝养，知耻之士，羞与为伍。故弟可使为梅福而不可使为华歆。幸谢故人，其知管仲之贫抑怜范叔之寒。弟虽未能来，要其用情，皆足深感已。

山居半年，颇自怡悦，秋酒薪盐之味，犹是三十余年前读书萧寺之风。尝慕渊明能适其志，不戚戚于贫贱，不汲汲于富贵，与诸葛孔明淡泊宁静相似，其一出一处，要亦孟子所谓禹稷颜子易地则皆然也。其《桃花源记》曰："不知有汉，何论魏晋"，此即北窗高卧，自谓是羲皇上人，鸡犬桑麻，熙然自得，此即柴桑栗里三径五柳之居也。弟幸托身晋处士所设想之桃源，敢拟高纵，冲穆澹达，惟此不为五斗米折腰之志所欣慕也。西山北海可以栖迟，弟将终身焉。孰意南昌不守以来，常桃间之公路尽毁。夫世有张巡许远，则一步两步皆我金汤。苟无能军之人，安有可守之土？纵如明永历帝窜身缅甸，终不免为吴三桂所擒。乃近日迭接重庆友人书，速弟赴渝，云以避寇。并闻湘省府亦有再迁之说，岂果倭寇尚在数百里外，即已畏敌如虎，而湘沅资澧又将有所择而放弃乎！慨自总理薨逝，凡天下为公之训，久绝望于号称同志之人，况以吕易嬴，看朱成碧，愤怒已极，安肯赴渝乎。假令赴渝，弟将负宿心、惭死友矣。况此时渝州之难官难民，又在流离转徙中，亦正不知税驾何所也。独是我无官守，我无言责。武域之去，先贤有为之者，且一息尚存，此志不容稍懈，亦欲葆此身在，蕲他日终得一当以报我党国。万一常桃有警，弟即溯沅流而西上也。

致友人书（十一通）

一

民国二十八年五月二十六日

奉五月一日书，循诵再三，如侍麈教，而谦光自抑，厥辉愈章。昔在粤时，心仪执事。盖今之所谓识时务者，大抵全躯保妻子，尤汲汲于富贵利达者也。信义亡而廉耻丧，胥天下为妩媚纤弱矣。国以此求士，士亦以此于进。吕蒙正不肯以媚道害国事，今则非如脂如韦者，不容盈朝，不啻宦官宫妾之流，孰率天下以正乎。尝谓政治窳败，一转移间可以刷新，至于道德一隳，根本斯斲，其毒中于人心，其祸及于百年，纵无倭寇侵凌，恐亦不能立国也。惟执事悃愊无华，独如屈子所云，廉洁正直以自清者，其驭己也严，其报国也忠。故其以武穆不爱钱不怕死之心为心，则韩范威名，戚俞功烈，舍执事将谁属耶？夫国之所以废兴存亡者，非一朝一夕之故也。祸乱相乘，必有所自来。然而欲致中兴，亦存乎其人而已。国家成败利钝之交，正志士立功立事之日。回狂澜于既倒，惟有待之执事耳。弟赋性愚戆，不合时宜，既不屑枉道以徇人，又不克治学以经世，名山风雨，遵养时晦，虽不易移风易俗，究未尝非古君子之独善其身，况执事诱掖之，所以惠我者良厚，愈知所砥砺也。病愈仍以诗词自遣，兹录近作呈正，雕虫小技，只自伤矣，惟执事有以教之。

二

民国二十八年五月廿八日

南京别后，十有九月矣，而寇患益深，国土益蹙，草茅之士，惟有仰天椎心而泣血也。回忆民国十三年秋，绩在沪奉展堂、湘芹二先生函电召赴韶州，敬谒总理时，言及党务，绩陈述其所见，总理训之曰："吾老矣，功不必及身成，他日三民主义成功，是即我之成功。深望吾同志能努力奋斗耳。非然者，人寿有尽，勿使吾党随我以俱去也。"时程颂云先生亦在座，聆总理训，绩与之均感泣。严严气象宛在目前。孰知有父折薪，有子弗克负荷，至于今日，吾党尚犹得谓为有人耶。惟绩以为中华民族必不亡，一息尚存，此志不容稍懈。实见革命之三民主义，惟忠于三民主义而革命者为能，致党国以中兴，仍属于历史深长之同志。

三
民国二十八年七月八日

今年四月，南昌又失，而吾湘动摇，在渝友人纷以避寇相劝，并促赴渝。夫壮而与人争，老而受人训，弟所不屑；况世无孔子，不当在弟子之列，尤弟悉力自守者。三军可夺帅，匹夫不可夺志。万一倭寇犯常德，弟亦不往重庆，即与四弟溯沅流而上，或西入酉阳也。山居惟教诸侄诸孙读，已亦不啻重温四子书。授课之余，则补阅《资治通鉴》。独念国之所以废兴存亡者，非一朝一夕之故也。《日知录》释礼义廉耻，独以耻为最重。又曰士大夫无耻，是为国耻，盖深感于明亡之痛耳。致明于亡者，客魏也。生祠遍天下，甚至有欲建祠国学，与先圣并尊。明季士大夫，尚复知人间世有羞耻事乎。然则其亡也，宜也。呜呼，追王故长秋，无须而配帝，梅村可作，其于当涂高，必更有所云矣。若夫汪逆兆铭之所为，直倒行而逆施之者也。庄叟曰，哀莫大于心死，而身死次之。汪逆之心之死久矣。昔与兄在海外时，闻汪逆复执信书，以不上梁山泊自诩，卒未加入中华革命党。弟即谓此獠他日终必叛我总理。洎在粤，见其所撰程前总长璧光铜像碑文，敢明明以护法之功归之黎元洪。是其终始参差，苍黄翻复，不待民国十四年以后之言行，厥罪已著也。二十年秋，汪逆为宁粤和议代表之一，由粤之沪，从之者数十人，议和乎？分赃也。登岸之始，即谒胡展堂先生，屋为之盈，几无隙地，尚有立于院落外者。弟适在展堂先生处，只与胡夫人及梯云、哲生握手，道寒暄，不徒未与汪逆言，且两人之肩相摩，彼此均不以面相对。展堂先生谓弟为已甚，一再劝弟假以词色。弟即去而之闵行。今其为人果何如（民国四年，弟在湘支部谓伯渠革命之勇，不及浴凡，而伯渠绝非忠于三民主义之人，其后亦验矣）。虽然，汪逆欲为石敬瑭，恐未必可得。充其所至，或如北汉刘崇已耳。而刘崇臣事契丹，为一隅之儿皇帝，尚曰我是如何天子，卿等是如何节度使。汪逆固勇于作恶，其能如刘崇自知否耶。向为身死而不受，今为宫室之美，妻妾之奉，所识穷乏，得我者而为之，遗臭万年，殆亦桓温抚枕时所不顾也。弟以为中华民国必不亡，中国国民党必不亡。抗战建国之功，要当求之于清白乃心，为尽忠三民主义而奋斗者，其事不济，则为文文山、谢叠山。事不济而身未亡，则为顾亭林、黄太冲、王而农。此盖弟所忻慕者也。

四

民国三十年三月六日

史道邻先生受左忠毅公之知，以身殉明，终其生奉左夫人如母。鼎丞夫子教诲弟者十余年。弟稍稍能文章，躬与于开国之盛，而讨贼勘乱，无役不从。凡弟知所以尽忠于国家，要皆本诸当日及门之训，非仅如阁部受知忠毅而已。师恩曷敢忘耶。民生于三事之如一，昔之所谓君，今主权在民也。然父子之伦，师弟之义，固亘古而不易焉。

五

民国三十年六月十四日

启秀楼之别七年，而寇患益深，国土蹙至无可再蹙，诚非始料之所及。盖党国败坏至于此极者，要由付托非人也。先生迭奏肤功，威棱憺乎敌国，使将帅皆如先生之忠勇，则倭虏不足平，又何至跼天蹐地于巴渝，自救其死，犹恐不赡耶？弟固尽忠三民主义之人，虽死生患难中，从未稍渝初志，徒以忤时太甚，欲报国而不可得，坐视我总理艰难缔造之中华民国所不绝者如缕，斯实痛心疾首者也。夙婴肝疾，近尤甚焉，忧愤之秋，但求速死，死而速也，尚可免为亡国之贱俘也。顷奉聘书，深感先生之盛意，惟既寄身荒谷，曷敢复言事乎。敬布腹心，并乞鉴宥。①

六
民国三十年六月十四日

昨午接某府聘书，随即函复，辞弗居也。诗曰：维桑与梓，必恭敬止。弟本赣人，然五世居湘，湘亦父母之邦，又何敢辞？徒以山居以来，深愤党国日益败坏，所不绝者如缕。孟子谓，由今之道无变今之俗，虽与之天下，不能一朝居。弟以为今日亦然。由之而不变，自非底于亡国不可止。夫弟固革命党人也，忠于三民主义，死生以之。昔随侍总理时，虽流离颠沛之中，而甘之如饴。及处广州，方复志在改革，功虽不就，其气终不馁，是先生之所知也。今国人皆尚同矣。（按：以下涂去"独裁者而可与为，则救亡图存，匹夫有责，弟自必黾勉以赴难，又何遑论别是非耶。"）传曰，不仁者可与言哉，安其危而利其菑，乐其所以亡者。不仁而可与言，则何亡国败家之有，弟所以入山林而不返也。尝读南宋史，倪思谓韩侂胄曰，平章骑虎不下之势，此李林甫杨国忠之晚节。论贾似道者，赵景纬曰，不公于己而欲绝天下之私，不澄其源而欲止天下之贪。马廷鸾又曰，天下安危，人主不知，国家利害，群臣不知；军前胜负，列阃不知。故贪戾者一夸夫，而国与民蒙其实祸，彼南宋不知去恶，此其所以必亡于蒙古也。然则古今治乱兴亡之迹，如一辙焉。后之视今，犹今之视昔，岂不大可哀哉！弟于某某（按，原作"伯陵"，涂去，改为"某某"）主席之盛意，中心藏之，非硁硁之愚，亦乞某某（按，原作"伯陵"，涂去，改为"某某"）主席鉴宥。昨晚因邮使待发，仓卒成书，兹补陈于兄台之前，以竟弟之所欲言。

---

① 按：查此系致薛岳函的底稿。

七
民国三十年七月十五日

（按：前缺）过时之喻，公殆有深痛也夫。虽然，时之过不过，存乎人也。孔子圣之时者也，仕也，止也，久也，速也，视其时而已矣。今日已非昨日，今年已非去年，古人贱尺璧，而重寸阴，惧夫时之过也。然而天地之化，往者过，来者续，无一息之停，斯即吾人德业之所以修者，亦与时而俱进焉。《易》曰复，其见天地之心乎。故夫昼夜寒暑，互往来也，未闻昼而夜不复昼也，夜而昼不复夜也，而寒暑亦然。岁功之所以成者，一阴阳之动静也，动静又相倚伏者也。汤之盘铭曰："苟日新，日日新，又日新"，君子所以自强不息也。

八
民国三十年七月十五日

承示亭林二语，弟与兄所感正同，敢引而伸之。

亭林悯夫明之所以亡，士大夫无耻也。已得力于行己有耻，故以此诏人。夫行己有耻云者，孔子告子贡也。此其志有所不为，而其才足以有为。子贡能言，故以使事告知，盍为使之，盖不独贵于能言而已。孔子不得中行而与之，必也狂狷乎？狂者进取，狷者有所不为也。人有所不为，而后可以有为。不辱其身，斯不辱国矣。孟子曰，耻之于人大矣。朱注训为耻者，吾所固有善恶之心也。有之，则进于圣贤；失之，则入于禽兽。故所系为甚大。夫羞恶之心，义也。柳宗元《四维论》，谓礼义廉耻为四维，非管子之言也。盖以廉耻，义之小节，不得与义抗。义之绝，则廉与耻其果存乎？廉与耻存，则义果绝乎？故曰吾见其有二维，未见其所以为四也。此见大有独到处。朱子之说，适与之互相发明。且夫义者宜也，非其义也，一介不以取诸人，放太甲于桐，民大悦；太甲贤，又反之，民大悦。伊尹以公天下为心，而无一毫之私，民皆信之；否则，篡也。万钟不辨礼义而受之，万钟于我何加，此之谓失其本心。所欲有甚于生者，是以舍生而取义也。彼为机变之巧者，无所用耻焉，今之人是已。小之害群，大之祸国，可不惧哉。至于文者，载道之器也。子以四教，文行忠信。文固居教之首也。然而孔子曰，君子博学于文，约之以礼，亦可弗畔矣。夫颜渊曰，夫子循循然善诱人，博我以文，约我以礼，教之序也。文而学，学而博，故不得不以礼约之。约也者，有所守也。曾子守约，择善而固执之也。不然，古之能文者，扬雄、韩愈，其尤者也。雄为莽大夫，愈三上宰相书，且以谏迎佛骨者风封禅，千古能文之士，亦即千古不知耻之人。下焉者，尤不可胜数也。孔子教弟子，孝弟谨信，爱众亲仁，行有余力焉，始学文也。故圣门四科，文学居末，其曰，文，莫吾犹人也。躬行君子，则吾未之有得。文非夫子之所重也，明矣。若夫斯文将丧，后死者不得与于斯文。夫未丧斯文，匡人其如予何，则是文也、道也。董仲舒曰：道之本原出于天，天不变，道亦不变也。

九
民国三十一年十一月三日于陬市

敬启者：绩本赣人，自祖来常德，遂家焉。今五世矣。二十七年冬，徙家桃源璩家溶。今年春，又徙家陬市之李家洲。徙因沉痼年年，衰老益甚，故其步履鲜出庭户。兹以儿子朝俊〔按：原底稿误笔作朝俊，应是朝杰（傑）〕年二十五，前在重庆复旦大学毕业，服务广东行政干部训练团，月前因病回湘，方事调理。廿九日与其妇往常德，经大西门外，为防疫者强令注射，告以病，弗顾，并以军队压迫，不得不任其注射之。是夜十一时呕血。次晨又呕，其血较多于前夕。又入广德医院治疗。十一月一日归。昨午后二时许，又狂呕不易止。先生任防疫处长，防疫固为先生之职责。然人或因注射而致罹他病，其病又可虑，亟宜有以救济，要亦先生职责内事也。查常德果有鼠疫与否，绝无证明，惊扰吾民抑太久矣。鼠疫云云，此盖伯力士一人之私言，常德人同是深恶痛恨之者。犹忆民国纪元前六七年，报载东三省发生鼠疫，蔓延最广，被传染者死亡尤速。则是鼠疫，诚足恐怖。常德果不幸而有鼠疫，非徒注射即可弭其祸。伯力士有无特效之药，而此项特效之药，伯力士有无充分准备，藉曰无之，徒事注射，足见常德本无鼠疫。伯力士直以吾国当局为土木偶，任彼玩弄，彼得遂其同类之私也。至于所谓隔离病院也者，尤儿戏耳。前专员某（按：原为"欧冠"，涂去，改为"某"）在职之日，吾人不知其营职如何，但闻豪赌之余，厉行火葬而已。国民政府为中华民国最高统治机关，一切措施，从未敢以命令变更法律。某（按：原为"欧"，涂去，改为"某"）氏有何法令依据，而乃悍然拂人之性，且毁吾先民三千年固有之礼教，盖已自侪于夷狄禽兽矣。先生莅事，首除恶政，县民颂德，久久弗谖。贤者之所为，固与愚妄之徒异也。特惜强迫注射，不顾人民有病无病，率皆以军队胁之。前此人民，多所伤亡，今后伤亡，自必较前为众，至常德、桃源两县，迭苦扰害，使行旅裹足，商业谓之凋敝，又其余事也。若夫军队，国家之武力也。我总理孙先生遗教，第一步以武力与民众相结合；第二步，以武力为民众之武力。兹乃用武力为压迫民众之工具，固可使民众不敢言而敢怒。然而，如我总理遗教何！况民众不可侮也。夫一外国人，诪张为幻，挟此以屡索我之国帑。中央为所欺蔽。而常德、桃源两县，迄无发其奸者。吾人早已心焉痛之，即绩备员中央，昔侍我总理孙先生十余年，凡有所知，未尝不言；凡有所言，未尝不尽。今老矣，又复多病，坐视外国人诪张至此，犹未向中央建议，请予斥逐，以言言责，深用内疚焉。今儿子因先生所属强令注射，致罹可虑之病，应由先生负责。先生将何以教之。此致。

十

民国三十一年十二月

某某［按：原作"叔陶"（似系张元祐字），涂去，改作"某某"］先生大鉴：辱还教，所以慰诲之者良厚。弟与渔樵杂处，亦一野人耳。初不知贤使君为老友也，儿子髫龀时，曾因热极而脑痛，今秋又发，间或鼻衄，顾从未喀血也。防疫者将施注射，以病告，弗顾，强注射之。弟是以有十一月三日书。承示颇详，敬闻命矣。

以孔子子产为之政，而鲁郑之民犹谤之。民可与乐成而不可与图始，固也。然弟与乎改革，驰驱三十余年，亦有闻知，当不至囿于乡曲之见，先生其信焉否耶？抑尤有进者，倭寇陷我东土，我诉诸国际联盟。今之友邦，当日之正义安在？太平洋之应战，一日未决，即一日不予我实际之援助或甚至有时损我而媚倭。夫鸦片战争，人为戎首，吾国为不平等条约所束缚，其协以谋我者，今之所谓同盟者也。百年以来，侵略不已，使我沦于次殖民地地位，久久未克振拔。况倭寇坐大，实赖夫英日同盟，饲虎以噬人，一旦亦为所噬，我固蒙其祸，彼又曷尝久其利。昔总理领导国民革命，务雪此耻，故临崩犹以求中国自由平等诏同志也。彼亦今已穷蹙，欲放弃其在吾国之特权，要皆吾同志本我总理牺牲奋斗之精神以得之，如痛定之人，思当痛之时，愈宜有以忧劳惕厉，谓可自相满假，遽忘在莒乎。倘更恃人不自恃，韩非所犹惧也。此就世界之大势言之，他如技术，人材，抑末已。偶有共同之利害，与我为欢然，则中西之伦理道德不同，其政教之所举措者亦异，楚材晋用，佣于我也，以之备咨询云尔。于所敷陈，是必斟酌损益。读主权操之自我之遗训，可类推焉。见被发于伊川，知他日而为戎。弟之不能已于言者，又不徒指伯力士也。凡弟云云，自是先生所悉。

儿子经二十余日之疗养、体力渐复，乃因此事而得故人书，所欣欣焉。相别已数年。弟自廿五年去广州，即已不欲与闻国政，盖伯夷之隘，未可强为柳下惠之和也。洎徙家桃源县璩家溶，则又年年多病。不材之木，甘老山林。惟日以孝经、四子书教诸侄诸孙读。今亦有读诗经、书经者，讲授之余已立藉治经史（按：原文如此），履之初九，素履往无咎，井之九五，井洌寒泉食，窃忻慕之。诚以素履之往，独行其志也。寒泉之食，不蒙不洁也。万方多难，八表同昏，今之人，皆去仁义怀利以相接，上有同好，下必有甚焉者也。故城郭不完，兵甲不多，非国之蓄也。田野不辟，货财不聚，非国之害也。若至上无道揆，下无法守，而上下交征利，其国未有不倾覆者矣。孟子曰，仁义充塞，则率兽食人，人将相食。亭林谓，此为亡天下。保国者，其君其臣任之。保天下者，虽匹夫之微，与有责焉。弟尽其力之所及，行其心之所安已也。先生以仁厚为怀，以抚馁为务，克施有政，慈惠之师，干戈扰攘中，拯境内之民于憔悴，使两汉循良之治，复见于今，是所期夫贤者。冬暖，惟顺时珍卫。①

十一
民国三十二年十月二十七日

八日手教奉悉。属书"六宜"榜额并跋之，敢不如命，特恐字弗称其园耳。兄以司空图自况，则耐安耐辱矣。夫其作亭也，图唐兴节士文人，仪其人也，名之曰休休，知不可为而不为也。其所谓才，谦词也。歇后郑五作宰相，时事可知。然綮知进退存亡而又不失其正。当时未有如户綮者，彼崔胤、张濬、孔纬辈，要结藩镇，依附宦官，皆大臣也。即白马驿之清流，弟亦未之敢信。仅一韩偓周旋昭宗于危难间，虽南依王审知，而始终心乎唐，大节凛然，足媲表圣。至谓揣分位卑也。位卑而言高，罪也。温，一盗贼耳，颛制朝权，威福由己，岂容君子在位乎。若乃生逢浊世，即在少壮，亦必老毛而聩矣。兄广其义曰少惰，曰长率，曰老迂，于图之三宜休，又有三焉，人之生也，而少而长而老，固也。顾吾兄果惰与率与迂乎哉。盖亦戹子朱三也。

示又谓，闲居取五代史读之。庐陵作五代史，凡传论之首，必曰呜呼，悯夫五季之人，鲜有知廉耻者，亦惟长太息而已。其所叙事，不让子长。史记自五帝以讫嬴秦，是非不谬于圣人，要皆本之六经及国语、战国策，亦可谓述之而未尝作也。洎乎汉兴，论其君臣，则大笔淋漓，彣敷厥旨，王允至谓武帝不杀司马迁，使作谤书，流于后世，实则太史公秉直笔，固非谤也，其识之尤卓者，项羽本纪，淮阴侯、李广诸传，与夫传游侠、刺客，足令千载下想见其为人。欧阳公则不然。五代君臣龌龊不足数，化干戈之后，礼坏乐崩，故其文章所能表见者只此。茅鹿门谓，譬之一人焉，入天子图书琬琰之藏，而陈同彝汉鼎牺尊云罍以相博古。一人焉，特入富人者之室，所可捃次者，陶埴菽粟而已，想其下笔之难。除全节之臣三，死事之臣十有五而外，举不如王凝之妻李氏，耻其臂为逆旅主人所执，而引斧自断其

---

① 原题作《致友人书》。

臂，故传唐六臣也，传冯道也，各传其实，其事既载，其罪亦定矣。独不伪梁，说者惜为奖篡，大失春秋之旨。然永叔亦犹有说。噫，宁知今日无廉耻者，更甚于昔耶。后唐明宗时，康澄上疏言时事，谓深可畏者六，其言曰：贤士藏匿深可畏；四人〔民？〕迁业深可畏；上下相徇深可畏；廉耻道消深可畏；直言不闻深可畏。今何如也。乃并康澄之言，而亦无之。弟窃以为，为恶不同，同归于无廉耻也。永叔著杂传曰：不廉则无所不取，不耻则无所不为。人而如此，则祸乱败亡，亦无所不至。大臣而亦无所不取，无所不为，则天下未有不变，国家未有不亡者。五代纷纭，仅五十有三年。今亦十余年，辟彼舟流，不知所届。悲夫！心夫！

致杨幼炯书[①]（三通）

一

民国二十八年六月五日

兄授诸侄诸孙读，如温旧课。回忆少小时恃天资聪颖，好为躐等之学。鼎丞夫子讲，子游曰，吾友张也，为难能也，然而未仁。曾子曰，堂堂乎张也，难与并为仁矣，两章，对症下药，深以好高骛远为戒。又讲，子贡曰，有一言而可以终身行之者乎，子曰，其恕乎。己所不欲，勿施于人章，则反复阐明忠恕之义。忠也者，尽己之谓也。恕也者，推己之谓也。孔子之道，忠恕而已矣。兄一生得此两次讲书之力不少。今老矣，自审生平于庸德之行，庸言之谨，有所不足，不敢不勉，有余不敢尽，尚未足以符吾师之训。惟起而革命三十余年，为三民主义而尽忠，固始终之如一，此则可自信其坚定；至立身行事其谓之恕者，盖此生兢兢焉。兹欲以之箴吾弟，夫己所不欲，勿施于人。仲弓问仁，夫子亦尝以训子贡者训仲弓矣。而子贡曰，我不欲人之加诸我也，吾亦欲无加诸人。子曰，赐也，非尔所及也。诚以己所不欲勿施于人者，求仁之方也。吾不欲人之加诸我也，吾亦欲无加诸人者，仁者之事也。孔门问仁者多，惟颜子几于圣，故夫子告之曰，克己复礼为仁，一日克己复礼，天下归仁焉。为仁由己而由人乎哉，是与凡问政者，夫子独示颜子以为邦之道，曰行夏之时，乘殷之辂，服周之冕，乐则韶舞，放郑声，远佞人。郑声淫，佞人殆。正同颜子去圣人一间耳。其他皆因材而教焉。吾人曷敢高言仁乎？顾恕为人人终身可行者也。传曰，忠恕违道不远，施诸己而不愿，亦勿施于人。

[①] 原函未标示收信人名字，考其内容，应系致杨幼炯者。

张子所谓以爱己之心爱人，则尽仁是也。凡人之生不能孤立，必赖人与人互助也。许行为神农之言，彼其种粟而后食，固可耕且为也。人不可徒有食而即足，食之外，衣冠械器则不可耕且为也。人之互助有然，大而言之，学问功烈，小而言之，寻常日用。不知互助，谁实万能，我不助人，人助我乎。苟不以恕，是必为狷者之踽踽凉凉而后可。然狷者有所不为也。今之人有几狷者哉。不然，直一为我之人也。将见施之君子。君子纵犯而不校，亦必不复以我为之友；施之小人，其祸则有不胜言者。

兄在革命过程中，无一日不与革命同志相处，人各有能，有不能，舍短而取长焉。患难之日，则我茹其苦，不计其甘；安乐之时，则我集于枯，不施于菀。于是交可久，事可成，使图一己之私，弗顾人之好恶，甚或好恶拂人之性，人孰与我共耶。

去年来乡，又有所得。盖凡盈虚消长之理，莫详于《易》。乾健坤顺，宜无不利也。乃乾之上九，亢龙有悔，坤之上六，龙战玄黄，其阳其阴，皆过盛也。所以乾之吉在无首，坤之吉在永贞也。若夫谦，地中有山，君子以哀多益寡，称物平施而六爻皆吉焉。虽然，哀多益寡，称物平施，岂易言哉。人苟能之，其吉也宜也。假令妄自尊大，盛气凌人，恐居桃源乡中，处处皆为荆棘。推之吾弟，极愿弟谦光自抑，厥辉愈扬也。他若临下以简，御众以宽，治国当如斯，治家治身亦莫不当如斯也。至于穷奢极侈，中国所以有今日之内乱外患也。吾人固必力行节俭，以拯于危坠，第国奢示之以俭，国俭示之以礼，刻苦自厉，固儒者分内事。一切而刻苦之，且所刻苦者过于己，其如人非我何。

兄长于弟十四岁，老有所悟如此。弟亦年将四十，学与年进，尤望弟德与年进。用敢以我之进益，乐与四弟言之，更乐与吾弟言。昔黄梨洲先生欲规侯方域之过曰，知而不言，是损友也。或曰，朝宗赋性不甘寂寞。先生曰，夫人而不甘寂寞，则亦何所不至？旨哉言乎。陶靖节不戚戚于贫贱，不汲汲于富贵，与诸葛武侯澹泊宁静相似，虽一出一处，成就各异，要其千古复乎尚己一也。兄感于知而不言，朋友且不可，况兄弟乎。凡所云云，亦数千里外相与讲学之意云尔。

二

民国二十八年十二月十九日

弟之血压高，当是积郁所致。兹以兄所历者举示吾弟，愿弟效法之。昔在满清政府及袁世凯政府时代，奔走革命，家中往往断炊。而兄万里飘零，从未馁其气，虽无衣无食，亦不之顾。今弟之生活状况，已较胜于兄之当年也。至于游子怀乡，人之情也。然兄遁逃海外时，未知何日可以归国，每逢佳节，辄思父母，而嫂氏及弟与四弟、麟儿等，皆在念中。民国五年，湘同志返湘，其宣言有"吾革命党人岂无父母兄弟妻子天伦之乐哉？所不能自已者，尽忠中华民国耳"语，此其苦心也。弟宜以百忧千虑之身，用之于远者大者，本一己之聪明材力，专属国事，则精神凝壹，其病自瘳矣。

三

民国三十年三月十七日

唐之张公艺，九世同居，高宗幸其家，询之，书百忍字以对。《周书·君陈》篇云，必有忍，其乃有济。忍所以成其和也。父子兄弟以天合者也。君臣朋友以人合者也。传曰，君子笃于亲，则民兴于仁。大学曰，其所厚者薄，而其薄者厚，未之有也。文曰千古惟郭子仪不负李白，彼张耳、陈馀之衅，及吕惠卿之于王安石，则举目皆是，不可胜数。贫不必讳也，惟能清白是以困穷。炎凉本世态之常，于我初无增损。二豪侍侧，蜾蠃螟蛉，吾人为刘伯伦可也。况夫贫贱见交情，翟公已先我言之，故太史公传魏其侯，其感慨深矣。又曰陆象山当家三年，自谓学问长进。兄益颓废，以家务累四弟，然囊中往往无一钱之宿，而四弟任其难，其鬓已斑，其心良苦。

致杨熙时书（三十通）

一

民国三十年七月□日

四弟鉴：六月廿六日、廿九日书，均阅悉。弟仍以授课为好，盖有益于学问也。弟诗有"山山暮霭中"句，甚佳，下为家家云云，双叠字不可于一首中两用，若律诗之对偶方可。然少陵《秋兴八首》之"信宿渔人还泛泛，清秋燕子故飞飞"，而同首之第二句，则为"日日江楼坐翠微"，此不可为法者也，况绝句乎。夏夜望月，万里与天涯，对颇不工稳；又川湘二字，亦似不甚雅；但"山高迎月早"句又甚好，似从杜老"山衔好月来"句中得来。不然，则意境偶合也。附近既有图书馆可读四书，读四书须读朱注，然后读十三经注疏中之学、庸、语、孟，汉宋诸儒见解各不同也。能知四书，则读经不难矣。

读书应求有用之学。文章一道，不必用心。因徒以文章论，则不啻玩物丧志也。兄昔在西湖，萧石君及云南学生邀兄在湖滨饮酒，沈某举杯属兄曰："满人驻防时，湖滨不许汉人来，今吾人得饮酒于其间，是革命党人所赐也。"石君偶及酬庸，兄指图书馆曰："将来国家以此图书馆长任我，使我有书可读，有酒可饮，有湖山可怡我之情，于愿足矣。"（按：以下涂去"今何可得耶。"）

二

民国三十一年九月二日

曩读史记于五帝三王本纪，齐鲁吴越韩赵各世家，见其采辑《五帝德》《尚书帝系姓》《左氏传》《国语》《国策》，多以己意改易，不及原文远甚。而述唐虞授受，谓授舜则天下得其利，而丹朱病，授丹朱则天下病，而丹朱得其利。尧曰，终不以天下之病而利一人，而卒授禹以天下。窃疑太史公浅之乎视圣人。近读吴汝纶点勘本，知归震川亦谓五帝三王本纪时见其陋，虽然，其他固自佳，要非班范所能及也。

三

民国三十一年九月十六日

　　秋怀诗"万树西风落叶声"甚佳，"话到天明尚未妥"，古人诗多用"天明"。加一"天"字始清楚，若仅曰"明"，则语意不足。桂林称八桂，《山海经》桂林在贲隅东，郭璞曰："八树成林，言其大也。"贲隅音番禺，庾信诗："南中有八桂，繁华无四时。"韩愈诗："苍黄森八桂，兹地在湖南。"杨万里诗："来从八桂三湘外。"是宋以来称广西为八桂，然其地在广南西路非番禺东也。《明一统志》谓八桂广西桂林府郡名，又谓八桂堂在桂林府治，宋范成大建，则八桂实在临桂，岂范成大名此，确有考据耶（桂林山水甲天下，亦范成大语）。

　　阅报载胡展堂夫人十四日在渝病逝，顷致函毅生转木兰、弘达（清瑞之子，承继展公者）唁之。有"国家之败，亦已极矣，身与于革命者（陈淑子夫人于辛亥广州之役，曾担任携手枪、炸弹入城，往来频频，而守城者以其为妇人，未之检查），既无从拯乱国之危亡，固不若速死之为愈，然不死于香港，而死于重庆，死得其所，足厉国人"语，末又谓能不坠展公之遗志，即所以慰胡夫人之灵云云。

　　（按：此处涂去"咏燕诗乃诗生文也，词意俱佳。兄于麟儿燕侄，此生总不能忘。近愈念麟燕也。"）燕侄起病为二十八年夏历九月初五日，丽侄亦三十一年夏历九月初五日起病，是重九日为此生所不能忘者，天夺燕丽，伤心极矣。弟悼丽侄句，兄忆及魏碑有"坟孤山静，松阴月凉"语，伤哉！

四

民国三十一年十一月二十二日

忆吾弟生甫数月（弟之周岁在大龙驿），母亲抱弟于怀，尧澂每来，辄呼小朋友，必抱弟久久。或母亲作饭，则尧澂抱弟，待酒肴俱备，然后以弟授母亲抱之。此境此情，不可忘也。

五

民国三十一年十一月二十七日

兄示凤儿云，我写送党史史料之件，并未费力。所叙者毫无牵强，且于南京所做之事，未屑叙入。其字已有数百，非王大姐用打字机，其格内不能容也。自甲辰以迄于今，无一语，惭沮。余今曰，只保我历史，亦已足矣。

六

民国三十一年十二月五日

四弟鉴：天气渐寒，须御裘矣。今始知吾弟未将羊裘携去，将何以御寒耶？深念之。

七

民国三十一年十二月□日

近告凤儿，以东坡曾于冬至日起，在一道观静养四十九日，屏除一切思虑，为养生之法，此得于道士说，固不可为训也。然《易》之复，其象为雷在地中，先王以至日闭关，商旅不行，后不省方。王弼释之曰，冬至，阴之复也；夏至，阳之复也。故为复则至于寂然大静，先王则天地而行者也。动复则静，行复则止，事复则无事也。冬至一阳生，养生者必加之意焉。

某君不从孙先生于镇南关，乃曰，小人有母，水仙至引《荡寇志》之言以责，而某君无以答，毕生以为恨恨。故其成就，亦只置田园、长子孙也。

汝昌逝世，夏历冬月初二日，请兄点主，挽以联云："携手奠神州，风雨驰驱，同使山川入吟啸；腐心忧国命，死生契阔，更无师友共艰虞。"往年赴璩家溶，今秋又来陬市，其情大可感已。

八

民国三十一年十二月二十九日

汉民图书馆，辟一室曰展堂，专藏展公遗物遗墨。作一扁高尺半广三尺，以书扁浼兄，并作小跋。以兄之字虽不佳，但此扁则须兄书也云云。兄自不拒，然此跋不易作，而未尝写字，未知写出可看否。

（按：原稿有《展展堂扁跋》，本书"杂文"部分已有全文，此处略去。）

九

民国三十一年□月□日

某君之词，其句虽工，而其律多舛，不可为法。至"自营土室藏张俭，尽典金钗遗要离"，词意俱佳。（兄癸丑亡命时，亦有"我归匿我碧纱橱"及"百炼刚为绕指柔"句。）其遗字，达以醉切，应读遗，去声，投赠也，馈也，用之极是。惟要字，则某君以之作仄声，读方叶。然要离之要，《通志氏族略》，吴人要离之后，汉有河南令要兢。唐建中（唐德宗之年号）朔方大将军要珍，唐韵，於霄切，集韵韵令，伊消切，达音邀。尽典句，当为仄仄平平仄仄平，是要字应为仄声。而要离之则平平矣。《论语》久要不忘平生之言，要，读邀音，乃王安石《老人引》"古来人事已如此，今日何须论"（论平声），久要以要字叶入消韵，是以要为仄声也。某君当日作此时，岂亦效王介甫耶。

良丰红豆犹似当年，回忆协和携赠颇多，二十年中沧桑几变而豪情胜概，都非昔也。

良丰有红豆，状如蚕豆而色赤，协和先生昔以之赠我，我亦以之赠人。桂林诗云（民国十年）："一拈红豆一相思，却悔明珠赠已迟。"

曾文甫、曾道生前来，此二人皆兄之学生（民国二年国民党常德交通部办有振武体育学校）。癸丑讨袁失败，汤贼芗铭任湘督，杀子逵、守箴，捕兄亟。兄走芷湾，居文甫家廿余日。旧惠未敢忘，具酒食待之，宾主欢甚。

十
民国三十二年元旦

四弟鉴：今日为中华民国三十二年元旦，祝吾弟德与年进也。冬至前后兄略不适，近已愈矣。左臂气郁更甚，而腹中之气将裤带冲断者三次，足见其气所郁甚深也。只要平心静气自易健康。桂林天寒，弟未御皮袍，未知棉袍及大衣可及羊裘之暖否？念甚，此候近安并祝岁厘。兄熙绩字。

十一
民国三十二年一月四日

四弟鉴：元旦致弟书，以遥祝佳节。下午文家送来吾弟十二月十四日书及辣椒条丝烟等。辣椒太贵，兄在桂林时，此只直一二角小洋而已，今则贵至六十倍以上。而条丝烟尤贵，且其质不佳，以后务望不必买。兄非徒惜费也。因吸粗丝已久，忽吸条丝，似另一习惯，反不如粗丝之适口。西儒谓适者生存，其所谓适，固自有在。兄因悟庄子牛与龟之喻，以适我身，唯求其适耳。

昨与嫂氏言，求学与尽忠于国，则必勇猛精进，一往无前。至于个人生活，必须退一步想（曾国藩嗜旱烟，年三十时力戒之，能有此勇，故能有为，所事固非人。要其治学之功，亦有可取。凡事退一步想，则所历皆坦途）。使徒羡物质文明之享受，而欲望固无穷境，心为形役，且犹不可，况口体之末事乎。是以凡物无美恶精麤，在吾人视之何如也。晚食以当肉，安步以当车，无罪以当罪，士贵过于王，贵在乎此耳。

顷读《通鉴》（晋孝武帝），见慕容冲致苻坚书，有"可备法驾奉送家兄皇帝"（慕容晖）语，遂忆及平王称朕，兄笑曰：若有高洋（是否高洋记不清矣），必曰朕，朕，狗脚朕。

前日纪念丽侄，回想去年是日，兄给以二元，又以二元七角携其买饼干花生，谓之曰：宝宝，明年生日，伯伯必作许多菜任汝吃。呜呼，可胜痛哉。

十二

民国三十二年元月六日

美贞之金饰均已换去，而其金镯乃换之以还振之、成之之款。此款则凤儿完婚时所用。即此可见，其难能而可贵。兄每每致弟之书，多述不满意之事，诚以今之爱我者，只弟一人，兄所欲言，惟向弟言之。

十三

民国三十二年元月十四日

坪石中大法学院致弟书，深愿弟往授课，因特转达也。弟遥复可也。兄自璩家溶以来，即不信人言。昔组安毁我，谓我祖炎午，而孙先生则曰，非祖炎午也，乃不知人之情伪也。知我者，兄之一生，只孙先生及展堂而已。晋文公在外十九年，民之情伪尽知之矣。要是从备尝险阻艰难中得来，兄于险阻艰难，亦已备尝，独不知同志诸人于政治上之情伪，今始知之。惟正义不亡，行其所事，兄自有兄之究竟也。

十四

民国三十二年元月十八日

弟所云云，甚善甚善。古之君子，严一介之取与者，即其一生立身大节之所在也。世人皆浊我独清，众人皆醉我独醒，此人之所甚难者。然我以为是而行之不改，纵举世非我，我亦不顾，是之谓特立独行。豪杰凡民所以异也，君子小人所以分也。昔人槁饿以终者，万世后犹慕其为人，天柱地维，胥系于是耳。

弟白发渐多，运松云，读弟之诗，多哀感语。燕丽两侄之夭，乃吾弟最伤心之事，然无可如何，只有委之于命。麟儿之年大于燕丽两侄，而其夭折，非人力所能挽回。兄安于命，望吾弟亦安于命，是要。

十五

民国三十二年元月二十九日

弟以邮花寄我，所以体我之处境者，无微不至。弟论国际大势，颇有见地。然与其谓英人富于保守，毋宁以范蠡所谓"岂人也哉，人面而兽心，惟利是视者也"之言谓之之为愈也。

自前晚起，此间降雪，门前风景最佳，遥念桂林雪色，当尤可爱。惟弟无羊裘，又无厚被，兄颇念之，望极力保重，至要至要。二弟媳母子未知能成行否，尤以为念。二弟一人在重庆，每逢佳节，必多感想。

兄昔年于役，年年除夕，诵戴叔伦"一年将尽夜，万里未归人"之句，辄黯然也。弟诗多萧飒语，此大不宜。文章关乎福泽，不可不加诸意。兄学作诗时，有"谪仙狂放贾生才，文采风流安在哉"句，鼎丞夫子深以为不然，尝切诫之。逮乎弱冠，兄正飘零，诗中感慨自多，而潄春先生亦以为诫。以后兄多雄放句，钝初之作，尝与兄较，每不如我（钝初无诗句流传，然少时亦喜作诗）。故钝初之归宿如彼。总之，吾人固不必作吉祥语，但亦不必过于衰颓也。兄每致弟书，其言甚长，盖爱我者惟弟，亦惟弟可尽其言。弟一人在桂度岁，必思乡甚切,而"料得故园今夜月,也应说着远游人"。家人亦念弟也。

十六
民国三十二年二月九日

近人作文,喜引他人之语,自是一时风尚,非特立独行者必不能守,即守之亦不固。爱兄者惟弟,性情与兄同者,亦惟弟,所以每书于弟,尽其所言也。

近见嫂氏颇能洗濯烹饪。淑琼颇有平民之风,尤能深体弟意,敬爱兄嫂。鹄孙颇听教,身体甚健,诸稚亦能读书,心中欣然,百病俱去。弟闻此,必大慰也。

自徙居璩家溶,未供祖宗神主。夏历十二月廿七日乃供祖宗神主,堂前并写春联,句为"天地有正气,山川非昔时"〔原为集句,上句是文天祥句,下句为"江山非故园"(杜甫句),或"江山多胜游"(韩愈句),以其不甚切,故未用〕。

接心准书,谓廖平子同志拟赠兄一画。平子曾任香港《中国日报》(此是总理首创之革命报纸)主笔,最擅山水,又长于诗文,现往曲江,稍俟即画。此可宝贵者。

十七
民国三十二年三月二十四日

十六日往桃源,盖理鸣兄屡以电话邀兄,不得不一往也。十八日偕游桃花源,二十日返县城。二十一日归。理鸣体气衰颓,昼夜常喘,每喘必良久方已。四十年老友,相见欢极,而理兄依依之态,为向来所未有(凡兄行止坐卧,理兄必从。兄往小溪,理兄亦襆被往),殊令兄戚然。其见地与兄大似,且曰:君进德之猛,我不如也。并决然不赴渝①。握别时以邀往桂林七星岩为约,兄已诺之矣。

---

① 覃振后赴重庆。逝世于1947年。

十八

民国三十二年四月三日

凤儿已就事,运松亦已赴灌阳,兄最放心。然迩来必使弟大忙也。琼华阁弟致兄书,常品茗于广东茶楼,便已馋涎欲滴,鹄孙亦是如此。杜鹃花惟罗浮山顶之紫色者最佳,而绝壁之所有者尤可爱。前诗"上国遮"之遮字其意仍晦,须改之,不然不醒豁也,口占五绝之"春意漫无边"之"漫"字尚好。

十九

民国三十二年四月□日

前月二十五日应立吴之约,往前乡回龙桥,而星舫、肖岩皆已在立吴家候我,相见颇欢也。孙荻卿兄年已六十有九(甲辰,黄克强先生谋在长沙起义,钝初经营湘西,兄与刘胡二烈士与之俱。事泄,克强、钝初等及兄皆走。常德府知府、武陵县知县奉省吏命,率兵围常德中学堂,将荻卿捕去。其时朱其懿为知府,而知大义,押荻卿数日,释之),闻兄至立吴家,徒步行十余里,坚邀兄等过其寓,情至渥已。

二十

民国三十四年十一月二十日

人生取衣食裁足,何必奢耶。癸丑逆江坪,旧病复发。其时汤贼芗铭捕我急,每夜上床便睡,睡不多久便醒,醒即辗转不能寐。直至抵倭京后始渐渐安寝。今亦如此。然从前不寐尚可数息至二三百,便能入睡。今数息无效,默书默诗,其心愈纷,幸昔时喜唐玄奘所译《观世音菩萨般(音波)若(音惹)波罗蜜多心经》,文章甚佳,故能全记,每默诵一二遍,便可睡着。因其中有数句,最能使心境清凉,而"无识亦无得"语,尤深契焉。其如六祖因听人诵金刚经

"因无所住而生其心"一语大悟乎？

二十一
民国三十四年十一月二十三日

曩在利扶，弟曾慰我，谓此后皆坦途，大可从宽处想。（按：涂去"及到平乐"四字）今则大可宽心，心宽则病易愈，自然之理也。兄一生心力已交尽，自问亦尝自怜也。

二十二
民国三十四年十一月二十六日

昨接十七日书，阅悉一一。弟以所得公诸公用，兄大喜慰，非爱其财也，喜弟不私其财而深慰也。孟子曰：好货财，私妻子，滔滔者天下皆是，孰有不私财者哉。兄一生无私财，所望于两弟及子孙胥如之。今弟能若是，大可与兄重为子孙之楷范，子孙亦必有所感悟而效法焉，则杨氏之孝子顺孙皆吾兄弟铸造以成耳。吾人行事当行其心之所安，然后可以得天理之正，心安理得，然后可以内省不疚，无忧无惧。《传》曰：君子有终身之忧，无一朝之患，忧之如何，如舜而已矣。愿吾兄弟身体而力行之。兄病已瘳，每日两餐，惟食肉类费在六七百元，有时逾千元，至少亦五百元。常令淑琼节省，而淑琼不之听，固爱兄甚切，在兄则享受太过，心不安也。兄命虽苦，而晚福则大。

二十三
民国三十四年十二月八日（广西平乐）

弟致淑琼书亦阅悉。参茸芪党，前已以快邮阻弟购买。而吾弟爱兄甚切，竟觅得之，即已付邮，亦有用也。固吾弟之爱兄而感喟于无限，枕席间常有泪痕。淑琼为我制棉裤，费近万元，此大可不必者而竟制之，亦体弟爱兄之意耳。

二十四
民国三十四年十二月十二日

八日致弟书当能达到。昨接二十七日来书及包裹一件,参茸芪党均收到。高丽参甚好,此间所买者(每两五千元)不逮远甚。弟爱兄如此之切,兄只有感泣而已。昨致某某书,有"惟不材之木,大匠过而弗视,宜也。而此木也者,空山风雨,自全其天,葆无丑枝,斯亦足矣。"以外,专说饮酒作诗事。顷接翼群兄书,谓弟纵行乞,亦必拯我贫病。道义之友,此语真足令人感激也。

二十五
民国三十五年三月三日

闻弟之足已不痛矣,慰甚。兄日前又吐血数口,自服奎宁后,每餐减饭,晚餐尤无味,食后须睡。读嵇叔夜养生论,其谓忘欢而后乐足,遗生而后身存,大有深味,兄自视如待决之囚,何日判决,即何日执行死刑可也。渊明《闲情赋》云:"悲晨曦之易夕,感人生之长勤,同一尽于百年,何欢寡而愁殷。"古之人先有同感者矣。拟身体稍健,即作一年谱,以示子孙,其余与草木同朽腐,不足惜也。

二十六
民国三十五年七月十七日

昨早宣言戒水烟,深信明日后日可以戒绝。人特患无勇决耳。苟有勇决,何事不可为,可以之励诸稚也。但家人劝兄勿戒烟,兄必欲戒,而诸人似别有伤心处,见于词色,然兄亦自怜矣。

某君拟以十余万元汇来,乃急急致徐、王书云,我向兄借钱者,以兄为老友也,虽疚于心,而彼此相报称,固自有日。如有他人以贪污所得亦有以贻我,万万请兄等为诵"渴不饮盗泉水,热不息恶木阴"之句以拒之。我有我之真,两君须知尊重我也。

二十七
民国三十五年七月二十七日

昨得廿三日书,均阅悉。戒吸水烟,不是小事,今天下所以不治者,任事之人不能忠信明决(子路片言折狱,即是其忠信明决)。于是人民以其不可信,遂不从其令。上下不相孚以信,世于是乱。苟有勇决,又何信不立乎。

此次戒水烟,其事虽微,然已以有恒有守有忍有济示诸稚,并证以一生革命,始终不渝者,此勇决也。而饿死事小,失节事大,知乎此则成仁取义,蕴之于平日,非一时之慷慨也。以身教者从,以言教者讼。弟教子孙,亦务以身教也。

二十八
民国三十五年八月一日

昨教诸稚读经。饭后诸稚在房中互谈。兄乐甚,曰:"此汝等所以承欢者也。"

兄常谓其病易治,非展公、组安可比。若能寻得症结,则如钟表有微尘,一拂试之便畅行矣。然而少时纵酒使气,负我秉赋,苟不如此,必可至耄期而犹健也。

二十九
民国三十五年八月十三日

钱币革命,乃总理遗教,民国元年命执信以文字发表。九年,本党欲北伐,浴凡作战时经济政策有发行不兑换纸币之主张,孙先生甚赞许之。其时,孙先生令兄等轮流每日听其讲话二小时。一日,兄以此质疑焉。孙先生示以太平天国之组织,完全出于周礼,而邻里乡党之制则已成为粮食之管理分配矣。(十七年罗家伦在牛津大学抄得太平天国田亩制度,组安又借抄之,其中所言,皆如先生示我之言也。)孙先生又以常德之人口与谷之出产为比喻,又曰,假使汝家有田年收租谷千石,所需食者只二百石,政府即以此不兑换纸币收买八百石,若不卖谷,则除有谷,吃饭而外,衣、住、行所用无从出矣。至于外汇,则为输出问题也。十九年湘人刘某在英、日治经济学甚久,任文官处参事,于钱币革命深有所得,陈之当局请试行之。当道交兄办理,但其时何能及此。

三十
民国三十五年九月十日

今日丑时,昌群生一男,天恩祖泽,凤儿有后,吾人当益黾勉修德也。兹命名(派名)祚强,字弘熙(音怡),乳名桂曾。此儿貌伟声宏,大是可喜。

致杨朝俊书①（九通）

一

民国三十年三月十七日

汝兄在时，余尝诵诸葛公澹泊明志，宁静致远二语为训。今训诸稚，则以孔子所谓行己有耻，孟子所谓人有不为也，而后可以有为之义，反复叮咛，尤望汝能身体而力行之，为诸弟诸侄之表率。至若蒙以养正，圣功也。余于丽孙、祁曾，每日节录《礼记》以授，于鹄孙亦必随事施以督诲。少成若天性，习惯成自然，古之人所以兢兢焉。惟余教授之余，深以未即课鹤侄兄妹以国学为念。汝在校课暇，务致力于国学。宋太宗曰，开卷有益，此语之味，必久久始可得也。

二

民国三十二年四月三日在陬市

《淮南子》常以肥甘为戒，而读书人须耐齑盐味（朱松沫父子有"读书有味齑盐好"句。宋郊宋祁兄弟、苏轼苏辙兄弟，读书时皆只齑盐。）能嚼菜根方可担当大事。饮食虽微，亦可观人。公余务专读书，尤须致力根柢之学。昔林浴凡先生爱读陶诗，喜其冲穆淡达，汝若知耐心，便识经史为菽粟水火，一日不可离也。

---

① 原编题为《示凤儿书》。

三

民国三十二年四月十八日

湘人所长,勇猛精进也,其所短,则言过其实。赣人所长,敦古处也,其所短,则为固陋。吾先世赣人也,及汝祖以来,皆生长于湘,吾后人当求如湘赣人之所长,而弃其所短方可。总理所书翊武先生就义处之碑〔民国十年,余请孙先生书"中华民国开国元勋"四字(按:原文如此),不肯写,余再三以武昌起义时文学社之功力争之,总理始允其请,碑为三角形,其文则展堂先生撰书〕,今尚在丽泽门外否?丽泽门外纪念翊武先生之小公园(此小公园为余等在桂时所作)尚在否?如此碑未为陆阿宋(陆荣廷为盗时,其同伙呼之曰阿宋)所毁,可将总理及展公所书者拓一张来,以为纪念。余夜间读梅村诗,以其字大,灯下不费目力,其曰:"故人当日燔妻子,我因亲在何敢死,憔悴而今困于此,欲往从之愧青史。"愧亦晚矣。然其平生所为诗及遗命云云,是梅村亦天下伤心人,大可怜已。昨读其《雕桥庄歌》有"尽道新枝任栋梁,不知老干经风雨"句,以今视昔,我亦有所感也。

四

民国三十二年四月二十一日

昔余读书时,家无多书,须向人借。今老犹读书,悔其已晚。每日若读书不多,似欠账未还,盖愈读愈有味也。汝在青年,尤好读书,纵为公务员,不少读书时间。余在国民政府,文书盈几上,然尚可偷闲一读。作审计处长时,何尝非公务员耶,除画行外,皆读书也。况汝今日之处境,不似余昔之有家累也。苟有决心,何事不可为。余于癸丑,讨袁失败,亡命海外,曾上书汝之祖父母曰:"有两弟及麟儿在,勿恃我也。"总理欲使余有所成就,余亦能毅然决然,本牺牲奋斗之精神以赴之也。汝既无家累,而又青年,易于读书。今之为公,吾固知之,事少人多,工作又易办之事,望汝沉潜于旧学,以厚根柢,至要至要。余老矣,少时曾梦一人告我云,汝祖父之寿五十八,则我六十八,汝祖父之寿六十八,则我五十八。汝祖父享年六十八,而我今年五十七,若妖梦是践,我只一年矣。汝宜念之,余一生艰厄,濒于死者屡矣。即以精力而论,自弱冠以来,三十余年中,在在皆困苦之境遇,又伤于酒,安能寿考乎。汝若念此,宜知努力也。

五

民国三十二年四月二十八日

月牙山庙中之菜价,既贵于当日数十倍,而菜味反不若,明代古盌更不存在,世事之变迁如此,可胜慨哉。余老矣,虽读书已晚,然益有味。日前致汝二叔父书,谓多著书不如多读书,不读书而著书则是无缘(源)之水,若水有源,则非读破万卷不可。昨访汝岳父,从桥上经过,柳荫深处,水上有小舟,左顾右盼间,各有一桥在望,大似西湖白堤苏堤之桥上远眺。春日可乐,其境固贫,而风景尚可观,苟能安居,岂非快事。乃欲迁徙,求贫中享清福,亦不可多得,此政治之赐也。

六

民国三十二年五月五日

接汝季父书,谓汝办事颇有兴趣,而旧疾未发,甚慰。务自保重。其办事万勿粗忽。余昨复某先生书,略谓"仁义忠信,乐善不倦,此天爵也;公卿大夫,此人爵也。人爵不如天爵之尊,某惟教子修其天爵而已。况今日职方贱如狗,安肯为吾子争哉"云云。今日为革命政府纪念日,二十二年前之今日,总理就非常大总统职,余方壮年,今一回忆,只有黯然。近能早起而读书,尤有至乐。昨读《新唐书·文艺传》,知编年史固始于荀悦之《汉纪》,而为《通鉴纲目》(朱子撰)之始者,则为唐之萧颖士,起汉元年,迄隋义宁也。然其书高贵乡公崩,曰,司马昭弑帝于南阙。书"弑"是已,而帝魏则不如朱子之帝蜀之正焉。至谓郭纳言为肉食者,以儿戏御剧贼。使生今日,不知云何。李白耗壮心而遣余年,独狐及送之,其序有:"才全者无亏成("亏成"出《庄子》。其成与亏,昭子之鼓琴也;无成与亏,昭子之不鼓琴也。),志全者无得失,进与退于道德乎何有?"此文最好。

七

民国三十二年六月十二日

五月十三日,余徙家吴家边。本月八日,王县长送来某某己江电,昨乃覆书,谓"己江电奉悉,南京别后,于今六年,吾兄弘济艰难,荣闻休邕。弟虽处江湖之远,然时时深念贤劳。曩居璩家溶,吾兄知弟之贫,由伯陵、钦甫两君以将意,闵仲叔不以口腹累安邑令,所忻慕焉。拟陈微尚,而吾兄有远行,音问之疏,由是亦久,惟吾老友高义,固久久弗谖。兹又拯弟于流离转徙中,是举家皆拜吾兄之赐,感何可言,并蕲转陈,敬申谢悃。"

八

民国三十二年六月十八日

昨接海滨先生书,谓修订党史稿,拟附录先烈各传,嘱余撰遯初先生传,于七月底以前寄稿,并嘱以湘中先烈之传,就其可能者搜寄。民国十三年,总理尚在,海滨先生陈述党史稿事,余适在总理侧,海滨先生即以湘中先烈传略事商及。惟湘中先烈,有传者颇少,无从搜集,负此一诺,已二十年。遯初先生不可无传,现能作遯初先生传者,只余与理鸣先生耳。理鸣先生近亦多病,未必能执笔。然则此种责任,不待海滨先生之请,余固知其在余也,遯初先生乃开国元勋,作信史大不易,搜集史料尤不易。尧澂先生之传,舍余外,更无人可作,所未作者,搜集史料问题耳。余此生誓将尧澂、遯初、翊武三先生传撰成,使后人知中华民国创造之艰难,亦其所以不负老友者。展堂先生传为余手笔,将来史料取材自必依此。但展公从孙先生于镇南关，扶病登炮台，由孙先生亲发炮，其后展公病甚，而孙先生扶之下，作传时忘叙之，此节仍须补入。作史三长，曰才曰学曰识，余拟多续史传，以酬老友。展公之传，既由余作，则尧澂、遯初、翊武之传，必完成之，其责在余也。幼圃云，曾见中央党史史料编纂委员会出版之先烈传略（其书名记不清楚）第一编为克强先生，次为遯初先生，其传甚长。既有之矣，且为党史史料编纂委员会出版，海滨先生必知之，而尤嘱余作者，期其为信史耳。余生平无赫赫之功，今老矣，尚有不可自菲薄者在，愈自励焉。

九
民国三十三年四月十四日

汝四叔能常保此度，将来可致力于国民革命。惟念我自甲辰与克强先生、遯初先生、尧澂、幻盦两烈士献身革命以来，迄今四十年，所经之险阻艰难，不可具述。今老矣，犹复耐穷耐苦。使有可以致力之处，则韶州之危难，无饭可得，纵有一饭，又无匕箸（以一箸分两截，又中分之，如此而食）。况菜乎？然此苦则甘之如饴也。天下未有忍苦而不能办大事者，亦未有只知鲜衣美食而可以成材者。我辛苦一生，从未作逸乐想，望汝念之。处中工作，全是机械，汝须依然审核，不可疏忽。疏忽应受行政处分。我之本意，望汝读书，其作公务员，非我之意，汝既作公务员矣，万不可染贪污之恶习。苟或贪污，非我之子也。惟俭可以养廉。能不奢侈，自不贪污矣。

示鹄侄书

民国三十四年九月十五日，在广西昭平

  鹄儿览：我在城日日吃牛肉，间或吃猪肝及鱼。因念汝等居乡，只有茄子苋菜可吃，则其心又不安也。汝写"茶叶"二字颇好，我见之欢喜。所用圆笔，将来可习大篆。吾家天性能知用圆笔者，汝与汝五兄耳。城中无适合汝与琼瑶之食品，只可买面包。中秋到城当买好东西给汝与琼瑶吃。

伯伯字 九月十五日

  小哥说园中辣椒有两斤多，其味颇辣。此辣椒可由汝母汝嫂制鲜辣椒或腌辣椒，所种必有所获，佛氏所谓必慎造因也。

致陈美贞书（五通）

一

民国三十四年九月十七日

美贞览：十五日九时许抵荔浦。因廖医生十四日所开之方，颇有大大的蛮气，余不得已服之。乃饭后喉又咳破，以致发肿。荔浦用饭，则余说话最吃力，有时非先润喉，不能出声。可见平乐无一人不蛮。廖医之丸药，余决不吃。沿途有好山可看，心境恬适。下午三时过良丰。么叔通知小哥往市，一同选看文家将来之房屋。（顷接小哥致么叔信，谓看屋之事，须待其期考后方来。）三时半，安抵桂林市。夜与么叔往桂西路功德林吃素菜，两人费近六千元，大合口味。余家所居三楼，虽曰狭小，（余房最好，但放一床一桌、两沙发、一椅，便满房矣。）然前湖后溪，而东西南三面皆空旷。群山罗列，如在几席间。日月出自东方，坐于房中，一卷帘即见之。此中大有诗意。我极欢喜。且饮食居处，凡可以适于余之身心者，么叔父、么叔母无微不至。昨为鸿儿生日，么叔往校，犹令淑琼么叔母等侍余往桂西路美丽川菜馆晚餐，吃菜七味，只有红烧鱼唇（价七千）为贵族菜外，其余皆平民菜，宫保鸡五千，虾仁四千，酸辣汤一千八百元，乃用去三万五千元，可谓贵矣。初到时，么叔买鱼肝油每瓶须一万八千元者，余不肯买，而么叔犹买八千元一瓶之鱼肝油。是么叔么叔母凡余所食所用，从不惜贵贱也。余固心乐，而其病亦去。往桂西路往来四里，余扶杖徐步，毫不吃力。前晚昨晚，均步行往来也。夜溺只一次或二次。只声音因喉咙咳破，尚未复原耳。纸烟已不能吃，吃则喉噪，且立即大咳。如此戒烟甚佳。汝姑老矣，精力既衰，而犹劳苦，汝务须劝其善自保重。昌群须用心育桂曾。汝须好好引琼瑶。可留肥鸡母两三只，汝等来桂林时携来。桂林无好酱油好七醋（按：原文如此，下同）。如美丽川与功德林，皆是大菜馆，其酱油比豆豉水还淡。其七醋如水，无丝毫酸味。问其有好酱油好七醋可买否，答云：通桂林市皆是如此。汝来桂林时，千万要在仁昌买好酱油二十斤，不论贵贱要买二十斤，不可少也。平乐之醋，余最恶之。然较桂林之醋好过百倍。来时亦须酌量带些来。自己弄饭，有千张，有豆油皮，有磨芋豆腐，实在合味，每餐可吃饭两碗。余之天竺筷，放在书案上，未知汝已检得否。手杖都要带来。此询近好，家中均吉。

翁字　九月十七日午

二

民国三十四年九月十七日

美贞览：十六日汝示琼华书顷已阅悉。曾某是天下最坏的人，不止如曾望仅是常德标准的坏习惯而已。我之用彼，诚为万不得已也。此次徙家，汝四叔必已用至百万以上。将来汝等均到，一切设备均妥，恐共须用二百万元。但汝四叔从不使我过问。其夫妇只有日日关心我之饮食居处。有弟如此，我心大慰。前晚携琼华吃广东菜，昨午又吃广东茶室之点心，令人颇忆广州。晚间又携琼华吃饺饵面。其饺饵为肉与鸡肉及金钩虾包成，而其面又洁白甘软，其汤尤鲜。广西人太野蛮，似未享受人的生活。独此卖云吞者为广西人者，大有大都市食物之风味，比广州之云吞还好。然则广西文明惟有此卖云吞者，其余皆为秦汉时苗傜僮黎之遗风也。琼瑶来桂林，样样有吃的，比平乐好万倍。我恨昭平、平乐甚矣。日服鱼肝油，除咳嗽多痰外，完全是一健康者，盖心境舒适也。曹待旦以牙牌借我，又恢复陬市坐窗前玩牌之旧习。诸稚在家，食宿扫地洗碗，皆诸稚为之，惟房间太少太小。汝等均来到，曾望无住处（一房甚暗，拟开天窗，须数万元）。各房之椅桌均买就（桌每张一万元），均由汝么叔调度。近日校中阅卷甚忙，么叔住校，阅卷，只日间一回家。我已令其不必日日归，但么叔不放心我之食饮，仍拨冗一归。往来须车金千余元，常常步行，老大等反坐车也。大中街徐家之长椅下面，贴有门牌名字，汝看清，可唤其搬回,千万要交本人,不可留不好的声名于平乐,至要至要!汝仍须养鸡数个,来时带来。周玉麟云,汝等来时仍可用省府车,我以为用省府车一次汽油公费,省府须费二十万元,已婉谢之矣。茶叶瓶最美,我最爱之(此茶叶瓶即我之桌子厢内装茶叶的),汝务须包好,莫使污损,致不美观,来桂林时,务必带来。天竺筷子,务必寻得方好。文家房室须俟小哥本星期期考后方可来市租定。汝姑血气已衰,汝须劝其节劳,善自保重。刘姨妈所送之醋,汝须留与我吃。桂林无此好醋也。仁昌之好酱油,千万要买二十斤来。吃了许多大馆子,无一家有好酱油。家中做菜,都是用豆豉水,反比市上之酱油好多了。此询近好,家中均吉。

翁字 九月十七日 上午十一时

三
民国三十四年九月二十五日午刻

美贞览:今晨已将包裹收据,加盖么奶图章,挂号寄返平乐。顷么爷由校中回,云其学生家已由上海寄燕窝四两,丝棉贰斤(丝绵是送情的)寄平乐。此物到时,可在平乐刻杨琼华图章往取。其原包裹单,不必寄桂林盖章。汝如来桂林,可将我之图章交昌群,而包裹有么奶么爷之名字者,昌群均须在平乐刻图章。我有许多东西放在汝姑之阳江皮箱内,亟待应用,汝来时务将钥匙带来。闻中心学校尚有一班在体育场演台上课,则是我家深对学校不住。然而教育乃国家根本大计,我家不可久久妨碍学校之功课,不然,我成什么人了。此询 近好。

翁字 九月二十五日午刻

今晨接琼华吃广东菜。琼华只吃蒸饺九个,其味甚好。我则吃了两大钵饭(有我家饭碗三大碗之多),鱼头豆腐一大盘,蒸牛肉片一碗,鸡杂汤一碗,又吃蒸饺三个,共费一千五百元。在家吃饭,每餐之菜往往费二千元。如此,反比在家吃饭为便宜,决不吃药及鱼肝油了。鱼肝油每瓶八千元,曹先生之药真是贵族药,常至每剂三千元。

吃了中西药一点益处都没有，只有吃饭最养人。

四
民国三十四年九月二十六日

美贞览：昨寄挂号信，内有包裹收据，接到否？来书告知。家中收包裹几起，亦望书中言及。桂林信封一扎（十个）须五百元，而纸料甚劣，则信纸之价更可知。汝来时，可在生花买信封一百个（价六百元），通八行信纸二百张（每百张三百元），要选纸料厚些的。汝姑阳江箱中，我有许多东西要用，来时可携此箱之钥匙，切勿忘记了。琼瑶、桂曾想更佳好，我甚念之。此询近好。

翁字　九月二十六日清晨

我昨午吃了半个盐烧饼，立刻就咳，到夜间才想饭吃。可见我只能吃清淡东西，此亦肺病原因也。

五
民国三十五年九月二十四日

美贞览：自抵桂林，凡饮食居处，汝四叔父、母务求有以适余之身心，而细意体贴。汝四叔父虽忙于阅卷，犹必日日返寓，调度余之食品。抵此只六日，凡川菜、粤菜、素菜均无不领略。琼华每日必陪余进馆，每次必携万元出街，吃菜而外，又买其他食物，往往万元即罄矣。曾司务昨日午后三时安抵桂林。入门之初，即知其未携一鸡前来，不觉大怒。来此未尝发气，其病已愈。曾司务一到，我之气便大发。何汝等与汝四叔父、母恰恰相反。汝四叔父、母深恐我不吃好的，汝等深恐好的为我吃。我病自璩家溶由汝等而生。及迁陬市，又由汝等而深。至于在利扶乡，则凡所以摧残我者，无往而不残酷。即以此次之鸡而论，汝等必有人以为我与四叔有钱，可在桂林买鸡吃。殊不知桂林之鸡安及家中之鸡之肥。且使我吃桂林价贱之鸡，汝等何必不在平乐食价贱之鸡？况我再三叮咛，汝（等）何得忘之乎？汝等之心,何尝以余之病为念。是汝等不必靠我,我又何必爱汝等。吃鸡之事虽小,而汝等居心太毒矣。我久欲离汝等,乃犹委曲迁就,实则我已万分勉强。揆诸人情物理,我一生待汝等不薄,汝等待我,反不如路人。我非草木,奈何太痴,今我之恨愈深,故其气愈大。数日不见汝等,心神均安。若与汝等居,一日必有数次无根之刺激。欲求我之病愈,只有汝等不必来桂林。六十衰翁,对于我妻我子我媳,我已尽我应尽之道。汝等冥顽不灵,可谓不能以理喻、以情感者。我此后对于汝等,不必过问,再过问则是我为天生一副贱骨也。

路人杨少炯(按:原为"父",涂去,改为"路人杨少炯")字九月廿四午

此书可令昌群念与汝姑听。我喜欢吃鸡而又食量甚大,汝等均知之。我行时再三叮咛,难道汝等之心被狗吃了。家中之鸡甚多,若以一鸡交曾司务带来我,纵发气尚不至如此之大。我此次真不能原谅汝等,以后只有与你们算旧账。

卷四 日 记

民国二十七年（二则）

民国二十七年十一月九日　阴

早七时三十分钟起。九时，教燕侄、鸿侄、琼华、福曾、寿曾读经。曩吾书橱中有八股文及《仙样集》（试帖诗），此物三十八年前见之，明清民贼以之锢蔽天下士者。戏阅之，然马世俊而谓贤者为之乎，文其后比，吾于是而悲贤者之遇矣。"数亡主于马齿之前，遇兴王于牛口之下，河山方以贿终，而功名复以贿始。此足陨父老之涕者，而谓不足愧杰士之心耶。贤者宁终身摈弃，而必不屑贬道以希遇者，此耳。吾于是又感贤者之时矣。"七十年以前之岁月已沦，七十年以后之星霜复变，壮盛未闻谏书，而衰龄反同贩竖"，此足动旁观之慨者，而谓不足发当事之嗟耶。贤者宁重暮无成，而必不愿托己以争时者，此耳云云。昔钱谦益读之泣下。钱谦益以明臣而事胡，盖士大夫之无耻者也。今之士大夫之无耻甚于钱谦益者，盈天下皆是也。假使示其人以类此之文，必不得邀其一顾，况泣下耶。顾亭林先生以士大夫无耻为国耻，深痛明亡之所自，尤切中今之时弊。然胥天下而无耻，又何人也。马文河山以贿终一言，不啻为三百年后之今日写照。

民国二十七年十一月廿日　阴雨（星期日）

读"一介不以与人，一介不以取诸人"，知伊尹之义之道也。然一介不与人，有时而与人以身，一介不取诸人，有时而取人之天下，此伊尹所以为圣之任者也。管仲之器小哉，乌足以知此乎。夫巢许有帝王之遇，而无帝王之才，桓文有帝王之时，而无帝王之器。器之时义大矣。今亦有试以事之细者，其人似有所作为，及夫遗大投艰则无所措手足，或由之倾覆其邦家，盖器不胜耳。君子可大受而不可小知，穷能独善其身，达则兼善天下也。

民国二十八年（十则）

民国二十八年一月二十六日　雨

　　上午教燕侄、琼华、福曾读古文，鸿侄、寿曾读经。午后致李钦甫书。略谓，（按：此前诸字涂去）阅报欣悉执事与某某（按：原作"伯陵"，涂去，改"某某"。伯陵，薛岳字。）先生以名将之声威而出柄湘政。国赖贤俊，弘济艰难，乡邦得人，深以为庆也。曩之某氏，多鹜于私，吾湘素称革命党人产生之区，卒使民气销沉至此。继其任者，又复虚矫成习，徒见其日日发为铺张扬厉之文章，万事皆堕于寞漠中。而吾湘人益嚣然丧其乐生之心，尚何望其有同仇敌忾之勇哉。今诸公治湘，必能廓然大公，以至诚与吾民相见。昔我总理领导国民革命而成不世之功烈者，惟诚与公耳。彼世之不诚不公者，要亦能养炫乎一时。然而智可以欺王公，而不可以欺豚鱼；力可以得天下，而不可以得匹夫匹妇之心。故古今之成败兴亡，莫不视此诚与公否也。湘人苦苛政久矣，知必察民之隐，以培养吾民之元气。民为邦本，本固邦宁，大乱之秋，倒悬待解，一有不忍人之政，所谓饥者易为食，渴者易为饮，归心新治，事半而功倍焉。然后因势利导之，则人之爱国，谁不如我？于以唤起民众，剪除倭寇，何难之有？况吾湘固富于革命性，而信仰三民主义尤最深切者乎。弟自南京归，息影林园，日课诸侄诸孙读，己亦兼治经史，用补少壮时之荒废，从未一问门以外之事。盖滔滔者天下皆是，独抑郁而谁与语也。寂处常德，将及一载。去年十一月粤鄂沦陷之后，倭军又犯洞庭，始徙家于桃源山中。心远地偏，不欲言政，愿有故人建树，得观厥成，且为湖南之人民，亦有以与受其福，心向往之，特乐为旧时俦侣道也。

民国二十八年三月廿九日[①]　阴

上午教诸侄诸孙读经。今日为黄花岗七十二烈士殉国纪念日。河山破碎，一至于此，先烈当痛哭于九京也。回忆辛亥广州之役，经三月廿九日之失败，而余等即于四月十日反对铁路收归国有于长沙，以"路亡湘亡，湘亡国亡"号召湘人，由铁路学校首先罢课，昔何勇锐耶。（按：此后涂去多字）

民国二十八年四月十七日　阴　午后雨

致海天、殿春、实甫等书。略谓（按：此前诸字涂去）殿春兄等欲弟入川，此大可感。惟世有张许，则一步两步皆金汤也。若无效死之民，而绾符者又为全躯保妻子之士，吾民非遁迹于国境外，何处是乐土耶？

今之在重庆者，由吴越而赣鄂，而湘蜀，迄犹在疏散中。弟若举家来，焉有多金，领略山深林密之天然图画乎？昔者随侍总理十有余年，其于进退行藏，死生患难，不敢苟也。读西汉末造及有明熹宗时之史，深慨当时之士大夫，希荣工媚，天下靡然。幸赖有逢萌、龚胜、杨涟、左光斗诸人，卒使东汉以气节相尚，明亡尚有亭林、太冲、夫之等著书立说，收效于二百六十年后焉。

近教琼华读《归去来辞》，尤有所悟。靖节不为叔夜之激，嗣宗之狂，率其天机，保其孤洁，此与武侯澹泊宁静相似，不过出处不同耳。孟子所谓禹稷颜子易地则皆然者也。《桃花源记》其曰"不知有汉，何论魏晋"，是即北窗高卧，自谓是羲皇上人之意。又曰，鸡犬桑麻，怡然自得，亦即柴桑栗里三径五柳之居。今居其所谓桃源，亦只求无愧于不汲汲不戚戚之晋处士也可。

---

① 黄花岗起义应系公历4月27日。

民国二十八年五月十二日　雨

读《宋史》，倪思谓韩侂胄曰："平章骑虎不下之势，此李林甫、杨国忠晚节也。"权奸乌足道，惟国事为所败坏，不可收拾。故诚斋先生愤之，呼纸书曰："吾头颅如许，报国无路，惟有孤愤！"笔落而逝。悲夫！予欲望鲁龟山蔽之乎，手无斧柯，奈龟山何。龚生之夭天年，岂徒如哭之者所云，"膏以明自煎"耶？虽然，一己之屈自不系斯时之轻重，而匹夫之取舍，要能正千古之是非。孔子曰，"岁寒然后知松柏之后凋也。"曾子曰，"士不可以不弘毅，任重而道远。"宋禁道学，士大夫至不敢习学、庸、论、孟，而朱子讲学如故。蔡元定且遭窜逐而弗馁，爝火不息，曾何损于日月之明，吾人梦闻行知，求其心所安而已。

民国二十八年九月一日

阅报潘某（按：原为"公展"，涂去，改为"某"）广播词，精卫似又窜广州图乱。试检《民报》精卫所作《革命之道德》（《民报》第廿五期），其文具在，深惜其不早死也。假使精卫死于刺载沣之役，则成名以去，即党国亦不至蒙其祸，丈夫盖棺事定，晚节之难保可畏也。精卫则不待盖棺而其论自定之。从来为大奸慝者，欺世盗名，不过一时尔，及其身则真伪见矣。莽、卓、操、懿，初何尝不类似谦恭忠荩也。读《大学》诚意章，诚之不可掩如此。夫弟于精卫为人，固早言之，其言特不幸而中焉。民国三年，总理组织中华革命党，命精卫加入，精卫抗命，远适巴黎，与陈炯明、李煜瀛、蔡元培、吴敬恒持同一态度（李、蔡、吴之在本党，素如客卿，中华革命党时尤坚决反对。四年，总理复吴敬恒书，载于在美洲出版之《民口》杂志第三期）。执信兄寓书以劝精卫，反以不上梁山泊自夸。弟在民国社（革命党本部）闻之，即曰："他日叛我总理者，必此獠也。"九年，弟随侍总理至粤，见精卫所撰程前总长璧光铜像碑文，以护法之功归之毁法之黎元洪（中有"六年乱作，奉黎大总统令南下，与今总裁孙公定大计，率舰队至广州"，倡护法语，主客抑扬之际，直以黎元洪为护法功人），乃告展堂先生曰："精卫太工狐媚矣。"以后遂呼精卫为狐。十二年，弟任大本营秘书，而展堂先生未来，精卫不居秘书长之名，在秘书处主持事务。弟耻与为伍。已而组安任秘书长。弟以焦陈二烈士之死，组安不为无罪，矧督湘三次，无不压抑本党。命下之日，弟即去职。总理令颂云、禄超唤弟，且面责弟曰："以汝所为，徒示天下以不广，人将无自新之路矣。"弟曰："先生为总理，为元首，衡鉴人才，自必兼容自包；绩党员也，不能不为吾湘同志明是非。"甫一星期，沧白继任，弟始办事如故。精卫任国民政府主席以后，诪张为幻，未易更仆数。廿年十月，在沪遇于展堂先生寓，两人始终未一言。精卫去，展堂先生再四解说之，弟亦相与辩论，不欲拂老友意，又不欲与匪人俱，乃迁居闵行。适湘芹先生卧病广州，因即往而问疾。廿四年，在香港胡寓偶与同志言及精卫，弟曰："总理知人善任，从未授精卫以独当方面之责。"展堂先生曰："总理固知其工狐媚也。"然而劝募华侨捐款，代表临时政府往迎袁世凯南下及报段祺瑞、张作霖之聘，皆属之精卫，亦胜任而愉快者也。呜呼，终始参差，苍黄翻覆，至精卫臻其极矣。廿年五月，革命政府纪念日，弟在南京市党部报告，有"革命党人之历史，如不自毁，任何暴力不能毁之"之语（全文具载于京沪各报。时展堂先生尚囚于双龙巷）。精卫甘自毁其历史，惜夫！顾或者谓，精卫今日铤而走险也。夫日暮途远，倒行而逆施之，伍员也。伍员复父兄之仇，而吴楚兴亡又无种族之异，千古下犹憾焉，况卖国以媚敌乎？庄生曰："哀莫大于心死，而身死次之。"精卫之心死久矣。今精卫欲求为石敬瑭，固不可得，即作一张邦昌、刘豫，倭虏亦必靳而弗予。其窜粤者，岂欲为刘崇耶？昔刘崇抱宗社之痛，据晋阳而抗后周，作史者悯其用心，独于其臣事契丹而为侄皇帝，则大义所在，自不与同中国也。然刘崇尚曰：我是如何天子，卿等是如何节度使。殆其悔心之萌欤？精卫似颇自鸣得意，并刘崇而不如矣。弟以为精卫此行，徒心劳而日拙。广东为革命策源地，军民为总理教化所薰陶者至久，尤得执事主粤政，吾人方望执事恢复革命圣地之光荣，彼何能为，只自增其历史上几行腥秽而已。执事忠贞坚白，已能以一身系天下安危，树德务滋，除恶务尽，又执事之素志。务冀奋其智勇，诛彼奸凶，致党国于中兴，此其权舆也。世无真才，乱之所由作。执事忠于主义，无间初终，本救焚拯溺之心，又席大有可作之势，则当危急存亡之秋，以收摧陷廓清之效，惟有望诸执事，执鞭所欣慕焉。①

民国二十八年十一月五日　晴

上午十时四弟往常德为燕侄觅葬地。燕侄在诸儿中天性最厚，常责诸稚曰："汝等不孝顺，伯伯老矣。"诸稚好争，而燕侄能让，往往以其梨枣而平争（分）。其爱饮酒，爱种花，与余性同。山水登临，尤感兴趣，又大似乃父，而丰神洒落，好尚整洁，余极爱之。畦边之瓜园中之菜，皆燕侄所种。饮食服御，安于菲薄。与人和易，尤不知爱钱，苟能长成，足继余矣。诸儿孙之天性，余知之深，各有所长，各有所偏，有燕侄在焉，可以调和之也。作文有思路，作画有意境，亦一文学之士。余讲学、庸、语、孟，专注重庸言之信，庸行之谨。四弟授以校中功课，尤勖以效忠党国，而燕侄皆知，一一领会，字习张迁碑体，而颇知法其笔意，时亦应用。在家可为令子，在国可为良好国民，天乃夺吾爱侄，其亦杨氏不幸之甚也。

民国二十八年十一月六日

午前六时起。七时余，余送燕侄灵柩。平日登临，凡指点某山某水，以燕侄之言为多，今吾爱侄安往乎？呜呼！吴季子曰："骨肉归复于土，命也，魂气则无之也。"吾爱侄其往依其曾祖母、祖父、祖母及其二伯母、其长兄乎？十时余，抵仙人溪口。十一时开船，姜

---

① 此篇日记似系致广东省主席李汉魂函之稿。

洪兴送之。余与之此别终古矣。归见其"赤手拯我元元"遗墨，犹在壁间，泣下沾衣，何能自已。若谢安石曰，"中年以来，伤于哀乐"，余于七年之中，悼麟儿之逝，遭皇考之丧，兹复失吾爱侄，此心之戚，宁有涯耶。

民国二十八年十一月三十日　晴

与汝昌谈竟日，夜饮皆醉。言及甲辰丙辰两役，而钝初、尧澂、幻盦、翊武、研老、子邕、湘芸等，皆以身殉国，而吾人忧患余生，乃坐视党国倾覆至此，尚无人拯之，相与对泣。

民国二十八年十二月三日　晴

上午教诸侄诸孙读经。于孟懿子问孝章而知夫子责三家之僭也。鲁之政在三家，而季氏为最盛。自文公以后，季势日炽，公室日卑，旅泰山舞八佾，甚而逐昭公于齐。季子然问仲由，冉求可谓大臣欤？直欲取鲁而有之。孟孙、叔孙固杀于季氏，然歌《雍》以彻，置周天子于何地耶，其僭窃之罪大矣。故我夫子训之曰：无违。复语樊须以申其义，而祭之以礼云者，诛心严于斧钺也。父为大夫，子为士，葬以大夫，祭以士；父为士，子为大夫，葬以大夫，祭以士。是三家之舞于庭者，当以大夫之礼乐只四佾耳。余又叹夫子所谓名器不可假人之训，旨深远矣。成王以周公有大勋劳，赐以天子之礼乐，故成王之赐，伯禽之受皆非也。及因袭之弊，季氏又僭用之，非成王伯禽启之乎。子曰：我欲观夏道，是故之杞，而不足徵也；我欲观商道，是故之宋，而不足徵也。又曰：我观周道，幽厉伤之，吾舍鲁何适矣，鲁之郊禘非礼也，周公其衰矣。或问禘之说，曰：不知也，隐痛之也。民国十八年，尝以慎名器告展堂先生防微杜渐也。（按：此后涂去下列文字："不然必有挟天子以令诸侯之曹操也，乃不幸而言中，国家民族受其祸也实深，今欲挽救之，不亦晚哉！"）

民国二十八年十二月十九日

　　上午，令赵佣购三黄散，其色不甚黄，恐此中无黄连。余告四弟曰，昔聂太姨丈谓祖考云："君所卖之药，皆真实，何能致富？我则野草即黄金也。"祖考曰：'富不富，命也。我逐什一之利，取之以义，无愧于心而已。天而俾我有赢，则子子孙孙可长享之。"故聂太姨丈虽富厚，皆刻薄以致之者。及其既没，产亦随罄。若欣云叔祖、彦卿舅祖，亦市伪药，而皆无后。吾祖忠厚，吾祖母仁慈，今子孙曾玄之众多，且各克自树立，要皆由于先人之福之所荫也。

民国三十年（二则）

民国三十年三月三十一日

近读古文，于李翱所谓"众嚣嚣而杂处兮，咸叹老而嗟卑；视余心之不然兮，虑行道之犹非"，范仲淹所谓"不以物喜，不以己悲"，苏辙所谓"士生于世，使其中不自得，将何往而非病"，遂有所悟。其必为苏子瞻之旷达，而不为柳子厚之愁苦矣。

民国三十年四月二十日　晴

昨今两日之天气甚热。上午阅《十八家诗钞》，午后阅《续资治通鉴》，此为清毕沅编纂，宋靖康前后多取材李焘长编，宁宗后则取材元史似多，故其所书，直是蒙古史臣之笔。且于南宋时代关于女真者，亦出《金史》，而未点检者，至依《通鉴辑览》，以宋统至帝㬎德祐二年三月止，尤谬。盖宋统应以帝昺蹈海，始能谓为宋亡，则至元十六年当继祥兴二年春二月己卯也。乃舍宋之景炎元年而大书蒙古主之至元十三年，弘历之私耳。爱新觉罗氏僭盗中夏，尊蒙古者所以自尊也。又《通鉴辑览》于崇祯甲申之次年书以甲子，附弘光元年于其下，扬州虽陷，明祀未亡，遽于次年书顺治二年，此将来当改正者。赵构贪皇帝之贵，忘父兄之仇，奉表称臣，湖山燕衎。纵秦桧为金人奸细，然力主和议，构操纵指示也，是弃宋者构，厥后韩侂胄史弥远相继误国，迄于贾似道，不亡得乎？

民国三十一年（一则）

民国三十一年三月十八日　晴

　　犹忆戊申之夏，余与刘烈士复基、胡烈士有华，登汉阳之大别，薄暮徘徊禹庙外，见武昌灯火如繁星，相与叹曰："何日立汉帜于黄鹤楼耶！"已而渡江，无所得食，汉阳门有鬻冰者，各以铜元一，立饮其冰。囊中犹有一钱，余又饮之。归旅舍，疾大作。是时，余家与刘胡家，凡一月之中，恒断炊，而余等初未之顾。

　　癸丑失败，亡命走日本，孙先生令英士月给二十元。次年冬，孙先生知吾家贫，亲予百元，俾资事畜，随付同邑之留学生李君，由其家以湘币二百千元，拨偿吾家。袁世凯婴天诛，始返常德。此年余中，吾家老稚，赖以果腹者，即此二百千元之湘币也。今又往往碗无余米，厨无余盐，穷尚愈于昔。夫今日之教育，非寒士子孙所能受，而祖若父为贪官污吏，其子孙又未必能读书。国无人才，何恃以立国，若徒日日令其称颂功德，造成奴性，适足为敌人铸顺民而已。

民国三十二年（六则）

民国三十二年三月二十六日

午刻，曾文甫、曾道生来，余民国之门人也。讨袁失败而汤贼芗铭任湘督，杀子逵、守箴，捕余亟。余匿于芷湾，居文甫家廿余日，乃由刘耀生以小舟送余至监利、朱河，由是而汉口而上海以渡日本，感其高义，未尝或忘。具酒食以待之，宾主欢甚。惟浼余于地方官图辟其子，及其族人之兵役，公私之辨，则未敢许。

民国三十二年四月二十二日

前立吴书来询《曲礼》，以袂拘而退之。拘字为何音？余复之云，拘达居侯切，音钩，拥也。《礼·曲礼》必加帚于箕上，以袂拘而退。注，拥帚之前，扫而却行之，又取也。《礼·曲礼》凡仆人之礼必授人绥，若仆者降等，则抚仆之手，不然则自下拘之。疏，却手从仆手下自拘取之。又曲也与句同。《荀子》哀公篇，古之王者有务而拘领者矣。注，务读为冒，覆项也。句领，绕颈也。

民国三十二年五月五日

阅《新唐书·文艺传》。昔读《昭明文选》，于五臣注，知其为唐人。及读吕向传，谓向以李善文选注为繁，与吕延济、刘良、张诜、李周翰，更为训解，时号五臣注。又文选有善注，则李邕传云，邕为文选注，敷析渊洽，居汴郑间，讲授诸生，传其业，号文选学。始善注文选，释事而忘意，书成示邕，邕默然，意欲有所更，善曰，试为我补益之。邕附事见义。善以其注不可易，故两书并行。

民国三十二年五月十九日

偶阅《清稗类钞》，宫苑于所载皆余之旧游地。十七年，我国民革命军夺北平，而张作霖遁逃，余奉国民政府令接收北京旧总统府、旧国务院，驻中海，以袁世凯时之政事堂为办事处，主其事者凡四月。最爱团城景物，今尚不能忘，而太液芙蓉，亦余之所爱也。

民国三十二年九月四日　晴

阅《后汉书·方术列传》，第五伦作司徒令，班固为文荐谢夷吾，有居俭履约、有公仪之操语。唐章怀太子贤注曰："《史记》公仪休相鲁，拔园葵，去织妇，不与民争利。"乃今之从政者，无不以与民争利为能事，瘦天下而肥一己，民之憔悴于虐政久矣。孟献子曰："畜马乘，不察于鸡豚，伐冰之家，不畜牛羊。百乘之家，不畜聚敛之臣。（按：此前当有"与其有聚敛之巨，"）宁有盗臣？"彼夫己氏之爪牙，皆兽面无身之饕餮。公务员营商业，挟政治上之势力以垄断而登之，以左右望而罔市，利民之利，尽为所夺，其祸甚于聚敛之臣。况汉之桑弘羊、唐之刘晏，虽损下益上，然其利尚在公室。今苛捐杂税，竭泽而渔，而利之归公，千百之一而已。吾知必有如李自成牛金星者出，以榜掠明之诸臣者待孔祥熙辈也。《大学》释治国平天下，必以利散诸民，有若曰，"百姓足，君孰与不足，而百姓不足，君孰与足。"孟子言仁义而去利，其曰："仁义充塞，则率兽食人，人将相食，"可不惧哉。

又阅《华佗传》，其五禽之戏，一曰虎，二曰鹿，三曰熊，四曰猿，五曰鸟。《尔雅》释鸟二足而羽谓之禽，四足而毛谓之兽，此所谓五禽者，鸟之外皆兽也，顾何以亦曰禽耶。《白虎通》：禽，鸟兽总名，为人禽制也。孔颖达云，王用三驱，失前禽，则驱走者，亦曰禽。《曲礼》曰，猩猩能言，不类禽兽。然则华佗以虎鹿猿熊，通谓之禽，不为失也。

民国三十二年[①]

去年十一月，倭虏由华容、石首西犯松滋，西南寇南县、安乡，已而陷澧州、陷石门，余即欲徙家以辟寇，乃报载我军沿汉水而下，以击宜沙之敌。余喜曰："此似孙膑攻魏救赵，耿弇欲走西安攻临菑，曹操攻于毒本屯，而毒弃东武阳，我军果有人乎，此举足解大江南岸之危也。"孰知此为军事发言人欺吾民者。

十五日，闻慈利、临澧相继不守，炮声亦愈近，吾民欲逃避者，则交通工具早为统制。余遂令淑琼、美贞携鹄孙、琼华、祁曾渡江而南，居木塘坪文昌善家；余与厚妹仍居陬市李家洲。

十七日夜，鸿孙、福曾、寿曾自校中归，日行七十余里尚不疲乏。余欣然呼饮食之，示嘉劳也。

十八日大风，然炮声较少，似亦渐远。既无军事之情报，《常德民报》及《新潮报》又已停版，以为乱稍稍却矣。

十九日上午，淑琼、美贞携鹄孙、琼华、祁曾仍回寓。晡时文昌善、黄伯声来，谓乱军由彭叫驴子（彭素为湘西巨匪）为之导，已逾盘龙桥，距陬市不三十里，宜速走。余曰："晏矣，明日行何如？"昌善、伯声曰："夜中有事，恐渡河大不易。"余行计遂决。昌善命工荷行李，余先率妇孺南渡，令水保督工俟于寓。时已昏暮，然炬炙登舟，甫及中流，陬市之秩序变。是夜寓木塘坪李包头家。夜半，羊毛滩火，而炮弹之声烈。盖我军放弃羊毛滩，自焚其子弹库也。

二十日黎明，敌机群甫经过，即闻炸弹声，而机关枪声如在陬市附近数里内。余决依协武，随桃源县政府所在地为行止，顾荷担者不

[①] 此篇系事后补记，原稿未注月日。

可得，嘱青松觅之。

二十一日清晨，人有以千元求一工无应之者。余得工人，一饭将熟，拟饭后向桃源县城方而行。忽见川军策马疾驰，狂呼寇至。已而，江岸之机关枪声大作。河洑驻有陆军第七十四军第五十七师某团，亦从山上向陬市发炮。全村遂大乱。余急以中央秘书处所发之废密本及《中央党务法规》《中央党务公报》投诸火，俟其焚尽，始集合家人分携应用之衣物出门。是时，桃源之路已不通，遂走常德。午后三时许，至裴家码头，乃得食。薄暮抵斗姥湖，在小屋中围炉御寒。遥见火光，知倭寇已陷陬市。此夜未睡，皆危坐达旦。

二十二日昧爽，冒严霜行河洑牛鼻滩，炮声寂然，但闻常德负郭之炮声而已。下午二时许，抵兴旺冲向宅（美贞之姑母家）。余引被而寝。某师管区官兵到处掠夺，入夜，村人有露宿于山谷中者。余笑曰："此辈所欲在得财耳，何畏之有。况楚人失之，楚人得之，不愈于拱手授倭虏乎。"

二十三日，命伯利、水保、金生往木塘坪择取衣物。敌军过兴旺冲，村人犹以为我之第二百师来援，争立于门外观之，诸稚亦呼余出视。余见良马二三百，皆负炮，其官兵亦各有锐气，疑是倭寇，然未侵暴，或为我军也。晌晦，陈某来，谓斗姥湖、天子岗、黄石港皆有敌矣。

二十四日，伯利、水保、金生先后至，亦谓途中因遇寇而相失。余于是知兴旺冲外，四面皆敌，非觅路以出，必陷于贼。

二十五日，令伯利往清水堰与王清宙商借居事。

二十六日，伯利回，谓从兴隆街至王家尚无倭兽。是夕，倭兽在附近杀人放火。

二十七日晨，匆匆饭罢，率家人行，至萝卜冲遇一人从草坪来，问余所适，余告之。其人曰："此去非经草坪不可。今草坪已有敌，我即辟寇者也。"方踌躇间，而我军已与倭寇在草坪接战，遂返向宅，坐未定，敌亦入兴旺冲，余及家人仓皇避山上，但见满冲皆是寇兵。既而倭寇搜山，家人遂致弗克相顾。从余者仅一水保。山上枪声作，余匿深壑，以枯枝自蔽，默念吾家十人，遘此艰危，在在可虑。然吾曾祖以上皆力田者，吾祖吾父始营商业，而一生忠厚。即余于政治上,未尝敢作一忍心害理之事。然则今日虽险,吾家必不至有不幸者也。遇敌凡六七次,辄为水保挟以走免。最后距敌咫尺,水保推余自高崖坠深谷,又越另一山而窜。惟闻山下击杀男子声、妇女呼救声,盖倭寇肆其兽行云。夜与伯利、金生遇,始悉家人所在。行一二里,于一村舍,得之,举家无一散失者。余大喜慰,徐询所值,则亦遇敌凡三次,祁曾之衣悉掠去,鸿孙、福曾之衣掠已复弃之,仅寿曾之衣未被掠。厚妹则因护持余之碧玉章(此章之玉,即民国十八年国民政府制中华民国玺、中国国民党玺之余玉,自国民政府主席及委员以次,由印铸局各制一章,俾作纪念。其时余任国民政府文官处文书局局长兼代文官长),敌批其颊,故玉狮章失而此章幸存。淑琼、美贞尚未惊扰,惟鹄孙几为所掳。余谓此实我祖宗之德阴焉。藉草而坐,望见四面火起,其光烛天,皆默默然,相傍以取暖耳。

二十八日拂晓,屋之前后有敌骑北行。余率家人乘隙由小园中攀藤登山,觅得一路,迂回走数里,出山未远仍为向宅。时余火之烟焰犹炽,但向宅未焚,而余家衣物则狼戾于地,不可胜拾。敌机又复盘旋屋上,知其掩护群兽过境,相与仓皇出屋,人各赤手,无所负载,仍向兴隆街方面走。凡有敌之处辄改道以避,途中遇敌则入山林,如是者数数。淑琼挟掖厚妹,美贞护持诸稚,余独携幼圃之女裕豪,盖受朋友之托,一旦临患难,愈宜加之意也。午后距发旺桥约里许,路人告余,谓发旺桥顷已有敌。余进退维谷,遂欲往依肖崖,然不知苏家桥路之远近,不得不浼人为之导。顾此村之人,无不携家以辟寇,莫有肯导余者。得一老翁导行廿余里,以八十元酬之。此地离战线稍远,两日仅一饭,甫脱险,便知饥渴矣。饮茶村店,又市肉焉。是日为美贞生日,厚妹笑谓之曰,持之飨汝。抵肖崖家,时已欲暝,而肖崖已举家入溪。陈松柏出迎,知其夫妇亦自五家山辟寇来此。饭罢围炉,烧松枝并杂以竹,此乡村之佳趣。余亦忘其为辟寇者也。谈至午夜,十余人共一室,以草席地而卧,纸窗皆破,寒风侵人,昨夜未眠,到枕即睡熟矣。

二十九日,由苏家桥行廿余里至莫家溪,沿途人家,争相问讯,欲知敌所在也。抵常德县救济院,则夕阳已在山,见肖崖,交相劳已。又虑此间不可久居,顾将何之耶?数日以来,幸无雨雪,不然,衣履不完者，何以御寒也。院之人多，地又湫隘，而吾家所衣之食之居，处处皆赖肖崖。患难见交情，彝伦中所以有朋友也。

十二月一日，喘息初定，知二弟、四弟及凤儿远念家人，忧不能释，亟思有以慰之，乃分电渝桂，托常德县政府代发。

次日，黄公赫复称，县府与各军之无线电皆短波，有线电局又隔绝，遂分别函告，并致电中央秘书处及海滨、孟硕诸位各一书。

夜读《明季痛史》，载崇祯十六年癸未三月、十月，张献忠两陷常德。今年癸未，而五月为夏正三月，十一月为夏正十月，常德罹倭患者再，岂兵祸周五甲子而一复耶？又载蜀僧某，匿桃源之山上，见官军数千人，豕突而西，以为流寇之追之者必众，乃睹东来之贼，仅十八骑耳。今亦闻我军一团有为敌之骑兵十六人所败者。战争无勇，何先后一辙也。余致铁城书，谓常德孤危，余师长婴城固守，然饷弹俱绝，援军不竞，城必陷也。某军驻常德桃源，平时如民国十四年滇桂军之驻广州，其在战时，如明末之四镇，又如刘承胤之于武冈，兵以民为仇，民以兵为贼，国安得不亡乎？故拟请中央秘书处函由国民政府文官处辖行所司核办之。

三日，常德陷于寇。

十三日我军收复常德，余以前意致电铁城。

廿五日，在城致伯陵一电，请免征三十二年田赋。到城后接伯陵养电，称提经省务会议议决通过，其已征者，准抵三十三年田赋。又称至于急振事，亦已饬何特派员驰赴常德办理。

余在城凡五日，城内外悉成焦土，而死者未葬，创者未起，流亡者未归，劫火飞灰，犹不知何日已也。余程万历十五昼夜之战斗，反是获罪，闭门谢客，独与余相见，其人颇朴讷云。余致祭七十四军阵亡将士墓，该军请余撰碑文，余诺之。

民国三十三年（二十七则）

民国三十三年元月四日

接函电数件，各致慰问之意，阅之感甚。午后四时微晴，致陆军第七十四军所部黄团长书，谢其觅还总理为余所书之"博爱"，胡展堂先生为四弟书"既雨馀云仍在墅，遇风残叶忍辞枝"之联也。

民国三十三年元月廿一日

接张景铭书，词意极谦，但称余为穴躬。三十年前所惯书者，今尚不能改欤？盖穴躬者，析"窮"（穷）字也。民国三年，余遁迹倭京江户，周某降袁世凯，且为之收买党人。以利铦余，余不为所动，且劝其不远而复，谓："吾人与于创造共和者，袁世凯终将帝制自为，颠覆民国，国之贼也。君奈何营目前之利乎。"周曰："饥寒迫人耳。"余曰："宋儒谓失节事大，然则青年矢志，白首全贞，弱女子能之者，顾何以君不如一弱女子也？"时余与周在法政学校同学，每课毕，周辄以垩笔书"穴躬"二字于黑板，嘲余穷也。余笑曰："君子固穷，惟穷然后见君子。"由是诸同学皆以"穴躬"呼余。而德轩于书牍中，竟书"杨穷"。余乃易"穴躬"为雪公，雪公之称自此始。

其后周与蒋士立收买湖南党人及学生达四百余人，致中华革命党湖南支部之同志未为袁世凯所污者，不过数人而已。英士尝于总理孙先生前愤然曰：与其谓覃振为本党湖南支部长，毋宁谓为湖南投降团团长。理鸣亦忿甚，遂不复之本部。故事有关夫湖南支部之必往本部,皆余往来也。民国四年八月,筹安会出,伟成等召余赴横滨,以所谓六君子,而湘人有三:杨度、李燮和、胡瑛是。嘱余商子邕之燕刺杀之。余曰:"杨度诸人,犬马耳,惟刈袁世凯可以已乱,况共和民主国而言君主立宪,是中华民国废兴之所系,湘人荣辱,不在有杨度、李燮和、胡瑛也。"余返神田与理鸣、懋志、浴凡等,于九月二日召开中华民国留日全体学生大会,力反帝制,以导舆论。季陶代表孙先生演说,学生向之信袁贼而仇视革命党人者,至此亦频频举右手而呼万万岁。吾人欢喜,盖知共和已得所保障,袁贼虽欲叛国,无能为已。

一日,余与懋志、浴凡、伟成在理鸣处饮啖,唐支厦来告周某及何海鸣之罪恶。周某尤效力蒋士立。蒋士立者,袁贼所特遣者也。余谓支厦曰:"余近闻君以成绩不良为陆宗舆取消其侦探费,凡兹云云,其憾周某耶?"支厦赧赧然去。伟成曰:"周某玷湘人太甚矣,胡不杀之?"理鸣曰:"杀蒋士立较周某为愈。"余及浴凡任其事。适吴先梅至,曰:"杀贼以手枪便,惟两叔不若我善命中也。"国庆日举行庆祝典礼,克强自美来电贺,懋志方读电文,忽有人报精养轩开筹安会倭京分会成立会。余等驰往击之,则群贼已散。十九日夜九时余,吴先梅刺蒋士立于中国公使馆侧,发二枪悉中。逾月逐周某。(按:以下涂去二句:"二十六年十一月唐生智与周某契,倭军陷我国都,宜其易也。")

民国三十三年二月十三日　阴雨

往戴公坡视丽侄之坟,黄土一抔,深深埋骨,泣下沾衣者久矣。过河洑则山川犹是,而华屋山邱矣。薄暮抵常德县城。天民招饮,座中皆第七十四军将领,各以杯酒进之。余饮十余杯,尚未至醉。

民国三十三年三月五日①

致雪竹电："余师长程万力摧强寇，实卢沟桥战役以来所罕见。向使沅澧之作战部队能若余师忠勇，则倭虏万万不能犯我常德。既至常德，非赖余师长十五昼夜艰难转斗而使倭虏死伤积野，则我军十二月十三日之克复，恐不易易。惟独处孤危之境，其一时之智虑或有未周。然而瑕不掩瑜，功亦足曝于天下。吾兄执法，必得其平。弟原为常德人氏，且又躬罹寇难者，耳目所及，闻见较真。故余师未退以前、常德既克以后，叠有函电，入告中央，盖欲有以存是非之公耳。昔穆公不咎孟明，秦以霸；李广愤而自杀，匈奴为患，更数十年。是知赦罪责功，为国家鼓舞人才之道。况国有良将，尤当为国惜之。"

是夜与子新宿县府，因常德各公法团公电国民政府、国防部、最高委员会、军事委员会、军政部及军法执行总监部，为余程万辨其冤抑，推子新拟电稿。

六日，子新送余上船，七时开行。此第二故乡也，今又去之，颇依依云。夜宿牛鼻滩。民国纪元前六年丙午三月，余与尧澂、幻盦、子逵因运销《民报》事而赴长沙，第一夕泊舟于此，诸烈士墓木拱矣，惟余独存，思之怆甚。

八日，雪，泊舟半日，风雪始已。舟子距家近，逡巡不肯开船，此亦人情，余不之强，推蓬阅《史通》而已。四十三年前，辛丑冬，余奉祖妣自清江返常德，过湘水时，屡屡为风雪所阻，而烹鱼酌酒，但觉客行之乐也。今慈颜已渺，国命尤危，同一洞庭，哀乐迥异。

十日，晴。沅江孔庙有先师塑像。昔曾恭诣大成殿瞻仰，而时已昏暮，殿上无灯火，故未能一睹冕旒。昨泊沅江为夜九时，今日黎明便已解缆，然宫墙在望，低徊者久之。未经洞庭十八年矣，今之湖身益狭小，非复水天一色也。盖濒湖豪劣，结合湘中军阀，与水争利之所致。至此中多曲，曩尝戏呼之为三十六湾，则依然也。

---

① 此系补记，诸日并为一则。后同。

十一日，晴。黎明开船，夜泊湘阴之乔口。昔义秀之父常往来乔口、攸县，辛丑夏五月送义秀归杨坊，为余说如此。一回忆间，凄然有放翁之感也。

十九日，阴。清晨过兴安，湘漓分派处也。今之兴安，吴之始安，而汉之零陵云。入灵川，其山已奇，宛似万峰迎客，道中苗圃颇佳。尤多杜鹃花。八时余到桂林，诚如俞安期所谓"大山如鹏骞，小山如鹭舞"者。及抵南站，凤儿来迎，见其体貌丰腴，深足欣慰。

民国三十三年三月二十日　阴

与四弟携凤儿游眺。日月易迈，山川不殊。昔我一人随侍总理，今举家来此，良用欣然。惟回念鼎湖，徒瞻弓剑耳。

夜偕厚妹往幼刚家晚餐。座中有李伯豪夫人，笑曰："余昔投考中山大学时，闻监试者为杨先生，心辄忧惧，盖无实学必不获取录也。"余略与麦朝枢饮酒数杯，再向主人索酒，主人恐余醉，谓瓶罄矣。

民国三十三年三月廿三日　阴雨

与四弟携凤儿游。山川满目，桃李成蹊，七星岩惟于市桥能见其七峰如北斗，然馀仅四五已也。东望象鼻，昔曾随侍总理来此。西有伏波，临江矗立。经东华路，则太和塘之鹤庐不可寻（民国十二年二月，余随侍总理于香港，与禄超说桂林旧事，作七绝四首。第一首末二句为："见说香江江畔住，玉颜犹似桂林时。"第二首云："回忆春风识面初，军中夜半明书疏；月明携手梅花里，踏碎寒冰到鹤庐。"第四首末二句："他日中原先报捷，与君同看洛阳花。"）我似杜司勋，而今老矣。广西省政府即明之靖江王府，永历帝或以之为皇居，亦十年十一月之大本营。余从总理驻此中，凡百二十余日。大门以外，宛若当时，出西华门，犹识路焉。

至广西绥靖公署办事处晤任民，其处在众山之下。记尝来作诗钟，返由厚载门。又忆及陈少白先生食马肉粉事。少白先生嗜此味，余只食过桥粉也。任民昨告余云："桂林马肉粉尚多，但无过桥粉。"岁月几何，桂林竟自丧其固有之味。门基尚在，入内则为广西省政府及广西省临时参议会。投刺访重毅，不遇。小亭黄瓦，犹倚春风，而桃花数百株，今不及十之一耳。独秀峰峭立五十余丈，状如黻冕，下有颜延之读书岩，为防空机关。省府礼堂即总理每星期日召集粤桂滇黔湘赣各军军官训话于堂中。余与陈人鹤、陈海瀛执事笔记之，即今总理全集中之军人教育是已。讲竟，由陈海瀛编成，而总理手定之。螭陛之上，明之故殿遗址，二十三年前为室为楼。楼之中，总统办公室。左为秘书室。右为总理寝室。展堂先生居总统办公室之后，余与仲良、禄超、哲士居秘书室之后。而总理寝室后，黄惠龙、马湘所居。今无复存者，惟欷歔凭吊焉。至驻审室小憩。驻审室乃凤儿驻省府审计之处也。

已而与四弟携凤儿游七星岩、月牙山、龙隐岩，慨然慕张南轩、吕东莱之为人。读平蛮碑，并摩挲元祐党籍。狄青既不可再得，何蔡京擅国致召女真之祸，乃今昔一辙耶。附近有岩曰曾公。此岩为曾布所污。如佛子岩见污于吕愿忠。然得张维为张孝祥构亭，更名张公洞。一涤吕秽，今犹为之喜。遇运松、昌诚，相与食月牙山豆腐，其味逊当日寺僧所制者远甚。明代所遗之三碗，今不知在何所。

是日余行三十余里，腰脚颇健。

民国三十三年三月二十七日　阴雨

与理鸣凭吊翊武纪念碑下。（民国二年九月，袁世凯令陆荣廷杀翊武于桂林丽泽门外。十年十二月，余从总理驻桂林，与理鸣、哲士、静谦、湘芸、止戈、鱣堂、跃鲸、毅夫、百一建此碑以纪念之。余又请总理亲书"开国元勋蒋翊武先生就义处"，镌于碑之正，而其他三面，则镌胡展堂先生所撰之文。）既悼逝者，而相看又各白头矣。

（按：以下一段涂去："遇唐希、汴同诣钱实甫家饮酒，是日为继妣忌辰。"）

民国三十三年四月一日

余昔从总理泊舟阳朔时，喜其风景胜绝，谓同人曰："范石湖谓桂林山水甲天下，余则以为阳朔山水甲桂林。"孟硕曰："君未至桂林，何以云然？"余曰："唐人以阳朔、荔浦之山水为最奇，桂林所不及也。"孟硕曰："否，君抵桂林后，即知桂林之胜。"抵桂林日，笑谓孟硕曰："果不及阳朔也。"孟硕曰："阳朔为桂林府属县，阳朔之胜亦桂林之胜焉。"余曰："君诚近人所谓之封建思想者。"相与大笑，斯亦韵事。

民国三十三年四月四日

在友人处午餐。归途过象鼻山。昔曾侍总理游此。遥望雉山张南轩所重建之禊亭遗址，不可寻矣。其东有斗鸡山，两山左右，状若挥羽相斗。南溪之水，亦出其下，立市桥而纵目，则柳子厚所谓"桂州多灵山，拔地峭竖，林立四野"，信也。

民国三十三年四月九日

午后，翼群携余过老君洞，凤儿随侍。昔从总理游于此洞时，上镌石，成老子像，左右垂石，则仿佛鹤也、鹿也。晤邓仲元夫人，涕泣而道当年随仲元致力革命事，且曰："余之下泪者，以两君（指余与翼群）与仲元为凤同患难之老友耳。"又叙及袁世凯于民国四年，遣刺客入倭京，欲伺孙先生而狙击之。一日呼之出游，何香凝、陈树人与俱。诸人恐其中刺客也，拟为之觅汽车或马车，顾因无钱，卒乘高架电车。车行久之，腹饥，就村肆中食荞麦，盂数钱，诸人未一盂已饱。孙先生尽二盂，谓之曰："汝等不甘嗜此味乎？余以为此味甚佳，且富营养质也。"余顾凤儿曰："小子识之，革命党人当日之穷有如此者。"

民国六年，总理任大元帅。革命势力仅一士敏土厂，每饭惟菜羹也。陈群不能耐。十一年又从总理永丰军舰。余与直勉，能甘粗粝，群则与黄惠龙、马湘作食，又不甘与为伍。其诗曰："功狗功人两不居，自侪厮养复何如，而今始识儒冠贱，分付儿孙莫读书。"余顾心准曰："此人不复能与我辈相始终也。"总理居舰长室，余每夕卧室外，以舰长会客席为卧榻。余恐污损公物，辄以布被覆其上。席甚短，须以几继之乃可卧。上有窗口，又其上则帆布。窗口若蔽则必热，总理室内尤热。不蔽，则过夜半，寒气浸肌而两肩痛。总理常于余睡时问曰："适乎？"余曰："适。"杨某卧余侧一沙发。黄惠龙、马湘在铁板上卧。杨某愤然曰："我为北方陆军部咨议，奈何来南方革命罹此苦耶？"黄惠龙、马湘曰："勿尔。吾二人卧处尚不及君也。"今杨某又何如。士耻恶衣恶食，未足与议。是以王曾之志不在温饱，果为宋之贤相焉。

旋往晤登同、如柏、钦甫、芳浦。钦甫谓武汉之敌增兵四师团，飞机四百，必犯湘也。夜在任潮家饮茅台酒，酩酊而归。是日于丽狮上路，遇召荫。召荫老矣。

民国三十三年四月十五日　雨

陈耀垣、罗翼群、邓青阳、陆幼刚宴客，座中有陈策、刘纪文。策指纪文谓余曰："昔从总理驻桂林之人，吾三人之外，在桂林者，今有几？"余曰："就余所知，犹有覃振、张发奎、陆耀文、李扬敬。然纵有之，恐不足十人。"相与慨然。

民国三十三年五月廿三日

夜携美贞、凤儿、琼华在木兰家晚餐。见其酒肴，令人回忆昔年每赴香江，展堂先生如此待我也。木兰检《不匮室诗钞》赠余，归而挑灯读之，则往事历历，如在目焉。其《二十年六月大厂归自沪，偕少炯、仙根见过。三十四叠枝韵》："空桑犹有寄生枝，嘉木潜移岁得知；怪子迟来还欲去，喜余多病未疏诗。谈玄讵惜扬雄酒，消夏姑从李远棋；一局成亏殊贯见，为言金石证心期"。（是日展堂先生与余弈棋）其为余书扇，乃七绝一首。此扇去年为倭房所毁，只存十三字，兹于此钞得原诗，为十三年咏史，再得三首，集曹全碑字之第一首："赐秦黔首奚为者，收拾河山要有人；开国勋名从马上，叔孙礼乐太无因。"

民国三十三年六月四日

阅报，闻衡阳在最恐慌中，而第二跳舞厅开幕，参加者四百余人，除美人四人外，余悉富商巨贾，夜夜如是，不知三百里外，我军正浴血以战也。此辈应查充产业，而以其人服兵役。惟湖南当局亦复放任，其罪不徒在富商巨贾矣。民国十九年，余任南京特别市党部常务委员，适中央饭店之跳舞厅已落成，呈诸市党部、市政府准予营业，余力排众议，批斥不准。直至国府西迁之日，南京讫无公开之跳舞厅。人苟无所私，而以实心、实力为之，则天下无不可为之事。

民国三十三年六月七日　阴

由救济院徙家于尧天乡营坪桥李君光荣家，肖崖率院中诸生送之来。老友深情，至足感也。途中过马氏故居，指其楼，告淑琼曰：

"余癸丑讨袁失败，与肖崖匿此间，不下楼者三十有三日。"语次，马氏子与余值，今逾三十年，此子在当时一童子耳，而今则中年矣。余之衰老，不亦宜乎。

民国三十三年六月廿五日　星期日

今日为夏历端午。七年今日，冯玉祥寇常德，我护法军张学济、林德轩、胡瑛、廖湘芸等各部，退守辰州。余与余钦翼、蒋国经、杨守康走前乡。大人率家人走踏水桥水秀姑母家以辟之。时凤儿生甫四月也。去年今日，辟寇于桃源江岩嘴。兹又欲辟寇患而去桂林，居于桂林才百日耳。早起，甚雨，而四山云封，甚浓如染，已而霁，顾诸稚曰：桂林好山色，宜饱看也。午后解缆，美机翱翔于天际，知华莱士至矣。漓江与湘水同源，其江面则狭于湘水远甚。晚泊大墟。（昔从总理来，协和、汝为侍总理阅兵于此，余亦与焉。）与四弟、淑琼携美贞、凤儿及诸稚觅汉高帝庙，榜额已漫漶，而门前犹依稀识之，神座虽存，神像已毁，此桂人初向化，以此示其服事之诚。（按：以下涂去二句："昔在广州，曾问德邻、健生，不知庙之有无，更不知当日立此庙之意义。兹乃并其庙貌而亦倾圮，后人无复扬大汉之天威也。"）

民国三十三年七月四日　晴

教诸稚读课毕，倚楼揽山水之胜，致足乐也。又偕四弟携诸稚游中山公园。十年，此园初成，曰第一公园。十一月过平乐，协和迎总理登岸，于此园之图书室中进食，余亦与侍食焉。展堂谓广州第一公园原为旧巡抚署，其地旷衍，嫌太平凡，盍若此园，有山有壑，较得天然之趣也。今则芜秽阒无人矣。继经第二公园，台榭陂池，虽具体而微，然较中山公园之满目荆榛者大异。（按：此下涂去一句："循名审实，何南蛮鴃舌之人，骨体大媚耶？"）园有白兰花，其树高数十丈，大可合抱，适值花时，香远益烈云。

民国三十三年八月三日　晴

教诸稚读经，接星帆六月廿八日书。读《通鉴》（陈纪宣帝长城公上）。余病虽愈，而体气未健，有触辄怒，疾在肝耳。此疾始于十四年、十五年在广州时，终日饮酒，醉必怒，怒必骂□□党，骂必面青，疾伏于肝，初不自觉。二十二年麟儿逝，二十五年吾父弃养，疾遂深矣。居璨家溶后，燕侄殒折，余极痛之，而世人（按：原作"蒋贼"，涂去，改为"世人"）丧权辱国、蹙国，尤余所痛心疾首者，由是疾作，以讫于今也。

民国三十三年八月六日

致二弟书，谓余之齿牙已落其四，皆藏之。去年辟寇失其二齿，今晨又有一齿落矣。吴梅村所谓："兄弟三人我衰病，齿牙落尽谁能信"者，读之怃然。

民国三十三年九月四日　晴

清晨，鹄儿上学，彬彬然一小学生，余顾而乐之。教琼华读《春秋左氏传》。致子浩子新书，又致均默书。六时，见踵决可以适，疏食菜羹可以饱，小楼湫陋不蔽风雨，坐卧又无几榻，而亦可以居，随遇而安，颇自怡悦，惟血气之衰太盛耳。曩戴眼镜为五十光，去年六十光，近则七十光耳。目关乎神明，齿发属于身体，故齿牙虽落，须发虽白，都不足虑，而行年五十有八，神明早衰，宁能久乎？

民国三十三年九月十一日　晴

决附审计处船往昭平。上午九时开船，凤儿、昌群抱琼瑶送余及厚妹等于江干。午后得大鱼。因忆十年冬随总理赴桂林，自苍梧溯抚河而北。一日薄暮，余在舟中饮酒，总理与陈少白先生过余舟，而总理携一鱼以赐曰："持此可作羹也。"余欣然受之。展堂先生笑曰："若然，又将沽酒矣。"今一回首，而万事俱零落，言之徒感慨焉。泊大农。

民国三十三年十一月

一日，阴。闻敌陷长滩。长滩距平乐城才十余里，我军不战则平乐随梧州而陷，抚河必为敌所有，昭平居其中，安能保耶？是吾人非离昭平城不可。

二日，买舟东下，倚装致二弟书。是夜举家宿舟中。

三日，阴。上午八时解缆。历两小时许，则已行五十里。抵利扶乡之新旺村。四弟率工人运行李往利扶乡。余与厚妹，携鸿孙、福曾、寿曾、祁曾往村公所。夜与诸稚话，先以十一年六月，陈逆炯明叛乱，总理蒙难于广州，余在韶关遇叛将翁式亮，其兵一团对岸射击。余自舟中携大元帅印登岸，行数里，至良村，止焉。此间室庐，与良村宛似，但舍中无牛矢，亦未尝以藁秣烘衣耳。

民国三十三年十一月七日　雨

由昭平城来新旺村，住此凡四日，今不欲复，因雨阻，人定可胜天也。上午十时，厚妹乘笋舆行，余率淑琼、美贞、鸿儿、鹄儿、琼华、福曾、寿曾行山径中，琼瑶则由水保襁负之。泥泞载途，辄虞蹉跌。距利扶乡南昌村三四里许，四弟命人以笋舆迎我。午后三时均入居村之中心学校。夜读《汉书·元后传》。是日立冬。

民国三十三年十一月八日　雨

此校在四山中。为一小平原，纵横不及一里，田二三百亩，居民才数十家。两端惟一径为通，一通良风，一通新旺村，各濒漓江，各距此十五里许。苍梧、平乐既陷于敌，则昭平县治，居抚河之中，此间未必能安。敌纵不来，然桂林、柳州胥非我有，吾人又不知何时出此山也。读《汉书》。

民国三十三年十一月九日　上午雨，下午晴

门前流水，似莫家溪，而绕居潺溪，则较莫家溪为悦耳。凡流水处皆有水碓。（童子时，胡鼎丞夫子命赋水碓诗。余固未尝见水碓也。）所舂者，木薯粉，向销梧州、广州、各处以之入馔，使味鲜美，而其根可食。村人用以杂红米食之，须漂三四昼夜，否则，食之有毒。余家初到，尚食红米，盖木薯非所惯食也。

民国三十三年十一月廿九日　阴雨

去年今日，吾家遇寇于常德前乡兴旺冲，其事至险。不图一年之后，而又走三千里之外，犹辟寇也。四弟令诸稚各作回忆记，欲使不忘此难，务复国仇。福曾未发疟，余心良慰。读《通鉴》唐纪高宗（武氏），徐敬业扬州举义，而其事不成者，盖是时武曌虽临朝，然豫王旦尚号为天子也。故癸丑之役，吾党不五旬而败，洎袁世凯叛民国，甫僭伪号即颠覆矣，孰谓斯民无公是非耶，不过其见事太迟耳。

民国三十三年十二月十七日　星期日

午后。课文题为《岁寒然后知松柏之后凋也义》,余改定寿曾之作,略谓:孔子此语,盖谓君子之所以别夫小人耳。夫四时之花,非不丽也,其取悦于人者亦盛矣,然一经风雨,则零落随之。是犹小人之荣悴,系乎时,不克有特立独行也。松柏则不然,山巅水涯,自适其适。君子之甘于寂寞,不枉己以媚世也。岁时虽易,其柯叶如新。君子之蒙难,艰贞不肯改其常度也。故百卉葳蕤,松柏自若焉;万籁肃杀,松柏亦自若焉。彼苍者天,能老我于山林,不能挫我之志节;能虐我以冰雪,不能易我之身心。所遇者艰,而所守者正;所厄者众,而所持者恒。其真全其材,笃物之胜天也,必矣。惟君子以之。古之志士仁人,临大节而不可夺者,如是焉耳。

民国三十三年十二月二十二日　晴

午后诸稚拾薪,大可供半日之用。是日为夏正长至节,五时祀祖,只一肉耳,贫也。夜读《通鉴》(唐纪中宗),武曌乱唐二十余年,盖唐之旧臣,无一丈夫子,非然者,何至不能制此淫牝哉!若武哲(武氏尝赐中宗姓武)之愚暗,殆过于司马家儿,而五王贻除恶未尽之忧,抑太不知,狄仁杰而在,必先收武三思矣。

民国三十四年（十六则）

民国三十四年元月二日　阴

改诸稚作文，读《通鉴》（唐纪玄宗）。开元之盛，已不如贞观、永徽，而姚宋张韩相继以去，祸国者李杨也。然杨国忠固亦李林甫之奸耶，而其罪，要以李林甫为尤甚，酿唐室内外之祸二十余年。洎杨国忠执政时，则已不可为矣，况又在在激成安禄山之乱，以速其叛乎。惟玄宗亦英主也，初政尚知恭俭，乃八荒无事，即侮人夺人；侮夺人之君，皆骄侈之所致。孟子曰："生于忧患，死于安乐。"不仅为有国者警也。

民国三十四年元月五日　阴雨

夜读《通鉴》（唐纪），载玄宗过左藏，杨国忠请焚之，曰："无为贼守。"玄宗愀然曰："贼来不得，必更敛于百姓，不如与之，无重困吾赤子。"此玄宗犹有君子之言也，唐能再造宜已。（按：以下涂去"今之焦土而不抗战者，不啻为倭虏杀吾民焉。"）及过便桥，杨国忠又使人焚桥，玄宗曰："士庶各辟贼求生，奈何绝其路！"留内侍监高力士，使扑灭乃来。马嵬之变，缢杀杨妃，国忠及韩虢秦亦各授首杀之，抑太晚也。

民国三十四年元月十一日　阴雨　寒甚

接某某等书，知其为电重庆、曲江，请予援济。余固贫，然贫者士之常,昔在少壮时,屡履艰危,父母亦尝陷于冻馁,岂至老而改其度耶?其在某某等于余穷乏,且犹如此,若穷乏在己,可想其行事矣。梨洲谓不甘寂寞者,必无所不至。今天下皆某某等,且尤甚焉,世安得不变乎。

民国三十四年二月十八日　星期日　阴雨

谭某来,告以韦县长瑞霖顷用广播机播称:(一)英美军已在东京湾登陆。(二)英美海军现距倭本土只一百海里。(三)倭小腆裕仁发表和平谈话。其言果可信耶?余顾福曾而谓之曰:"若如所云,则是此次世界大战而蹶不克振者,墨索里尼等也。他时之和会,人刀俎,我鱼肉,敢不惟命是听乎?然收回东四省,吾恐弗及见也,愿汝曹继吾志,誓必报国,复我金瓯,其谨识之。"言次泫然。

民国三十四年三月十八日　星期日

余体气较适,因念展堂、组安之病实深,虽百计疗之,终无效也。然余之病,未必如此,徒以贫无药饵,而又饮食居处,皆非所适,则固足苦我矣。况国将不国,每一忧愤,其疾即作,此其所以益苦耳。昨讲书之后,偶读《豳风·狼跋》篇,范氏谓圣人于富贵贫贱死生,亦顺受之而已矣。舜受尧之天下,不以为泰,仲尼厄于陈蔡,而不以为戚,周公居东而赤舄几几,德音不瑕,其致一也。于是愈感悟焉。此后苟能思不出位,或惩忿窒欲之道乎。教诸稚读古文及唐诗,又以受人论课其作文。

民国三十四年四月五日　阴

今日为夏正清明日,祖宗邱墓在清江,而祖妣父母葬在常德,运坤、麟儿葬南京，余为东西南北之人，不获岁时上冢，春露秋霜，感怆甚矣。

民国三十四年六月十九日　晴

教诸稚读经。正午琼华以枣汤进余。回忆及民国纪元前一年冬，大风雪中，由长沙返常德，而莅湖口至沅江，其水最浅，须易小舟行四十里，则轮船在沅江待之。船未开行，船主不以食供客。客欲食者，费钱四十文买饭。时已入夜，余饥甚，顾无一钱，惟默坐食红枣咽冷水而已。龚景瀚、沈彬皆富室子，适与余俱，见余如此，恐出钱得食，必有一人为余费四十钱，遂亦各乞余之枣而嚼之。鄙哉，沈、龚，抑何吝也。然今之所谓友也者，使或处此，吾以为将必自食其食，不似沈、龚之犹有顾虑矣。世风日下，友道日漓，可胜慨耶。

民国三十四年六月二十二日　晴

今日为夏正六月十四日。十二年以前之今日，麟儿逝世，嗟余凉德，天夺家嗣，命之衰矣，维自悼耳。读《通鉴》（唐纪昭宗），周室陵夷，天子守府。然致胙于秦，诸侯皆贺。唐至昭宗之世，杀节度者为节度，然必待诏命，始得列于藩镇，于以知名分之所系者，大也。

民国三十四年八月十日

复实甫书，略云：民国八年，与亡友林修梅居上海，尝慨然曰，友道至今日，泯灭殆尽，有利害，无是非，骨肉仇雠，一弹指间而即异，几何不胥中国而夷狄禽兽也。吾人以主义相结合，死生契阔，盖已历十余稔，而未尝或渝，安能求此于今之少年耶？（按：以下涂去"吾两人今亦云。"）

民国三十四年八月二十日

复海滨书,略云,示谓吾人把晤之期,决不超过年底,公已早握制胜之要。果也,倭小腆裕仁及其臣民穷蹙请降矣。昔季文子以鄫之功立武宫,左氏曰:"听于人以救其难,不可以立武,立武由己,非由人也。"虽然,吾将见吾中国必有武宫焉,抑知日本为齐,美苏英为晋,而中国则昔之鲁也乎?邲之役,晋师败绩,潘党劝楚子立武军,楚子答以武有七德,非已所堪。古今人度量相越,岂不远也。抗战八年,我果获最后之胜利,吾国人勇于牺牲之功耳。其能勇于牺牲者,先民贻我后人以蕃衍之子孙,广大之土地,高深之文化,笃实之道德,而三民主义尤四十余年来入人心者深,大难粗夷,建设为亟,吾恐百年事业,非夸诈而自尊大、惟阿而相宠荣者,所可胜其任。诚欲建设三民主义之新中国,以维持世界之和平于永久,必赖吾人民一仍心力,使克有济也。否则由今之道,无变今之俗,既有前车之覆,师之者,宁不知想耶。

民国三十四年八月二十一日

接二弟六月十日书,谓今年可返齐园。是时余尚不知倭虏已为美之新炸弹之威力所胁,而苏联亦将对倭宣战,遂以为二弟太早计矣。十九日接海滨六月一日书,亦有相晤决不超过年底语,是渝中早知美苏之有以制胜也。吾国碌碌,因人成事已耳。然不能不谓为亦获最后胜利者,则吾人民勇于牺牲之所致也。民国十一年五月,余随侍总理于韶州。总理令以朱和中柏林书交仲恺,笑谓余曰:"中俄德果同盟,必相与击日本。甲午一役,吾国之积弱,尽已暴露,于是国际帝国主义者协以谋我。今欲求中国之独立、自由、平等,亦非先能击败日本不可。"试一回忆,其声音笑貌,宛在目前。

民国三十四年八月三十一日　晴

气躁而多怒，病也。今日为我母弃养之纪念日。祖母尝言，是年（其年为民国纪元前二十四年，其月日为夏正七月廿四日。）今日之清晨，余以糕奉母，母尽食之，顾余而笑曰：此糕甚甘也。余索乳，母抚余曰："我愈即哺儿。"今日五十有九，吾母之逝，则已五十八年。为厚妹、凤儿述之，又不自觉其泪盈把矣。午后五时敬谨致祀。祀毕，凤儿以其余享琼英。盖琼英亦前年今日夭也。

民国三十四年九月

一日，利扶为瘴厉之乡，与余之体气大不适。今之疾，与居璩家溶同。盖璩家溶亦多山，日夕之山气皆瘴，况利扶尤为毒雾乎。昔迁陬市，则余之疾即愈，今非他徙不可。乃决徙昭平。

四日，乘舆行，抵城。寓凤儿之驻审室。

十八日，午后五时，厚妹及四弟等均乘舟抵城。

十九日，晴，午前解缆，行十里许，泊高林塘。

二十日，晴，是日为夏正中秋日，晚泊蓬冲。

二十一日，泊黄龙。

二十二日，泊大扒上流一里。

廿三日，午前抵平乐，见诸稚俱健（诸稚于上月廿八日先到平），良喜。住北郊一小学。

十月十五日，午前忽发恶性疟，其势颇危。乃亟延西医救治之。（上月）廿九日，余以国立广西大学已在柳州鹧鸪江复课。李校长函速四弟返校，乃令四弟往柳州。其时余尚健也。至九日、十日、十一日，则胸部烦热尤甚，且不安于坐卧。为慰家人计，每饭强进粥半瓯，然家人固已忧之。拟唤四弟归，余亦自以为虑。十二日始转危为安。当十月十五日举家忧危时，四弟以航空快信告二弟及渝中旧同志。嗣蒙各同志纷以函电问疾，且馈医药之资。老友系念，如此之深，足令人感激涕零，余何德以堪。惟益之自励，葆我四十余年革命历史而已。八年未著意治疾，更无资用以稍事营养，又复华容陷敌，无日不在恐惧劳苦中，如是者凡二年又七月，病安得不久且甚耶。兹赖良朋之爱，药费有所出，而又为对症之药，所居据园林之胜，适于养疴。药物有四弟夫妇经理之（四弟天性最笃），饮食有英敏调护之，起居一切皆琼华扶持，其心既安，其体气自易复。八年沉疴，可望由此一举廓清而摧陷焉。然而大难不死，大病不死，天之生成我者厚矣。抑将假我以岁月，使犹得尽忠三民主义于吾党吾国有涓埃之报欤。

民国三十四年十一月　雨

致友人书，略云，余受病在躁，自总理薨已二十年，此二十年中，国家多难，余乃躁心世务，徒自忧愤，今之沉疴，实原于此。苟欲变化其气质，务先去躁。因念曩日奔走革命，常人骇谓中疯狂走，燕雀安知鸿鹄之志，绝不一顾，故亦有所成就。兹复固执己见，亦常人笑其迂阔而莫为者。我但为鲁两生而已，何必自苦乃尔，管宁陶潜，曷尝有一烦懑语哉。

民国三十四年十二月二十三日　阴（星期五）

接四弟十二日书，有"愿兄保玉体，长享黄发期，弟则为伴月之星辰也。"此语有所针对（按：以下涂去二句："为接二弟书所言皆虚伪而发。同是吾弟，而天性之醇醨相异太甚。"）感发，阅之颇感泣。又接四弟十四日书，是日为麟儿逝世纪念日。吾哭爱子，呜咽久之，厚妹、淑琼皆劝慰。

民国三十四年十二月二十七日　晴

　　和煦如春。携凤儿循公共体育场步至仙宫岭下，有感应泉。宋哲宗时，邹忠介公浩抗疏忤旨谪昭州，筑室仙宫岭之麓，江水不可饮，饮则瘴发，汲水必数里外。忽此泉涌出，味殊甘，公赦归，此泉遂涸。公之正气，照耀千古。余低徊久之不能去云。

民国三十五年(二十二则)

民国三十五年□月□日

疟疾稍已,往时间一日作,今一日乃二三作。用南人槟榔余甘,破决壅隔太过,阴邪虽败,已伤正气,行则膝颤,坐则髀痛。所欲者补气丰血,强筋骨,辅心力,余今兹颇似之。子厚用槟榔不致,余居璩家溶,亦误于多食山胡椒也。

民国三十五年一月二十四日

夜七时,四弟自柳州回,皆大欢喜。互谈至十二时,尚不知倦也。

二月二日,晴,是日为夏正丙戌元日,民间欢乐,大似承平景象,来贺年者亦多。此吾国数千年来之习惯,今犹保守者也。夫国家鼎革,而必改正朔者,新国人之耳目也。天开于子,地辟于丑,人生于寅,以寅为人正。商以丑为地正,周以子为天正,三正虽不同,然时以作事,则岁月自当以人为纪。孔子曰,吾得夏时焉。说者以为谓夏小正之属,故又曰行夏之时,盖取其时之正,与其令之善,以告颜子,以为邦之要也。上午下午皆祀祖,亦所以循吾祖吾父之旧而不敢变易者。

民国三十五年二月一日

接某某一月五日长沙书,欲余返湘竞选湖南参议会议长,视余为何如人耶？两子之年，皆已四十，何以太不长进，一至于此。抑岂余之立身行事，诚信未逮？非然者，伐国不问仁人，此语奚宜至哉。

民国三十五年二月廿四日　星期日　晴

致觉生、海滨、颂云、星舫书，有："自维一生，备尝艰厄，然贫贱患难，都无所惧，只有病足苦我，惟读书以适性。近读嵇叔夜《养生论》，其谓'旷然无忧患，寂然无思虑'，及'忘欢而后乐足，遗生而后身存'，苟深味而有得焉，则又何病可侵我乎。"余欲致力于此，特不知学足以济之否也。

民国三十五年二月廿六日

致心准书，略谓报载李协和先生在渝病逝。旧时俦侣，零落殆尽，阅后不觉泣下，非止谢安石哀乐之感已也。犹忆二十五年夏，协和宴弟于其寓，曰："国事无可说，愿君为阮籍，勿为嵇康。"弟曰："公欲我但饮酒耳，口不必论人过也。叔夜非尧舜，薄汤武，宜为司马家儿所贼。然嗣宗穷途之哭，广武之叹，与夫咏怀诗八十余篇，所谓大将军保持之者，亦偶然也。至于代郑冲作劝进笺，许以桓文，讽以支许，言者无罪，闻者亦亡如之何。我安能与物无伤，执笔学为如此之文哉！龙性难驯，一惟我行我是。但故人早逝，今之爱我者，尚有几人？悲从中来，曷其能已云云。

民国三十五年三月

四日，阴。早起见床前血痕，知昨日又吐血十数口也。致四弟书。

五日，教琼华读《左传》，致实甫书，余血气太衰，常感不适，因念人之患在有其身，有其身，则心为形役。昔子瞻系狱，犹有死生之惧。婴夫心，洎谪海南，而得力于佛学，于是旷达。余不学佛，惟求吾儒存心养性之学焉。

民国三十五年三月廿一日

凤儿遽舍余夫妇而长逝，天乎恸哉！

民国三十五年三月二十三日 阴

上午九时，厝凤儿之柩于湖南会馆之平安所，此别终古矣。呜乎痛哉！夫孔子之圣，尚丧伯鱼，颜子之贤，短命而死。圣贤不能与命争，吾人惟安于命而已。接四弟十八日书并附鸾侄十日南京书。（按：以下涂去"又接文蔚一日汕头书。"）

民国三十五年三月廿四日　星期日　阴

凤儿丧殡太薄，不及其兄之厚远甚。余甚戚焉。然丧具称家之有无，古之训也。余但求心之所安而已。昔尝有言，余他日虽不必为杨王孙，亦只如范丹衣足蔽形棺足周身可也。此语，四弟、麟儿、凤儿习闻之。

民国三十五年三月二十七日　雨

上午十一时许，四弟到家，抚凤儿遗像哭甚哀；旋携琼华往平安所哭之。吾兄弟之天性最笃者，四弟也。下午五时，雷雨大作。九时雷雨，夜半始止。

民国三十五年三月三十日　晴

四弟致二弟书。余附数语云：昔西河之痛，自谓无罪而曾子责之。卜氏投其杖而拜曰，吾过矣，吾过矣。然则余之罪必大于子夏远甚，但苦不自知耳。

民国三十五年四月十六日　晴

致二弟书。略谓，兄之体气较父亲在粤（廿四年夏秋）时尤衰，恐不久存也。然而累两弟矣。福曾、寿曾、祁曾，若无兄在，学业安能深造，惟必使其高中毕业，而嫂氏及美贞、昌群、琼华、琼瑶，尤望两弟上念祖宗，下念乃兄，衣之食之，俾无冻馁云云。

又致立吴、翼群、志言、次尹书。

读《后汉书·冯衍传第十八下》，其《显志赋》曰："顾鸿门而歔欷兮，哀吾孤之早零，何天命之不纯兮，信吾罪之所生。"是吾今日之痛也。又曰："惟吾志之所庶兮，固与俗其不同；既俶傥而高引兮，愿观其从容。"是吾今日之志也。

民国三十五年四月廿八日

读《柳河东集》，昔谓子厚致许孟容、杨凭、裴埙、萧俛、李建、顾十郎书，为不如东坡远甚。东坡谪海外愈久，而愈旷达。子厚无往不哀怨，盖功名之士，而不甘寂寞者也。乃余自倭虏陷华容后，年年避寇，尽室以行，故益穷愁，其病愈苦，然则余之修养又不如子厚远甚。乃告四弟及琼华曰，孔子曰，仁者其言也讱。又曰，古者言之不出，耻躬之不逮也。是以君子慎于言焉。至其所云："自去年八月以来，痞疾稍已。往时间一日作，今一月乃二三作。用南人槟榔、余甘，破决壅隔太过，阴邪难败，已伤正气，行则膝颤，坐则髀痹。所欲者补气丰血，强筋骨、辅心力。"余今兹颇似之。子厚用槟榔而致，余居璩家溶，亦误于多食山胡椒也。

民国三十五年五月三十一日　上午晴，下午雨

天气凉燠，殊不可测。晴时着单衣犹热，一雨须御棉矣。教琼华读经后，余读《汉书》董仲舒传、司马相如传，其于贾谊、董仲舒文，读之不倦。相如词赋靡丽，虚词滥说颇多，其传虽勉强读竟，然正苦也。盖仲舒明先圣之道，为群儒首，而贾生论议则达乎治术者。相如无行，大本已亏，其余不足观也已。若乃子云之文章，享大名千余年，后儒且拟之于孟、荀。洎朱子作《通鉴纲目》，大书特书曰："莽大夫扬雄死"，然后世人皆贱之。紫阳诚有大功于名教也。韩退之文起八代之衰，欧阳修得其遗编，犹能与尹洙，使有宋之文复于古，余以其急于功利，其文固佳，不喜读焉。曾子固辈，更不足论矣。夫蔡京之字，孰有效之者。严嵩之《钤山堂集》，孰有习之者。士君子立身一败，则万事瓦裂，可不悲哉。

民国三十五年六月九日　星期日　阴，然溽暑如昨日

阅《说苑》及《白虎通德论》。四弟之门人平乐李君以民国纪元前四十一年辛未广东书局所刊《十三经注疏》借我，喜甚。此为武英殿本。告四弟及诸稚曰，今之号称读书人，年四十四五，必戴眼镜。盖自束发受书而后，所习者皆石印书，而学外国文，其书之字尤小，此其所以损目力也。眼镜盛行，尚未百年。二百年前尚无眼镜（此物初见于记载者，清弘历名之曰叆叇）。昔人皓首穷经，血气虽衰，顾其目究未闻以读书为苦。岂果人人皆秉赋厚欤？诚以自少至老，所读之书，罔非大字，故目力未尝损耳。若夫风俗之醇，绝无外诱，不似今所谓物质文明之世，凡所娱乐，在在为戕贼身心性命之物也。

民国三十五年六月十日

接翼群五月二十七日广州复四弟书，皆致唁也。昨记眼镜始见于弘历，谓之为叆叇。兹悉《正字通》，叆叇，眼镜也。《洞天清录》：叆叇，老人不辨细书，以此掩目则明。元人小说言叆叇出西域，是则眼镜在奇屋温氏僭盗中国时，即已有之，不过有之者绝少而已。甚矣，知之不易言也。

民国三十五年七月

四日，星期日，晴，上午八时，注射奎宁。疟发，热甚时苦极。下午一时稍清醒。夜进麦粥半瓯，是日所食者仅此。

五日，午后往平安所视凤儿停柩之处。抚棺大恸。

十七日，百芳昏暮来，殷殷然互谈半小时。此君洵有故人谊也。

二十日，近益食少，以致体气益弱。入夜，廖君从桂林来，携到四弟所购之面包及玫瑰酱。面包亦有稻粱之功，余得之良喜。吾弟诚爱我也。

二十八日，午后，得四弟昨日书及面包六磅，可数日饱食。又有黄芪、上桂诸药物。吾弟之爱兄者至也。

三十一日，午后，四弟由桂林归，省余疾也。

民国三十五年九月

二日，与四弟决迁桂林之议。致二弟书。

十日，晴。今日正中秋节。丑时，昌群生一男，体壮而声宏大，是可喜。天恩祖泽，凤儿有后，余益当思所以修厥德也。驰信二弟、四弟，并致喜霖书。

四弟七日书，谓桂林已定攸居，此四弟敏于事者也。

十四日午后，六时大雨。七时四弟乘桂省府之汽车至，迎余居桂林也。吾弟爱兄，可谓无微不至，老怀慰甚，然劳之过甚而心又不安。

十五日，星期日，晴。清晨与四弟、淑琼携鹄儿、琼华如桂林，而荔浦、阳朔，亦有好山。昔阅《桂海虞衡志》知之，惟规模尚卑狭，不逮桂林诸山之大气磅礴也。桂林山水未必果能甲天下，然要为天下奇耳。途中晴雨相兼。午后三时余，安抵桂林，所居为一小楼，前后皆湖，东南西旷如，而群山环列，朝夕可饫山水趣也。

十六日，晴，日月出东方，可坐房中一卷帘而即见也。

十七日，晴。此楼对象鼻山。民国十一年二月，曾与展堂侍总理游此，思之黯然。

十九日，午夜雷雨，梦游风洞山，与展堂赋诗。余诗有"丈夫志万年，期为远大谋，无令麋鹿游，无令松菊羞"句，醒呼四弟记之。

二十六日，晴，读《史记·游侠列传》，其言儒不知侠者，所谓儒，公孙弘之类也。《佞幸列传》有卫青、霍去病，亦以外戚贵幸语，陋卫霍也。夜读《元遗山诗集》，元亦王维、郑虔、吴伟业耳。而其作崔立碑，视方正学泣书"燕贼篡位"何如耶？文人畏死，大节已亏，其余不足观也已。至阮嗣宗为势所迫，为郑冲劝司马昭为晋王笺，许以桓文，讽以支许，虽曰劝进，实教忠也。其与叔夜并峙，千古宜哉。

民国三十五年十月十日　晴

清晨，见人民之庆祝国庆者，莫不欣欣然。余亦深喜人民皆知有国家也。然而念开国之艰难，哀吾生之衰病，则又独自流涕矣。

民国三十五年十一月四日　晴

读《老子》，述者吴澄，宋咸淳末，举进士不第，入元以荐擢翰林，应奉文字，官至翰林学士，谥文正。是书四库提要已著录，史称元代巨儒。余以为澄亦许衡、姚枢之俦，腼颜以事虏者也。士君子立身一失，则万事瓦裂。余在弱冠与幻盦、尧澂谒夫子庙堂。至两庑，余指衡枢之木主，谓幻盦尧澂曰：“吾三人他日能建言，可掷此于粪土中。”夫马端临与之同时，吾不知衡枢澄亦尝念之而惭沮否也。下午，燥热，肝气又旺。

民国三十五年十一月

十六日，清晨，又吐血。

十八日，晴。午后坐日中，曝背颇适。接海滨十日书。满纸皆至性至情之语。深足感激。平生师友，零落殆尽，今爱我独厚者，惟此公一人而已。

民国三十五年十一月至十二月

十一月廿六日，晴。余平生所作诗文，录于日记中。自经寇难，凡三十二年以前之日记，悉以散失，今则都不记怀。惟十八年生日，赋《满江红》词一阕，似可示后人。词云：四十三年，空自许，文章功烈。辜负了，美人红泪，故人碧血。垂暮未忘沟壑志，经霜不改松筠节。趁江南，好水好山多，留狂客。　生耻与，扬雄列；死愿葬，要离侧。是一身如玉，寸心似铁。忍歠糟醨随众醉，惯从饘粥全吾拙。欲此情，都付子孙知，惟清白。

十一月廿七日，大风而雨。

下午西医葛光庭来诊察，云为肺疾，问其浅深，则不作肯定语。桂林无良医，民众之健康，安所赖。今之政治，不独卫生行政为然也。

十二月一日，星期日　大风，晴。

接《澄庐诗集》。作手训欲贻诸侄诸孙也。阅陈寿史蜀书《庞统法正传》。

十二月二日，晴。

作手训四纸，又作诗云：壮志从来轻死生，所悲报国终无成；悠悠四十三年事，青史凭谁载姓名？

附　　录

附录一

家 史 谨 记

杨祚永

一、祖 风

吾家之教：一曰注重伦理。因祖上人丁单薄，代代望人口之隆，故特重伦理观念。自高祖以来至于祖父尤重视之。二曰重读书。昔吾高祖望吾曾祖学而曾祖复望乎祖父，以至祖父更示望于吾辈，皆诏以努力读书也。三曰重气节道义。甘乎贫贱，上仰远祖伯起公（杨震）之高风，近仰高祖营药业时代之诚朴。高祖以救世为主，而不以获利为旨，始终不以伪药乱真也。尝闻高祖在常营商时，适有太平军陷城之役，人皆避走，高祖之戚多锭银，不易藏，乃分请诸戚友为之带走，并云：存否不计也。太平军退，独吾高祖以原银还之，彼坚不肯受，且云：纵受，亦仅愿取其半耳。然吾高祖始终不受其丝毫也。至于祖父公忠谋国，贫无以殓，更足以显示此种精神矣。

二、记述家史之目的

1. 时代相隔太久，易于忘失，此非慎终追远之道也。
2. 吾家人口日繁，又复关山遥隔，多知昔事，较易发扬伦理之思。
3. 今之社会人心太坏，吾等若能发扬吾家之美德，或亦足为挽救世下颓风之一助焉。

三、家 史

关于祖宗的来源,在江西清江杨坊族谱中已有记载,可供将来之查考,早由叔祖次炯公抄存一份,且以源流及以后子孙之派名号编成一家之谱。此家谱自吾高祖日华公(开襟)始。根据祖父少炯公所遗示者:吾先人由闽迁湘,由湘迁赣,至今已逾三百年矣。至十七世吾高祖日华公[生于道光戊戌年(1838)八月初十日]由赣之清江至湘之常德,出习药业(仅带小木箱一只,十年前犹珍存于南京齐园,不知今日已遗失否),其时在太平军攻克常德之前。

清同治戊辰年(1868)六月十三日,曾祖父安堃公生。

清光绪丁丑年(1877)十月初七,日华公逝世,高祖妣熊教养曾祖父安堃公,而曾祖父至十五岁时,不忍见高祖妣躬于劳瘁也,遂愿治父业,不复读书(家住常德小西门内第一家,营济和堂药业)。

清光绪乙酉年(1885)曾祖妣丁来归。

清光绪丁亥年(1887)生祖父少炯公。

清光绪戊子年(1888)曾祖妣丁逝世。

清光绪丁酉年(1897)曾祖妣唐来归。

清光绪辛丑年(1901)生二叔祖幼炯公。

清光绪壬寅年(1902)高祖妣熊逝世。

清光绪甲辰年(1904)腊月二十二日,祖母周(厚贞大人,籍江苏吴江)来归,同年黄克强先生谋举义于长沙,宋遯初先生负经营湘西之责,祖父与刘烈士复基、胡烈士有华从之。九月事败,出亡于外。

清光绪乙巳年(1905)祖父加入同盟会,生(吾父)伯元公。

清光绪丙午年(1906)覃振、刘复基、胡有华、梅景鸿诸先生设中外各报代派所于长沙五堆子口,以运输《民报》分布湖南各县,祖父襄其事。长沙党人葬陈姚二烈士于岳麓山迄,祖父与刘复基、胡有华赴常德,以祇园寺为湘西革命同志之交通机关,复为清吏廖世英侦知,大捕党人,故又出亡。自是以来,祖父长为流离辛苦之人,而吾家又复丁商业不兢之始。

清光绪丁未年（1907）正月二十四日，四叔祖次炯公生。

清光绪戊申年（1908）徙居距常城六十里之大龙驿。

清光绪己酉年（1909）十月初七，祖母添姑小春，不三岁即夭。计吾家居大龙驿刘恒庆庄屋内，以迄清宣统辛亥年（1911）秋，凡四年。此四年中，家贫益甚，厨灶无烟，一日之间一馔一粥，有时一粥亦不可得。曾祖妣日夕劳苦于园畜，家人亦极清苦。

民国纪元前一年，同盟会同志领导长沙铁路风潮，祖父为之著。以"路亡，湘亡""湘亡，国亡"八字警惕于众，扬波遐迩，旋有四川铁路案继之，卒覆清室也。是年冬，祖父由长沙乘轮返常德，船未开，船主不以食供客，时祖父甚饥，顾无一钱，惟默坐吃红枣，咽冷水。龚景翰、沈彬皆富室子，适与祖父俱，见如此，恐出钱得食，必有一人为祖父费四十钱也，遂亦各乞祖父之枣而嚼之，鄙哉，龚沈抑何人也。

虽然，当祖父奔走革命之顷，贫病交侵，炎凉多态，有拒而相交者，有望而却之者，尤有吝啬毫末而不助以一餐者，艰难险阻，无不备尝。祖父每谓常德风景以笔架山上望江为最好，盖穷乏时常登临揽胜以忘饥者也。武昌首义，彭、刘、杨三烈士成仁，祖父以病困于大龙驿得免。

民国元年（1912），家已迁居常城内石探花街。二叔祖父幼炯公与四叔祖父次炯公，吾父朝杰公入湖南公立第二附属小学读书。二年（1913），讨袁失败，祖父乃走汉寿、岳州、监利诸地，遂脱侦骑，间关东下，且走日本入中华革命党，由是得终侍总理十有二年。民国三年（1914）起，吾家以贫迁居常德独狮子菜园附近之陋屋中，举家恃粥质为活，亲友均不一顾，且多讥笑者。所居系常城东北低处，时有水患、侦卒，既时惊，而冻馁又多虑，偶得总理万里之馈，感奋之情永铭不忘记焉。

民国五年（1916）袁氏死，吾家迁居北门内长巷子。不久，祖父归国，任常德烈士祠祠董，且奉总理命，主持正谊社于湘。

民国六年（1917）常德道尹袁泽民跋扈多端，为祖父所痛斥，乃某晨竟唆使其厮养，诡劫祖父于家。朝野愤之，共指其奸，袁氏乃遁，而常德道尹制亦自此撤废矣。

民国七年（1918）正月二十六日，二叔朝俊公生。

民国八年（1919）北军冯玉祥部入常，党人又出走湘西，祖父奉命发动湘西军事，旋又东下。时北方军阀横行，党人图于长江再举，惟上下弹械于汉口江干者极易蹉跌，祖父本临难毋苟免之义，亲导之，事成，亦天幸也。

民国九年（1920）11月，祖父奉总理之命，为中国国民党湖南主盟人（昔总理迭以湖南支部长任之，均力辞，惟愿不居名义而服务于党耳）且从国父南行。

民国十年（1921）5月任非常大总统府秘书。十一年（1922）6月，总理蒙难于广州。秘书长胡展堂先生由韶回师戡乱，不遂，走福建。祖父代为秘书长，运筹坐镇于仓皇播越之际。叛军入韶，祖父于调度撤退之后，护国玺以出，扁舟一叶，两岸弹来，同行多悲恐，皆抚慰之。旋舍舟登陆，复返市区，布袜青鞋，睨目道左，终藏玺于土，且奔护总理于白鹅潭军舰上，与决策焉。

十年春，曾祖妣病逝于常德长巷子。曾祖妣一生辛勤，披星戴月而操劳不辍，素有气疾，发则极痛，而湿疮满身，无资医治。及其逝也，仓卒间始请传神者绘一遗容（今藏二叔父处），且不甚肖。至于平日，则从未一履照相馆也。时祖父随总理在桂北伐，图出湘，后又改道，故未能归也。

十一年秋，祖父为党事回常，迁家于青阳阁之迎凤巷内。时四叔祖与父亲大人在常德之省二中学读书，二叔朝俊则肄业省二师范附属小学。不久，祖父又复作客粤沪间。

十二年（1923）春，二叔祖由上海大同大学放假，回常举行婚礼，由曾祖考主婚。常德初悬青天白日满地红之旗，自此始，盖祖父之命也。二叔祖母宋远坤籍桃源［生于清光绪二十七年（1901）冬月十二日］，婚后必欲与二叔祖赴沪读书，而曾祖考怒欲阻之，未果，月余即相偕赴沪，二叔祖入复旦大学，二叔祖母入两江女师。时常德城内之最高学府为省立第二中学及第二师范，两校学生因宿隙，每不相下。前者多籍沅水下游，后者则多属上游之士。四叔祖与吾父因出自二师附小，又复负笈二中，两校多其同砚，沉激于当时学生运动之蓬勃，四叔祖与吾父慨然联络两校学生，有学友研究会之组织

（会址设迎凤巷吾家内）且得二叔祖指导，又获常德劝学所所长杨守伦氏之每月津贴三元，遂发刊《友声》月刊，以展扩新文化运动，因而为后之国民党常德县党部树立基石焉。

　　冬，祖父因反对谭组庵昔年之诡杀同志（如焦、陈诸公）及其反革命也，不欲与其共事（当时反谭者多，且均渐软化，惟祖父坚持之耳），宁弃国民党第一次全国大会代表及中央委员候选人而不顾，回常省亲，且欲使三湘七泽，由歧路彷徨而效忠主义也。惟惜国父用谭出湘之计已决，不纳湘省赵炎午氏之归诚，遂令祖父之谋不用。

　　十三年（1924）春，祖父为吾父完婚，吾母陈义猷大人籍常德〔生于清光绪二十九年（1903）冬月初二戊时〕。时肄业常德沅芳中学，祖父旋又赴沪杭，漫游山水之胜，以寄其悲愤之情。是年夏，吾父及四叔祖毕业省二中学，赴沪升学，随祖父住上海法租界宝康里，与二叔祖之寓甚迩。时二叔祖母已添沪姑（二叔祖父之长女沪孙生于十三年春，同年秋夭）。秋，四叔祖与吾父考入国立广东大学，此校系邹鲁先生奉国父之命而创办，盖以此文学堂与黄埔武学堂并称也。祖父大病之后，正苦贫乏，无以应二叔祖、二叔祖母及四叔祖与父学费之需，乃得友援，且奉国父之召，即携余父与四叔祖赴粤，以是四叔祖与吾父得聆国父之训。

　　初，祖父南抵广州，而程颂云先生邀之赴韶关谒总理。总理太息乎党事，祖父且为颂云先生欲统一军事，申述之，而得国父裁准为攻鄂军总司令云。由韶归来，即襄助展堂先生，而寓广州第一公园卫边街楼上。

　　十四年（1925）春，总理逝世。大本营改组为国民政府，祖父任秘书。时党内纷纭，看朱成碧。祖父悲愤无已，日常醉酒，不肯释怀。四叔祖常侍饮而暗尽之，盖恐其醉，然仍不免于醉耳。祖父时时痛斥汪兆铭辈叛党卖国，其病根伏于此矣。

　　夏，四叔祖与吾父由粤返沪。行甫一日，大风忽起，祖父悬心海上，数日不释，迄接抵沪之函始安。是夏，二叔祖夫妇携四叔祖与吾父在沪主持进社总社事，以推行青年救国运动，各方青年咸组分社以应。二叔祖母主总社妇女运动委员会，四叔祖与吾父则主持广州分社事。迄抵常，而常德分社举行招待会，款待各界及新闻记者。旋复同返沪粤，而吾母陈氏偕行赴粤，入广州知用中学读书，仍居卫边街原寓。

十六年（1927）春，四叔祖与吾父随祖父赴汉。舟泊芦林潭，深夜，友邀祖父上岸。归时祖父忽落于水，幸奋力上挣，得救。宁汉分裂之际，祖父阻于汉口，为汪兆铭派所监视，幸得友人助，得携四叔祖与吾父，并偕外祖父子琴公与至友胡立吴先生，化装水手，始脱险赴沪。抵埠未憩，即被召入京，展堂先生留之襄助国务。

夏，二叔祖辞上海报馆主笔，入京供职，携二叔祖母宋及四叔祖与吾父俱，于是祖父租南京丁家桥梅溪山庄之韶清阁与众寓焉。同年，龙潭之役发生前，京寓已迁上海。

秋，祖父仍受政府之召赴京，四叔祖与吾父转学入江湾复旦大学法学院政治系，二叔祖任民智书局总编辑，又执教于国立暨南大学诸校，二叔祖母肄业上海美术专门学校。

同年七月初二日，大姐琼华生于常德大兴街寓所。

十月，曾祖父率祖母和吾母携二叔朝俊（时肄业省常附小）及大姐琼华迁沪，家人遂同寓上海菜市路树德里内，二叔入附近之小学读书，惟祖父一人旅京耳。

十七年（1928）春，祖母大病之后与祖父赴京疗养。不久，二叔祖与二叔祖母宋氏因事偶忤曾祖父大人，曾祖父即怒而入京，后又命吾母携二叔与大姐琼华亦前往。于是京寓住南京四象桥牙巷内（二叔朝俊入升平桥小学），而沪寓则迁居上海辣斐德路，二叔祖、二叔祖母宋氏与四叔祖与吾父住也。时二叔祖主持中国社会科学会事，发刊杂志，四叔祖、吾父佐之。同年夏，祖父奉命赴平，主持接收北平旧政府院事，时吾父与四叔祖因读暑校未侍往。

6月29日，二叔祖母宋氏生三叔朝俶，由申江医院院长刘悟叔接生，乃天热开窗，为风所侵，患产褥热，发热不止，且引起肺炎。医者唯以冰压之，无效，8月16日（七月初六）即逝世；同年冬，由四叔祖与吾父扶柩下葬于南京雨花台外花神庙墓地，而三叔则由乳佣育之，未入京随二叔祖住上海尚贤坊。祖父由平过沪时，尝悲抚而抱之也。

十八年（1929）春，四叔祖母［王淑琼大人，生于光绪丁未年（1907）冬月二十日］来归，本籍川之酉阳龙潭，迭肄业于桃源女师、北平女校、周南女校（长沙）、沅芳女校（常德）。吾母曾同学，游踪及乎平、津、汉、沪、杭诸地。婚后，四叔祖父母与吾父仍回沪入校，四叔祖母入上海爱国女学，每星期日均集于二叔祖寓。

秋，二叔祖续弦于沪之东莆石路，二叔祖母顾氏（家凤大人）籍上海闵行，尝习医且任教也。

其年冬月初六日，四叔朝健生于南京。腊月初七日，胞兄祚德生，由二乳佣照应。

十九年（1930）8月22日，二叔祖母添一女名鹏孙，惜于翌年2月初即夭殇。

廿年（1931）秋，祖父辞国府代文官长职赴闵行乡一游，冬与林直勉先生等赴粤探古应芬先生之病，西南诸公如萧佛成、邓泽如诸先生留祖父在粤，任国府西南政委会委员。

同年8月21日，五叔朝佚生于南京之牙巷寓所，余生于同年冬月十五日。

廿一年（1932），"一·二八"战起，时四叔朝健与五叔朝佚均多病累，四叔祖母甚苦。四叔祖母与吾父任编撰之事。四叔祖母患关节炎，致不能动弹，后由狄医治愈，且幸事渐平矣。五叔与余由乳佣育之。家人决迁广州，于3月初经沪乘"总统号"邮船，赴九龙转广州，寓大东门东皋大道内。初迁岭南，家人皆病，迄久始惯。时祖父任国府西南政委会委员兼审计处长。二叔原在南京市立高小读书，兹入广州复旦中学，迄后又转入中大（按：中山大学。后同）附中。

冬月二十三日，六姑朝俨生，尝记当时正市外萝岗洞梅花盛开之候，四叔祖与吾父曾侍曾祖父往游也。

廿二年（1933）2月24日，吾母添三弟祚善于粤。2月9日二叔祖母顾氏添七姑朝侃于沪寓。不久，祖父迁家人于百子路万芳园黄宅楼上，住初甚佳。大姐琼华与四叔朝健、大哥祚德，均在中大附小读书，五叔与余后亦由乳佣照应往附近之圣三一小学幼稚园听讲。时四叔祖不愿任粤省府统计组主任，而执教于中大也。

8月5日亥时，吾父以肺病逝于广州颐养院，冬由舅祖父周佑如先生和老家人李华矩君由京来粤，运柩返葬于南京雨花台外花神庙山地，即在二叔祖母宋氏墓地之侧也。

吾父性情仁恕，好学深思，在京时担任文化学院教授、中国社会科学会理事等职，遗著有《德国政府大纲》《市政学大纲》《条约论》《中国民族运动之前途》诸书，其他文字散见于报章杂志者甚多，曾祖父及祖父素爱之，四叔祖自幼与之同读，均哭之哀也。

同年，祖父被选为候补中央监察委员，为宁系抑于名单之末，祖父轻置之。二叔祖因任立法院委员，遂入京，居南京铜银巷。

同年秋，二叔朝俊负气秘行到沪，二叔祖父照应之，入上海复旦中学。

廿四年（1935）夏，祖父因公曾携四叔祖回常一行。时四叔祖之岳父母等，正在常德，与四叔祖系初次见面也。时粤汉铁路正修筑中，然仍四日到达长沙。沿途以汽车、摇车、专车等联运，盖路局凌局长之好意也。

廿五年（1936）1月9日，曾祖父大人逝世于粤，哀荣甚盛。二叔祖暨二叔朝俊亦到粤。后由祖父、二叔祖与四叔祖暨吾母携六姑朝俨、三弟祚善，扶柩乘专车归葬于常德德山木鱼山（此山以五百元购得，在德山乾明寺对面）。

2月28日，八姑朝佶生于京寓，时二叔祖已购置南京三条巷六合里三号齐园。

同年5月，胡展堂先生逝世于羊城，其遗嘱签证人中祖父亦署之。且《展堂先生传》文中"因先生于汤山"诸句，盖祖父手笔也。

6月，祖父奉命来湘，携祖母暨湘友等，过衡阳，为蒋军所留，幸得罗霖总指挥之助，安抵长沙。后图由沪回粤，但在"汉皋"轮上为暴众所劫，几遭毒手，幸正义不屈，仍安返南京。而祖母则先抵京呼吁公道矣。

夏，西南局势改观，家人居粤不易，乃迁京。初住太平路福建里，迄后又迁入齐园内。四叔祖则于秋间仍返石牌执教于中大文学院史学系并兼研究院文史研究所指导教授。三叔朝俶入逸仙桥小学，五叔与余亦入之。四叔朝健暨吾兄祚德、大姐琼华均分别入西华门内三条巷小学。迄后祖母暨四叔祖父母携余等迁居附近之三条巷寓所，四叔祖母常侍其父羽仲公于京（太平路四叔祖母之姐淑琛大人家），且与之曾游栖霞看红叶也。

廿六年（1937）抗战起，8月，二叔朝俊冒险由沪回京，祖父母命四叔祖父母暨吾母先携四叔朝健、五叔朝佽、六姑朝俨及大姐琼华、兄祚德、三弟祚善及余，溽暑中乘轮抵汉，又换武长车到长沙，沿途拥塞辛苦万状。六姑不能行，四叔祖母负之。五叔足痛，四叔祖负之。

在长沙住经武路浩然书屋孟宅。余等入长沙市立十三小学。不数月，二叔祖亦到省，但不久复回京。国府迁渝之前，二叔朝俊由京回省，因须入新迁庐山之复旦大学政治系肄业，遂由四叔祖送往。至11月国府迁都令下，祖父母两大人到长沙。其于武长路上，几遇敌机之轰炸。车抵长沙站时，敌机来袭。祖父母虽陷危境，仍念四叔祖，盖恐其届时到站来迎而遇险也。幸四叔祖先时到站询问明下午无车到，遂未往，否则殆矣。祖父正念二叔朝俊，忽至，家人甚慰，始悉长江船位难觅，由九江乘机到汉转车来也。在孟宅住月余，决迁家常德度岁。乘轮途中，余轻动，几落于水。抵汉寿，住城内聂太老姻丈栋堂老先生药店一日，再转轿到常，住兴街口外祖父陈子琴公宅中。

9月13日，二叔祖母在闵行添九姑朝倬。迄后二叔祖到闵行，又由闵行携眷逃往上海，住法租界霞飞坊，吾家又分二处矣。四叔朝健、大姐琼华及余等分别入附小之高初级，六姑与三弟入幼稚园，由松虾、水保分途时时送接。而警报时有，动辄走避，殊可恨耳。

廿七年（1938）春，二叔与二婶（文昌群）订婚。文府籍常德，且营纱业于城，甚盛也。不久四叔祖随祖父赴汉，时中央全体大会正举行，四叔祖父欲由汉送二叔朝俊回重庆复旦，未果。仍随祖父回常，当时购置衣料，则为二叔完婚之用也。

秋，四叔祖拟赴粤执教，乃又转眼广州失矣。

11月，武汉失，长沙大火，家人乃由常乘轮换轿逃桃源璩家溶孟庄。不久，常桃被炸，居民疏散，祖父母两大人亦来乡。住乡之际，余等均失学，幸由祖父以四书教授，四叔祖教余等作文、算术史地诸科。是以虽在难中，仍有弦歌之乐。惟祖父直道而行，忧国多病，其体不觉渐弱。多病之身，且山中无良医药，徒以体抗。迄今思之，犹伤悲不已。

当年腊月初九，毛叔朝任（行十）生于孟庄（余等之名均由祖父命之）。四叔祖母之乳缺，由易二姐佐之。

廿八年（1939）之际，常桃初甚危急，是以中山大学邹校长于迁校云南澄江后，汇旅费来催四叔祖前往执教，亦不能行。迄后幸常德危而复安矣。

9月23日晨，四叔朝健忽殀。其逝也，盖误于庸医之用台党（参）三钱耳。家人自祖父母及四叔祖父母以下莫不哭之极悲。良以四叔朝健聪慧、秀丽，当时虽仅十龄，已能知孝顺长上，喜绘画，学吟诗。昔在中大附小时，吾兄祚德受罚立正，致放学而不能即回，四叔候而哭之，其教师询之始悉，乃挥手令吾兄同之回也。居乡听讲时，四叔曾曰"吾将短命而死也"云云。其弥留之时尚请饮祖父之茶，其于祖父之孝甚矣，是以祖父每念必凄然于怀。今诵祖父日记，时时忧思之，悲哉！悲哉！

四叔朝健逝世后，由四叔祖往葬之于德山木鱼山曾祖考墓侧，其柩由姜鸿奥以舟由桃源运常，而祖父且由孟家乘轿亲送之于碧云乡河干也。

廿九年（1940）夏，湘危渐减，适二叔朝俊毕业复旦，由川湘路回乡。秋，家人来常德之河洑为二叔朝俊举行婚典，时祖父扶病亦来。一切由四叔祖助理之。文府住陬市，相处亦近，婚后仍回孟庄。同年二叔祖由沪沿南海绕滇入渝，二叔祖母携三叔及诸姑仍留沪上。

卅年（1941）8月20日，二婶在陬添一妹琼英。冬，孟家修葺住屋，祖父决迁家于桃源之陬溪镇李家洲徐宅内。余等均入镇中心校，吾姐琼华入常德女中，校址在常德后乡白鹤山上。

卅一年（1942）清明，祖父母及四叔祖携二叔二婶赴常扫墓，祖父病发而回。而琼英在陬忽大病，几殆，由卢医急救得痊。

是年6月，四叔祖应桂当局之召，赴桂林。祖父亲走送之于常德轮上。四叔祖在桂任桂省府顾问且执教于西大（按：广西大学。后同）法商学院。

9月15日，六姑朝俨忽以病殀于陬市。祖父母及四叔祖母哭之悲，而四叔祖在桂，尚未作最后之一面，其悲尤可知也。曾记四叔祖离陬时，抚六姑甚频，而六姑望四叔祖殊挚，不料竟成永诀矣。家贫，即葬之于陬市戴公坡西义山路侧，有一碑系二叔朝俊所题字也。

卅二年（1943）3月，二叔朝俊赴桂林，服务审计部广西审计处。4月常德又紧张，陬寓即迁桃源吴家边，不久仍回。

夏，二婶携吾妹琼英赴桂林。8月初，四叔祖由桂林返陬，住一月。8月初陬市水涨，住宅亦浸，举家暂住文府数日。忽接二叔电，惊悉吾妹琼英病夭且葬于施家园湖南义山矣。时二叔兼课于桂林广西大学。

9月中，四叔祖回桂林，住良丰西大。而余与五叔朝侁、大哥祚德同入桃源鹤巢湾县立初级中学肄业，三弟祚善仍在陬市中心校。四叔祖每月寄款来，以示奖励于勤读也。

11月27日，常德会战，家人在兴旺冲突围。祖父几为敌所得。祖母因护祖父之玉印而被敌捆颊，十叔朝任几为敌所掳去，幸能平安到达常德前乡莫家溪救济院，由院长谭肖崖先生照应食住，可感。后又迁居李姓家。关于战后免除常城人民负担事，祖父尽力为之。且曾为余师长程万受谤事作正言于中央也。

卅三（1944）年初，家人咸念湖边未靖，奔驰难免，遂决迁桂林。3月，由营坪桥迁桃源，再乘专船离桃常，过洞庭抵湘潭板凳铺，换火车到桂，寓东江镇祝胜里内。余等入松坡初中，祚善入扶轮高小。吾家所寓极劣，而家贫更甚，世事苍茫，祖父之病亦愈深矣。时桂林多雨，几日日有之。

闰四月初二，二婶添一女琼瑶于祝胜里广西审计处宿舍内。

6月初，桂林疏散。吾家得桂省当局及粤友之助，以九千元订一舟赴平乐。时正端午节也。寓平乐南通街沿江楼上。所寓极狭，不胜风雨。然朝晖夕阴，江象万千，此吾祖父及四叔祖于忧患中所得之安慰也。余等转入平乐中学。

10月，衡阳已失，吾家更处困境。乃以舟附审计处船赴昭平，翌午抵埠。县府派员来迎祖父，且预备住所于考炮砰训练所内。双十节并请祖父训话。旅居稍安，又须疏散。遂以舟迁利扶乡，住中心小学内。山乡困处，贫乏万状，幸得桂当局之援，不致冻馁耳。惟祖父已数吐血，小乡无医药，偶得同乡曹待旦先生之函诊而已。

卅四年（1945）夏，祖父病极，几不起，后又转痊。8月间，战事已定。吾家始决先送吾等赴平乐，入原校。迄后家人设法雇舟经昭平县城抵平乐，住北门外体育场小学内。余等入平中，毛叔朝任入城麻镇小学二年级，住地甚好。当时平乐疟疾流行，祖父及家人均染之，而祖父尤甚，几危，幸由西医诊愈。而黄主席知之，亦来，极关注，且命专医作长时间之诊治，虽渐愈，然体弱，仍时发耳。

10月初，四叔祖接西大函，催赴柳州鹧鸪江复课。

卅五年（1946）1月，祖父催四叔祖回平度岁，后又返校。

3月19日，二叔朝俊于肺疾大发之后，忽以心脏病逝世。乃电信迟到，四叔祖接电赶回时，二叔朝俊之柩已移厝于湖南会馆之平安所矣。祖父之病本已渐好，然以二叔朝俊之丧，伤心太甚，迄后时喀血咳嗽，发热发冷，虽勉力行深呼吸于晨间，亦少见效。曾忆四叔祖于廿五年侍祖父赴中大医院，经德医检验甚周，并无肺疾，是以未曾以肺病视之，始终以为疟疾也。迄今四叔祖每一念及，未曾不痛哭引憾不已。

7月初，西大返桂之将军桥复课。四叔祖住家善待祖父已久，不欲即行，祖父促之行。于是暑假补课事繁，不能返平，惟时时函叩而已。

9月下旬，四叔祖闻祖父病，心不安，匆匆回平一视，祖父心甚慰。但所借住之小学，瞬将复课，不得不谋迁徙。乃决由四叔祖送五叔与余三弟兄，离平中转学桂林。于是同车来桂林，住西大内。不久考入松坡高中一年级（朝侁、祚德、祚永）及初中二年级（祚善）。祖父闻之大喜，且欲尽迁家人来桂也。

阴历八月十五日，二婶添一弟祚强，遗腹子也。祖父甚喜，命四叔祖在桂林觅屋，后得文明路之木楼一层。10月初，四叔祖以省府专车接祖父来桂。四叔祖母暨毛叔朝任及吾姐琼华随行，祖母及吾母因候二婶满月，暂留原寓未行。毛叔即入附近之小学（南门保校）读书。不久平寓老幼均至，一家又聚于桂林。回首卅三年时莫不感且悲也。

10月初，四叔祖请祖父乘车往游良丰，惜桂春迟之为憾耳。

11 月，迁住丽中路三号。时二叔祖已返南京。二叔祖母暨三叔朝俶与七姑、八姑、九姑均回京，三叔且肄业上海南洋模范高中。京寓时有信来，以候祖父之疾。而桂当局时时存问，尤可感也。

12 月起，祖父之疾愈趋深重，请中西医诊之，均称已成肺疾，无救药矣。

12 月下旬，祖父自起移火盆，因力弱而坐下，不料又因此中风，致足行艰难，然仍每日手书一卷。祖父素引放翁句云："万卷古今消永昼，一窗昏晓送流年"以自况也。洎廿五日，服中医药后，更觉可虑，卧床难起。12 月 27 日（丙戌年腊月五日）早，于忽现昏迷中辞世矣。悲哉！当辞世之前，黄主席、张副司令等先后问候，迄后又组织治丧会，且举行全市追悼会于桂林青年馆（12 月 31 日）。

卅六年（1947）1 月 6 日（腊月十五日），桂当局举行送灵车礼后，四叔祖父母携毛叔朝任、吾姐琼华，乘桂省府专车奉柩返常营葬，并由平乐先运回二叔朝任之柩，俾同时行也。沿途承当局关注，抵长沙（1 月 8 日）时，湘省当局又举行追悼会及送车礼。灵车于 1 月 13 日到常德境之谢家铺，但以沿途泥烂，车不能行，乃请工卅六人恭送两柩抵常德德山。当 1 月 13 日（腊月廿二日），专员公署及县府已派员迎候，并设停柩处矣。灵车启行前，四叔祖已电托文喜霖太姻丈择期下葬。翌日（1 月 14 日）常德各界举行追悼会于灵前。第三日（1 月 15 日）午前 7 时先卜葬二叔朝俊，9 时卜葬祖父。时四叔祖痛哭，而亲友亦莫不落泪也。下葬甫竣，迎见飞雁成书，似示凄悼然者，悲哉，悲哉！现祖父墓在曾祖考墓之右，曾祖考墓之左，则四叔朝健与二叔朝俊之墓也。祖父墓前有石柱一对，赠石者为祖父之儿时同学宁德卿先生，而由祖父之老友谭肖崖先生题字焉。入葬既竣，四叔祖一一走谢各界，并携吾姐琼华乘原车回桂（1 月 17 日），四叔祖母则携毛叔朝任回四川龙潭一行。

1 月初，二婶携吾弟祚强吾妹祚康回常。

2 月，吾家由丽中路三号迁至附近丽君路廿七号匡庐后进楼上。

4 月，四叔祖母携毛叔朝任由龙潭回。

9 月，余转入桂中高中部一年二期，三弟祚善转入桂中初中部二年二期，五叔朝侁与吾兄祚德仍在松中高中部二年级。9 月初即阴历七月廿四日亥时，四叔祖之岳父病逝于龙潭［生于清光绪甲申年（1884）闰五月廿一日卯时］，享年六十四岁。四叔祖母殊以未能作最后之叩首为憾也。四叔祖之岳母大人生于清光绪庚辰（1880）年三月廿九日亥时，年已六十八矣。是月毛叔朝任入崇德三街国民小学初三肄业，吾姐琼华考入桂林私立商业专门学校银行系一年级，家人均有读书机会，亦足以慰祖父在天之灵矣。七姑、八姑、九姑在京，或入初中，或入高小，三叔朝俶于同年秋入北平清华大学机械系肄业。

四叔祖经常不欢，盖凄仰祖父无已，曾有句云："遥仰枕边有泪痕，迢远云树黯销魂；黄昏惟诵东坡句，仿佛聆兄笑语温。"又云："海上波仙不改真，千秋共仰岁寒身；汉家腊月黄花节，论定无惭见故人。"又云："苍茫宇内绝风尘，展诵遗诗血泪新；驾鹤归来应眷念，月明长照夜吟人。"

卅七年（1948）1月中旬，二叔祖大人以竞选立委回常德一行。二婶携吾妹祚康、吾弟祚强在常初觐见之。吾姐琼华于1月下旬回湘亦得叩谒焉。

2月初，因物价太高，各校学费增且，四叔祖在西大之教薪，每苦不足。余等幸得邹、白、黄三公之助，且余已转入桂中，否则辍读矣。

3月揭晓，二叔祖大人联蝉立委，即宪政时期第一届立委也。

6月10日夜间，二婶文昌群以肺疾卒于常德大西街四十二号文府。12日家人接电后，即由祖母携吾母回常，迄7月10日始返。惟文家不允祖母携吾弟祚强、吾妹祚康返桂，为可憾耳。

7月20日，吾兄祚德赴京升学私立建国学院，并得二叔祖父母之准矣。

此吾家近史之略记也。

三十七年七月十五日于桂林丽君路廿七号匡庐内进客寓

附录二

杨熙绩兄弟资料（三则）

一

国民政府建都南京初期，那时府中人才"鼎盛"，不只策勋酬庸，各际其分，抑且一秉大公，选贤任能，虽录事勘磨之流，亦斐然可观。金陵"王气"，真个是朝霞万丈。

杨熙绩少炯先生，是那时的国府文书局长。先生追随总理有年，险阻艰难，无役不与。秉性耿介，交友一如其人，但得缔交，弥久不渝，与胡展堂（汉民）尤称莫逆。生平所为诗文中，属辞比事，字里行间，洋溢乎士君子"固穷"本色，于权贵显要，不作一阿谀奉迎语，于贫贱布衣交，亦绝无些仔车笠形态。虽忠诚赞襄总理，然遇事直言，心所谓"非"，口决不"是"，而总理亦不之忤。贤者际世，不只幸当其时，更应幸遇其人，非总理之伟大，无以容杨少炯之刚直。向恺然（平江不肖生）于《留东外史》写先生，以"小暴徒"称之，固非贬词，时世萎靡中，不有狂狷，何事进取，于此等处，适足表扬先生对革命大业的贡献与成就。

先生文宗汉魏，字类褚柳，棱锋峻削，无一苟笔。诗则融会司空表圣、陆放翁、龚定庵，而尤豪迈奔放。晚年所作如"十年厌听长安事"类，于沉痛中抒其孤愤。嗜酒而量不甚宏，但遇知己倾谈，对杯浅斟，似乎又可倍增其量，斗醉石醉，此公实妙绝"淳于讽言"中之传世人物。间当使酒骂座，然实骂当其人，骂当其事，快人快语，高士高论，醉愈甚而愈精微，岂庸俗狂夫辈所可伦比。

先生生平不妄受一文钱。当抗战期间，初避寇于常德，及寇骑逼湘西，再迁桃源，最后奔广西，卜居于平乐县。在漂泊干戈流离道路之际，尝有某巨公以为数不菲之款项汇与，拒而不受；同时，宁愿驰函飞电于知己友好求贷。可以取则取，在穷途困乏之中，仍然丝毫不肯苟且；古人谓"廉隅耿介"，求之今世，唯此公足称允当。

先生寄籍湖南常德，清为常德府武陵县，亦即陶靖节（渊明）《桃花源记》中捕鱼为业者之乡里。陶靖节不肯为五斗米折腰，先生更鄙万金而不受；倘容我人上以"私谥"，靖节二字，恰如其分。友好间喜以"雪公"称之，然此非如官场中迹近阿谀之尊称，个中真义，却是一种开玩笑式的"谑称"；雪公者穴躬也，先生毕生为穷（窮）字累苦。纵文章可掷地作金石声，但既不屑效韩昌黎的作文送穷，更不愿如黄仲则的献诗诉穷。穷乃士之常，何况又恰生逢乱世，是则穷之苦累，在"清白"家声的杨氏子弟，而又学养有素操守毋苟的杨少炯，当然更是天公地道，从而由窮（穷）而拆为穴躬而讹为雪公，积久而成习，不只口头相呼，至好尺素往返亦莫不雪公为称，自后先生也就以雪公为别号。

先生富热情，饶风趣，当谈笑风生际，略患口吃，纯常德土音，期期艾艾中，质疑辩难，格外显露其耿介品性。在国民政府任文书局长时，依然衣敝缊袍，十足读书人本来面目。平居喜共知己至好往还，绝少与京华冠盖侣奔走酹酢。故旧相遇，不拘其人之地位境况，同一款待，遇饭留饭，饭必置酒，菜则家常所备，除盛夏酷暑外，一个蒸钵炉子，一两样荤菜，两三样小菜而已。

先生有子二，皆不永年，先生既哭其长公子"麟生"，复哭其次公子"凤生"，哀乐人生，不免心情破碎，体力亦因而既衰且病，享年才六十二岁，在广西桂林寄寓云逝。其最后所作与知己友好书，首句为"张子曰死顺事也"，乃口授以命孙女琼华（麟生长女）誊写。想象先生虽"惫矣病"，然性灵固仍葆真全朴，不失其素行素我，真可当得起一代"完人"之称。

先生与我为忘年交，规劝奖掖，义兼师友，也许在"小友"中，我是极承"青睐"的一人；每有诗文，必邮简见寄。上节所述之最后一信，我也得有一封，约略省识，似乎得到先生"六十自寿"诗章不过一年，又得到先生的最后书信。战时邮驿阻滞，尺素往返，费时三数月。那时我正以内子新逝，住在皖南的"罗隐故里"附近，落寞寡欢。故人噩耗至，原已泪枯的眼眶，更觉涩刺苦痛。大概当我以妻丧讣告时，先生已在病中，其复讯有"伏枕读所撰嫂夫人行状"

和"力疾致挽诗一章",而于行状中见我所述与亡妻构思"遯园"门联,我起句为"筮易得遯九五",妻不假思索即对以"卜居在园西南"情节,尤备致太息。

先生所遗诗文,深幸贤仲幼炯次炯已为搜集,此实一代瑰宝,但愿早日印镌成册,由其人论其世,个中有大好"史料",个中有宝贵"人鉴",固不仅寻常翰墨的写作。嗣于《大道》半月刊见先生孙女琼华(笔名琼音)发表"雪公遗稿"十二首,并缀以前言,用殿文后,于以见先生之诗格。

先生是在胜利后不久云逝,屈指数来,想已墓木已拱。人生几何,慨当以歌,回首往昔常德之深宵畅谈,南京之对杯豪饮,广州之慨时伤世,以及君家湘西我客湘南,君走桂东我行皖南之时文互递;海国漂泊,望空书咄,谨浮一大白,愿先生得安其灵宅。

雪公遗稿前言

琼 音

先祖考少炯公,讳熙绩,号雪公,早岁加入同盟会,追随国父奔走革命,性刚介忠耿,廉洁自好。民国廿五年,公因见国事蜩螗,党内分歧,独立难支,尸位无益,乃隐退江湖,耽情诗酒,然方寸间固未尝一刻不念念于廊庙之安危也。公早婴肝疾,抗战时避居乡间,医药既付阙如,复因于经济,致沉疴益甚。胜利后徙居桂林,始得诸同志友好之助,积极疗养,而不幸此时已病入膏肓,非药石可挽救矣。

(刊胡遯园《贤不肖列传》,1966年台北文星丛刊206)

二

杨熙绩(1887—1946),字少炯,号雪公,湖南常德人。早年加入同盟会,追随孙中山从事革命,积极参加推翻清王朝的斗争。1923年3月任广东大元帅府秘书处秘书,后任南京特别市党部执行委员。1927年6月任南京国民政府委员会秘书。1928年10月任国民政府文官处秘书兼文书局局长,并任行政院秘书。曾任国民政府代理文官长。1932年任西南政务委员会委员兼审计处处长。1935年12月及1945年5月先后当选中国国民党第五届、第六届候补中央监察委员。1946年12月逝世。1947年2月3日国民政府明令褒扬。遗著有《雪公遗稿》等。

杨熙烈(1902—1973),字幼炯,熙清,号复斋,湖南常德人,杨熙绩之二弟。早年赴日本学习军事,回国后,入上海复旦大学学习。历任中山大学教授、《神州日报》总编辑,中央通讯社总编辑、民智书局编辑所所长、中央大学教授、上海政法大学教授、中国公学教授、暨南大学教授、中山文化教育馆研究部主任、中央政治会议专门委员、司法院法官训练所教授、建国法商学院院长、《中央日报》总主笔。1935年任立法院立法委员。1946年11月当选"制宪国民大会"代表。1947年为宪政实施促进委员会常务委员。1948年当选第一届立法院立法委员。1973年12月5日病逝于台北。先后参加过现代评论社、中国社会科学社、中华学艺社等团体。曾任《中山文化教育馆季刊》编委。著有《近代中国立法史》《社会学述要》《近时国际问题与中国》《中国文化史》《中国近代法制史》《各国政府与政治》《三民主义理论与制度》《俄国革命史》《近世革命史纲》《社会科学发凡》等。

杨熙时(1906—1962),字次炯,湖南常德人,杨熙绩四弟。1930年复旦大学法学院政治系毕业。先后任中山大学、广西大学、华中师范学院教授。曾任华中师范学院院务委员会委员、历史系主任、湖北省历史学会副会长、湖北省社科联副主席,曾任农工民主党中央委员,同时也是第三、四届武汉市人大代表。著有《战后各国之内政与外交》《现代外交学》《中国古代政治制度史》等。1962年因突发脑溢血猝然去世。(参见榕江:《杨熙时在中山大学》,《岭南史学名家》页256~259,中国文史出版社2008年版)

三

杨熙绩先生,字少炯,祖籍江西樟树。其父在武陵县(今湖南省常德市武陵区）小西门正街开设一个不大的"集和堂药号"。清光绪十二年（1886），他出生于这个药号，称常德人。三岁丧母，由后母抚养。五岁入私塾，聪明过人，深得塾师器重。应童子试，辄名列前茅。光绪二十七年（1901）入德山书院就读。书院山长余笠云，系留日学生，经常介绍日本明治维新新情况。他又自学《东华录》，心灵上印入了"夷夏之防"的思想，便绝意科举。此时与刘复基、周道儒、谭肖崖友善，日与纵谈国是，发泄反满复汉思想。光绪二十九年（1903），德山书院改办为武陵县第一高等小学堂。他奉父命回家，日课同父异母的两个弟弟次炯、幼炯（以后均为大学教授。幼炯为国民政府立法委员，著述甚多），自己潜心读书。

光绪三十二年（1906）初，同盟会会员刘复基从日本带回《民报》600份暗中散发，并在长沙设立"中外民报代派所"。他与邑人胡幻盦前往赞襄其事。此时，他与同盟会湖南负责人禹之谟取得联系。在禹的帮助下，运动各校号房传递《民报》。5日，长沙学生自治会举行陈天华、姚宏业二烈士葬礼。他与长沙学生一道手执白旗，高唱挽歌，送二烈士灵柩至岳麓山安葬。9月，禹之谟被捕，"中外民报代派所"遭到取缔，遂与刘复基等潜回常德避难。不久，革命党人在萍乡、浏阳、醴陵起义失败，缇骑四出，搜捕余党。禹之谟被酷吏绞死于靖州。他逃亡出走。光绪三十四年（1908），辗转到日本东京，由宋教仁安排在《民报》做事务工作，并介绍他正式加入同盟会。《民报》被日本政府查封，他便进入日本政法学校读书。

清宣统二年（1910），杨因父病危回常德，就聘于常德中学堂任教习。此时，他已剪除发辫，利用讲课机会向学生宣传反清革命思想。当讲《岳飞传》时，特意在黑板上大书"还我河山"四字，并相机介绍清兵入关和"扬州十日""嘉定三屠"等历史事件，启发学生反清觉悟。一天，在赴校授课途中，适遇武陵知县廖世英的大轿，见其前呼后拥，行人回避不迭，且轿行缓慢，他不耐久等，便闯将过去，卒为衙役捉住。如此闯道，应罚以当街打屁股。他口说外语，大嚷大叫，作酒疯状。廖在轿中见他身穿学生制服，知是留学生，未敢处罚，忙说："是个醉汉，将他释放。"

武昌起义爆发，他闻讯赶赴武汉。船过岳州（今岳阳），遭到清军哨所盘诘而被捉。因无发辫，几乎丧命。不久湖南光复，始得获释。到了武昌，突生疾病，他不得不回家一边养病，一边协助张炯、谭肖崖办理同盟会常德分会工作。民国元年（1912），他出任湖南省第二师范学堂国文教员，建议将原昭忠祠改为常德烈士祠，并将何来保、蔡钟浩、杨任、刘复基等烈士牌位置于祠中，获得常德各界人士同意。辛亥革命周年纪念举行公祭，他亲手撰写祭文，又亲口在烈士灵前朗诵，哀声动于四座。以后，常德凡有公祭，祭文皆出其手。是年8月，同盟会改组为国民党，旋即举行大选。他在常德选区奔走呼号，卒使国民党战胜共和党。

民国二年（1913）9月，"二次革命"失败，汤芗铭督湘，捕杀革命党人。他逃亡日本，后加入中华革命党。此时，蓬首垢面，衣衫褴褛，在朋友或同乡家中餐，往往朝食晚悬，形同乞丐，但每日仍读书赋诗或下棋。护国战争时期，他与覃振奉命回国，组织正谊社，在湖南联络革命党人反对帝制。他因与湖南省警务处长林支宇为常德同乡关系，暗中与之联络，得林的暗中保护和金钱支援。护法运动时期，孙中山在广东成立护法军政府，他投奔孙中山，任军政府机要秘书。嗣后，一直追随孙中山左右，处理文书档案工作。民国十一年（1922）6月，陈炯明叛乱，以大炮轰击总统府，他身怀机要文件，保护孙中山登上永丰军舰。①

民国十七年（1928），南京国民政府实行改组，他被任命为文官处文书局局长，后晋升为代理文官长。当时，某轮船公司送巨金20万元，求他以国民政府名义批准某种特权，他断然拒绝，并公诸于报。后来，萧佛成以"铁面冰心"四字相赠。他不名一钱，故常德父老以"穴躬（穷）"戏称。

孙中山逝世后，国民党内胡汉民、汪精卫和蒋介石三派互相倾轧。他因工作关系与胡汉民接近，拥胡反蒋。民国二十年（1931）2月，胡汉民与蒋介石发生矛盾，蒋将胡软禁汤山。他醉卧行政院，破口大骂蒋介石叛党卖国；旋即秘密随古应芬跑到广州，策动陈济棠、

---

① 此事所记不准确。杨系由韶关返粤登永丰舰随侍孙中山者。此文尚有不尽准确处，可参阅本书所收日记等篇。

李宗仁反蒋。拥胡的国民党政客和粤桂军阀云集广州，于5月27日召开"国民党中央执行委员会非常会议"，发表讨蒋宣言，另组一个与南京对抗的国民党政府。他任审计处长。九一八事变发生后，为了团结御侮，经过调解，达成了蒋介石下野、广州结束非常会议的协议。11月，南京、广州分别召开国民党第四次代表大会，他当选为候补中央监察委员。会后，西南仍保持半独立状态，他仍任西南政务委员会审计处长，追随胡汉民。

民国二十五年（1936），日本侵略者的铁蹄踏入华北，蒋介石高唱"攘外必先安内"，以图结束西南半独立的局面。陈济棠联络桂系声言抗日救国，发动反蒋的"六一事变"。事变前，萧佛成（胡汉民已死，萧主持西南军政）派他为代表回湖南与何健密商合作反蒋。何得悉后大耍两面手法，一面派专车接他，一面密告蒋介石。当他的专车抵达衡阳时，蒋介石派遣的77师师长罗霖已等候多时。于是，罗问他："回湖南何事？"他答："经湘到南京出席五届二中全会。"又问："两广集结部队北上将由哪路进入湖南？"他说："我与陈济棠共同追随胡汉民，正如当年我与蒋介石共同追随孙总理一样，蒋的事我不知道，我的事蒋不知道。因此陈济棠有何打算我无可奉告。"又问："车子是谁的？""车是何芸樵主席派来的"，并反诘说："你有何斗胆竟敢阻挠赴京开会代表？"罗假意表示道歉。但他的活动失败，处处受到监视。到了武汉，又被武汉警备司令部诘问。他很愤怒，分别打电话给居正、于右任、戴季陶、孙科、何应钦等人，说明赴会受阻情况。最后由武汉警备司令部派人护送他到南京，日夜监视他的行动。

6月下旬，国民党举行五届二中全会。在此期间，审计部长林云陔有意请他出任审计部次长，孙科、何应钦则推荐他出任湖南省主席。他说："我一个光杆司令，若做省主席就像张兰轩（难先）主鄂一样，必无好结果。"7月，陈济棠反蒋失败出国，他亦拒绝在蒋介石把持的中枢任事，便去广西桂林定居。民国二十八年（1939）8月，湖南省临时参议会成立，他被推选为参议员，此后，他经常来往于湖南、广西之间。民国三十二年（1943），他回常德探亲，适逢"常德会战"，便避难于常德县逆江坪县救济院谭肖崖处，每日了解战况，与父老谈论战争问题。他说："我晚上听到日本炮弹爆炸声和三八式步枪声还跟中日战争发生前一样，这说明日军的武器装备没有什么改进。日本的飞机只有在早晚时活动，这说明日本飞机在盟军飞机的打击下，失去了制空权。从前，国军见到日军就跑，真是畏敌如虎。现在，国军敢于与日军正面拼搏，大量杀伤日军，这说明国军的士气大大提高。抗战必胜已不是一句空谈。"不久，"常德会战"果然取得胜利。

日军败退后，守卫常德城的师长余程万以擅自突围出城被蒋介石逮捕，并以军法处置。他认为余以孤军奋战半月，重创来犯之敌，克尽全力，见其军纪严明，深得老百姓爱护。于是联络常德各界人士拍电报给蒋介石请保。他又以个人名义拍电报给军法总监何成浚，要求从轻处理，终于使余程万减刑出狱。

民国三十五年（1946），他病逝于桂林，终年60岁。灵柩运到长沙，国民党湖南省党部举行盛大追悼会，最后返回常德，葬于德山。

（按：此稿第二则的杨熙绩、杨熙烈两段和第三则，家属提供时，未注明资料来源。）

附录三

杨熙绩为夏重民烈士纪念题词

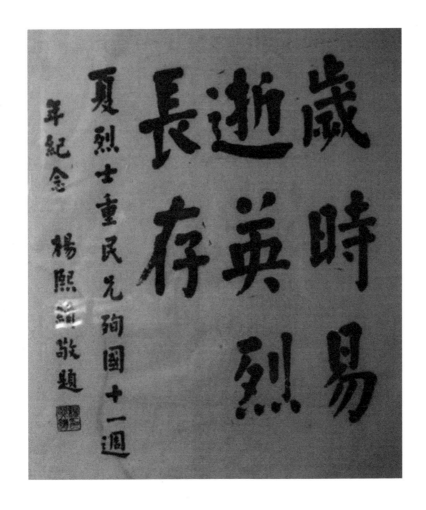

附录四

于右任赠杨熙绩对联

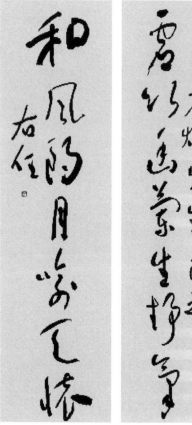

附录五

杨熙绩为广东省立第一职业学校
新校舍落成题词（影印件）

业精于勤荒于嬉行成于思毁于随倘人人各尽所能以效国家之用不私于一己而公诸国家并力一心庶政毕举则敌国外患不足平矣　广东省立第一职业学校新校舍落成纪念特刊　杨熙绩敬题（见该校 1933 年 4 月奠基之《纪念特刊》）

（该校即今之广东轻工职业技术学院之前身。该题词碑廊在该校新校区，有胡汉民、邹鲁、陈济棠、林云陔、杨熙绩、刘纪文、许崇清等民国元老题词碑）

附录六

2000多件珍贵文物回到中山大学

南方网讯 孙中山先生亲笔书写的字幅"博爱"、叶挺将军曾用过的木床、从上世纪50年代起沿用至今的医学用柜……一批从未"曝光"、辗转数代的精品收藏,将于明、后两日分别在中大南校区、北校区(原中山医科大学)抖落尘封,与您亲密接触!

昨日(8日),中大对由各地校友捐赠的2000多件珍贵文物、字画作展览前的最后梳理,我们趁机独家探营,读出"中大家珍"背后众多感人的故事。

一幅墨宝　孙中山手书"博爱"

在众多字画中,落款为"孙文"的"博爱"字幅特别突出,这幅墨宝是孙中山先生亲手题赠杨熙绩(字少炯)的手书。字幅上面并没有题书日期,不少人认为是中山先生的即兴之作。

今年6月,一直关心母校发展的中大65级校友杨祚强先生在得知学校要在庆祝80周年建校之际举办书画展览后,马上致信母校,表示愿意把这幅家中珍藏——孙中山先生题赠其祖父杨熙绩先生的手书提供给母校展出。他说,"独乐乐不如众乐乐",中山先生留下"博爱"给祖父,现在把它捐出参展,不仅表达我们一家对中大视如血缘的情感,更能身体力行先生的"博爱",不辜负先祖的期望。

(按:以下内容略去)

(《南方日报》2004年11月9日)

附录七

校友杨祚强珍藏孙中山手书将在校庆前展出

我校65级校友杨祚强先生一直关心母校的建设和发展，为纪念孙中山先生创建中山大学80周年，特将珍藏的传家之宝——孙中山先生题赠其祖父杨熙绩（字少炯）先生的手书一件，提供给母校展出，以此表达对母校的一片真情和与母校如血缘般的亲密联系，为母校八十华诞祝福。

孙中山先生手书墨宝已于9月10日由校庆办派专人专程取回，并将于校庆前在学校展出。孙中山先生手书墨宝《博爱》写就于80多年前，历经沧桑，今日有机会能展现于亲手创办的中山大学，实为我校一大幸事。对于杨先生多年来一心关注母校，积极支持学校工作的爱校热忱，我们表示衷心的感谢。

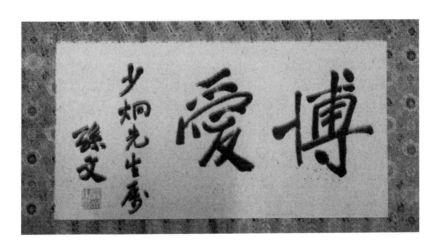

（中山大学80周年校庆网站，2004年9月15日）

附录八

杨熙绩家人及近亲属一览

（均见于《杨熙绩集》）

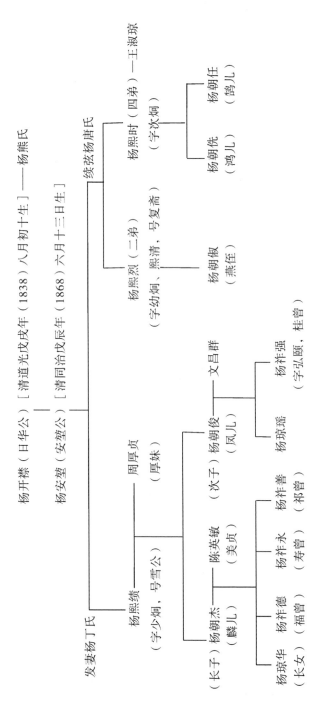

后　记

　　先祖杨熙绩（少炯）先生，早年追随黄兴、孙中山进行反清革命。他先后参加过华兴会、中国同盟会、国民党、中华革命党和中国国民党．从成立中华革命党开始，他就一直在孙中山身边工作。在其生活中，留下一批资料。编一本有关先祖的文集，是家姊杨琼华女士以及其他杨氏遗属的夙愿。现在，《杨熙绩集》行将刊世，我们在兴奋之余，理应感谢为本书出版尽心尽力的各位女士和先生。

　　首先，要衷心感谢尊敬的中国图书馆学会副理事长、中山大学图书馆馆长程焕文教授。程教授担当重任，公务、教务繁忙，仍在百忙中对本书的筹划出版予以关心和支持。没有他的统筹，本书实难得以付梓。还要衷心感谢中山大学校友总会、李汉荣秘书长以及中山大学图书馆特藏部主任王蕾博士、张琦、叶湄、谢小燕、朱婧、王文娟等馆员不辞辛劳，和中山大学出版社联络沟通，鼎力支持。广东省委党校原副校长，我的中山大学历史系一九六五级同窗曾庆榴教授，是一位学养深厚的党史研究专家，蜚声海内外的黄埔军校研究领军人物。他是书稿的最初读者，自始至终关注本书的编辑出版工作，并提供了宝贵的意见、建议和若干史实的细节和补充，使我们获益匪浅。是他，引荐了李吉奎教授承担本书的编辑整理。本书收录诸篇的原作手稿，是先祖上溯20世纪初叶，下迄40年代中期，在时局动荡、山河破碎和颠沛流离、浪迹江湖的困顿和险境中草就，经历了百年风雨，岁月磨蚀，在海峡两岸亲人的传递中，历尽艰辛，留存至今，多有断简残篇，尚未成型，然虽显陈旧破损、杂乱无序，却并未消损其弥足珍贵的文献价值。由于先祖早年即追随中山先生左右，投身民主革命多年，其特殊的工作经历、生活背景和个人特质，在风云际会中，举凡个人亲历、重大时政、往事旧闻、要人影踪、友朋交游，兼及家庭细事，均在存世的诗词对联、日记手札、书信杂文之中，一一呈现，折射出近现代复杂多变的历史痕迹和印记，补充了辛亥革命史、民国史、孙中山研究史和文史领域中的缺载之处，即使挂一漏万，亦是他人难以提供的。校订内容如此涉笔广泛而文字错综复杂的"原生态"文稿，须以多种文献资料，搜辑考证，比证勘核，整理蒐集，钩沉爬梳，乃至改繁就简，标点拟题，工作艰苦细致。李吉奎教授整理书稿，不惮辛劳，悉尽心力，认真负责。我们对李教授为《杨熙绩集》成书出版所付出的辛劳，深表谢意。

承蒙中山大学出版社接受本书书稿的出版。中山大学出版社的编辑、校对、出版等相关人员，不辞辛劳，悉心尽力，认真负责，在此一并致谢。

衷心感谢各位至爱亲朋，他们为文稿的珍藏、誊录、整理、打印、校阅和文稿在海峡两岸间的传递，做了大量卓有成效的工作。要特别向戴昌圣博士、戴昌贤博士伉俪，戴昌仪硕士和钱达博士夫妇，王永兰女士、李晓东博士、杨露夫妇，深表谢意。受惠于家人们的同心协力，文稿才得以顺利成书，结集面世。

杨祚强
2017 年 5 月 26 日晚于深圳